# Todos mis poemas hablan de ti

# Todos mis poemas hablan de ti

*Manu Erena*

Papel certificado por el Forest Stewardship Council®

Primera edición: marzo de 2025

© 2025, Manu Erena
Autor representado por Editabundo Agencia Literaria, S. L.
© 2025, Penguin Random House Grupo Editorial, S. A. U.
Travessera de Gràcia, 47-49. 08021 Barcelona

Penguin Random House Grupo Editorial apoya la protección de la propiedad intelectual. La propiedad intelectual estimula la creatividad, defiende la diversidad en el ámbito de las ideas y el conocimiento, promueve la libre expresión y favorece una cultura viva. Gracias por comprar una edición autorizada de este libro y por respetar las leyes de propiedad intelectual al no reproducir ni distribuir ninguna parte de esta obra por ningún medio sin permiso. Al hacerlo está respaldando a los autores y permitiendo que PRHGE continúe publicando libros para todos los lectores. De conformidad con lo dispuesto en el artículo 67.3 del Real Decreto Ley 24/2021, de 2 de noviembre, PRHGE se reserva expresamente los derechos de reproducción y de uso de esta obra y de todos sus elementos mediante medios de lectura mecánica y otros medios adecuados a tal fin. Diríjase a CEDRO (Centro Español de Derechos Reprográficos, http://www.cedro.org) si necesita reproducir algún fragmento de esta obra.
En caso de necesidad, contacte con: seguridadproductos@penguinrandomhouse.com

*Printed in Spain* – Impreso en España

ISBN: 978-84-666-8143-8
Depósito legal: B-1.415-2025

Compuesto en Comptex & Ass., S. L.

Impreso en Liberdúplex
Sant Llorenç d'Hortons (Barcelona)

BS 8 1 4 3 8

*Para todos los que se cansaron
de confundir el dolor con un hogar*

*It is awful to want to go away
and to want to go nowhere.*

SYLVIA PLATH

*I feel that there is nothing more
truly artistic than to love people.*

VICENT VAN GOGH

# 1

## OLIVIA

*Barcelona, España*

Termino refugiándome debajo del primer techado que encuentro al cruzar el jardín. Creo que da la espalda a uno de los museos de la zona. La lluvia comienza a calar mis calcetines e intento quitarme el exceso de agua del pelo estrujándomelo. Tras unos segundos, me rindo al recordar todo el trayecto que me queda por hacer hasta llegar a casa. Cojo el móvil para pedir un uber, pero el teléfono muere justo antes de pagar. Joder. No me queda otra que esperar a que escampe.

Corro por debajo de todos los balcones que voy encontrando, con esperanzas de esquivar la tormenta lo máximo posible, lo que hace que me percate de que me he pasado bastante con el vino, ya que no soy capaz de caminar en línea recta ni aunque me esfuerce. Puede ser que esté empezando a confirmar que las primeras semanas universitarias son las más intensas. Y más aún si la mayoría de las noches las comienzas a las seis de la tarde en un pub lleno de gente que ni conoces.

A pesar de no tener rumbo fijo, al final de una calle diviso las luces de lo que parece ser un bar y no dudo en ir hacia allí. Aunque he pasado por aquí más de una vez desde que estoy viviendo en Barcelona, soy incapaz de situarme ahora mismo. Tampoco es que vaya a servirme de mucho saber dónde estoy. Me basta con que estar a cubierto impida que el rímel me llegue a la barbilla.

Una vez dentro, me quito la americana que llevo puesta, para entrar en calor lo antes posible. Me siento completamente desorientada. Unos señores que salen del local aún más desconcertados que yo se me quedan mirando. Me acerco a la primera mesa que veo vacía y, con ayuda de un par de pañuelos que saco del bolso, me seco la cara sin molestarme ni en ir al baño para comprobar que todo está en orden. Ahora mismo no es ni de lejos el mayor de mis problemas; total, estoy en un bar *indie*, a las diez de la noche de un martes, y ya estoy borracha. Creo que mi aspecto no cambiará la situación, pero se me dibuja una sonrisa en la cara al pensar en la vergüenza que doy, aunque nadie me esté mirando. Esa era una de las cosas por las que me gustaba la idea de irme del pueblo: pasar desapercibida, y más en días como hoy, que parece que la lluvia ha querido que forme parte de su tormenta.

Me acerco a la barra para pedirme una caña y pasar un rato allí. Es un sitio acogedor, de estos bares con luces cálidas para que veas solo lo justo y necesario. Los pósters de los grupos de rock que cuelgan de las paredes y aquellas fotografías analógicas me recuerdan a los garitos a los que solía ir cuando estaba en bachillerato. De hecho, quitando a los hombres, que ocupan casi todos los taburetes de la barra, hay un par de grupos de chicos que parecen tener mi edad. O a lo mejor son algo mayores. Están sentados alrededor de un pequeño escenario que cuenta con un micrófono bastante retro y con un foco que lo ilumina desde el techo. En la pared se proyecta un cartel en el que puedo leer que es noche de micro abierto.

Cuando el camarero me sirve, me atrevo a mezclarme entre la gente que está en aquellas sillas y, una vez sentada, aplaudo casi inconscientemente mientras una mujer a la que no le he prestado atención baja del escenario. Ahora es el chico que está sentado a mi lado quien se levanta, y un amigo suyo le anima dándole un par de palmadas en la espalda justo cuando sale de la fila y deja un asiento vacío entre nosotros dos. Tras despedirle, me mira durante unos segundos y me sonríe, quizá porque es evidente que me ha hecho gracia la situación.

Llega al escenario, saca su móvil del bolsillo y parece buscar en él lo que va a leer. Me fijo en sus manos. Y también en sus piernas. Se nota que está nervioso.

—«Co-corazón de piedra, no supe darme cuenta»… Eh, perdón.

Hace una pausa que parece ser eterna y la acompaña de una risa incómoda, pero oigo un fuerte aplauso del chico que le acompañaba y decido seguirle hasta que se unen todas las personas del bar, para que pueda recomponerse y continuar.

—«Corazón de piedra, no supe darme cuenta. No supe darme cuenta de la manera en la que te pisaba para así acostumbrarte antes al dolor, para que enfrentarme al mundo no fuese como lanzarme al vacío. No lo hago ni cuando me obsesiono para curarme rápido de las cosas que más se sienten, y menos cuando quiero parar un momento para retener el poco amor que queda aquí dentro. Porque no soy capaz, porque pensaba que eras indestructible» —recita mientras gesticula con las manos para envolvernos a todos los que le escuchamos en su mismo sentimiento.

Parece de mi edad, juraría que no llega a los veinticinco. Siento que se ha comido todos los nervios que tenía al principio, cada vez se mueve más. También me fijo en su acompañante, que le mira embobado mientras sigue sonriéndole. Es bastante guapo. Tiene el pelo algo despeinado y lleva un jersey negro de cuello alto que me impide conocer más de él. Solo veo que tiene un brillo indescriptible en los ojos.

Me quedo pensando en la relación que pueden mantener. Deduzco que no son hermanos, porque no se parecen en absolutamente nada, excepto en que los dos son morenos. Y dudo muchísimo que sean pareja, por la manera en la que le ha despedido. O puede que esté simplemente prejuzgándolos (aunque mi radar no suele fallar). Supongo que me quedaré con la duda.

Le miro durante más tiempo del que me gustaría admitir, hasta que se vuelve hacia mí y dirijo la vista enseguida hacia el escenario, pensando en si me ha pillado.

—«Porque a lo largo de los años he ido dejando de hacerte caso para no matar la ilusión de aquel niño que confiaba plenamente en ti. Porque cuando te fuiste de mí todo se volvió un poco más frío, porque la casa dejó de estar decorada y solo me quedé con unas cuantas cajas vacías. Porque así eres tú, corazón de piedra. Nunca sabes dónde acaban tus propios sentimientos. Y por eso estás cansado de intentarlo conmigo; ya no sabes ayudarme, no sabes si merezco la pena o si alguien se atreverá a descubrirlo».

Hasta hace un momento estaba intentando no emocionarme, pero ahora no sé si seré capaz de conseguirlo. Me está encantando escucharle. No es solo lo que dice, sino cómo lo dice. Con cada verso parece que esté a punto de romperse en dos, como si se estuviese sumergiendo por completo en la historia que está contando.

—«Lo siento mucho, corazón de piedra. Puede que sea una carta rota. Una carta a pedazos que no merezca la pena escribir de nuevo y que probablemente dejes a medias. Pero no tengo ni idea de cómo solucionar este desastre. No sé si dejar que la lluvia termine empapando cada uno de mis sentidos hasta que ya no duela. Pero ojalá que algún día volvamos a encontrarnos. Que podamos comenzar de cero en algún sitio donde el vértigo no nuble todo lo que queda de mí y me atreva a gritar estas letras que hasta ahora no dejan de estar desordenadas. Ojalá algún día las flores puedan regarse solas. Y me convierta en algo de lo que pueda estar orgulloso. Corazón de piedra…».

—«… lucharé para convertirte en luz» —dice el chico de mi derecha, que termina el poema a la vez que su autor.

Le miro sin saber muy bien lo que acababa de pasar y sin acordarme de dónde estoy. Ha sido… increíble. Pensaba que iba a ponerse a llorar en cualquier momento, pero en cuanto termina le dedica al público una dulce sonrisa que al final me contagia. Nos levantamos todos a aplaudirle y noto que mi casi compañero de asiento me observa mientras sonríe. Al mirarle de reojo, no puedo evitar elevar las comisuras yo también, y nos volvemos hacia el poeta, que se baja eufórico del escenario y va directamente a abrazar a un par de chicos que también estaban cerca de mi sitio. El de mi derecha se une a ellos.

Yo me río al ver cómo celebran su efímera actuación y le doy el último sorbo a mi botellín mientras veo a una chica subiéndose a la tarima para cantar con su guitarra. Reconozco enseguida la canción cuando empieza a tocar los primeros acordes de «She Used to Be Mine». Creo que fue una de mis canciones más escuchadas durante la cuarentena.

No pasa ni media hora cuando me acerco de nuevo a la barra. Siento que he llegado a ese punto de la noche en el que ya no me importa cuánto he bebido, porque sé que mañana me arrepentiré de cada una de mis decisiones. Pero ahora no parece ser un gran problema.

Me apoyo y me fijo en una pareja que está cantándose la canción. Qué bonita la manera que tienen de mirarse. Sobre todo, ella a él. Como si pidiese a gritos poder parar el tiempo para quedarse solos ellos dos. Para que todo lo que los rodea siga sin que les importe lo más mínimo.

Una camarera se acerca hacia mí para tomar nota. Al pedirle otra cerveza, alguien se apoya a mi lado y hace que nuestros codos se rocen.

—Que sean dos —añade el chico que había estado sentado antes conmigo.

Le miro por inercia, pensando que él no me estaría mirando a mí, aunque lo único con lo que me encuentro es con sus ojos.

—He visto que te ha gustado lo de antes —me dice mientras se sienta en un taburete.

Le miro un poco confundida, porque sigo sin saber si la conversación va conmigo, pero lo deduzco al ver que está esperando respuesta.

—Pues la verdad es que sí. Y mira que yo no soy mucho de poesía —respondo, acordándome de todos los poemarios de mi madre que he dejado a medio leer—. Pero escucharle a él ha sido algo completamente diferente.

La poesía era algo que nunca había terminado de conectar del todo conmigo. Mi abuelo era un enamorado de las letras y terminó trabajando en una editorial durante toda su vida. Gracias a él y a que le transmitió su pasión a mi madre, he crecido rodeada de todo tipo de libros. En el caso de la poesía, cada vez que me han recomendado algún texto de este género no he sido capaz de encontrarle un sentido. Supongo que siempre he pensado que eran simples palabras desordenadas que alguien intenta conectar entre sí solo para creer que así pueden llegar a tener un significado bonito. Algo que nunca he sido capaz de comprender.

—Pues para no gustarte te he visto la lagrimilla —bromea justo cuando la camarera nos sirve las cervezas.

La verdad es que me ha emocionado más de lo que me gustaría admitir.

—Puede ser que haya estado a punto de soltarla, tengo que reconocer que tiene muy buena labia tu...

—Amigo —termina por mí cuando ve que hago una pausa, ya que no quería dar por hecho cuál era la relación que tenían—. Se llama Marc y es, literalmente, la persona que más me ha hecho llorar, y eso es mucho decir. Pero solo por cómo recita cualquier cosa que le pongas por delante.

—Y también por cómo escribe. Me ha gustado bastante eso de «corazón de piedra».

Me sincero de la forma más dramática posible poniéndome un puño cerrado en el pecho. Él me sonríe.

—No, por favor; si lo dices así, da vergüenza ajena.

—Te lo digo de verdad, ha sido muy personal. Como si fuese una conversación que mantienes contigo mismo en una habitación en la que nadie te puede oír.

—Ese es su objetivo, creo yo. A veces tengo la sensación de que solo le gusta enfocarse en la nostalgia.

—Bueno, a mí me parece que también está abierto a que el destino le ofrezca en algún momento lo que se merece. Eso ha sido lo que más me ha gustado —reflexiono sabiendo que nada de lo que estoy diciendo saldría de mi boca con tanta facilidad si no hubiera bebido.

Pero parece que a él le interesa lo que me queda por decir.

—¿Crees en el destino, corazón de piedra?

No. No me puedo creer que me haya llamado así. QUÉ VERGÜENZA.

—Menos mal que no querías que sonase vergonzoso… Olivia suena mucho mejor —le digo completamente roja.

—Bueno, bueno; perdona. Yo Ander, encantado.

Me ofrece la mano para que le salude.

—Pues, Ander, respondiendo a tu pregunta, sí, sí que creo en el destino. Y con respecto a lo que decía tu amigo, creo que tarde o temprano terminas conociendo a alguien que te hace saber qué es lo que mereces en realidad.

Aunque dentro de unas horas puede que no le encuentre tanto sentido, estoy diciendo la verdad. A lo mejor, gracias al destino he terminado en este bar, hasta arriba de alcohol y hablando con un desconocido sobre algo de lo que en realidad no tengo criterio con el que justificarme.

—Pues me temo que discrepo —me contradice mientras se recompone.

Parece que quiere alargar la conversación.

—No me digas, ¿qué pensará tu amigo si se entera?

—Está acostumbrado a que me entretenga llevándole la contraria, tranquila. Pero piénsalo, ¿de verdad crees que gracias al destino has terminado, por ejemplo, aquí sentada, conmigo? No sé, que tampoco quiero basarme ahora en la teoría más científica que exista, pero creo que las conexiones humanas hacen mucho más que un supuesto destino.

—Entonces, según tú, te has sentado aquí simplemente porque te he parecido maja antes, no porque el destino quisiera que nos conociéramos.

—Bueno, eso de maja lo has dicho tú. Pero sí, me había fijado en ti porque supongo que he sentido que eras interesante. Que tenías algo que contar.

No puedo parar de mirarle. Es uno de esos chicos que no sabes qué tienen, pero cuyas palabras te hacen sonreír sin remedio. También me gusta la forma que tiene de colocarse el pelo de vez en cuando. Y sé que, si sigue hablándome mientras yo estoy en estas circunstancias, terminaré confesándole lo muy atractivo que me parece.

Pero no creo que haga ni falta. Hemos estado bastante entretenidos durante varias horas, hablando sobre su concepción del destino y de la manera que tenía de conocer a las personas. Aunque cada vez que recuerda que él no ha bebido casi nada pierdo un poco la gracia, porque siento que estoy haciendo el ridículo y que se está quedando conmigo por completo, a pesar de que tampoco me importa mucho, dado que la conversación no cesa en ningún momento. Y creo que eso ha hecho que en algún momento yo también deje de beber.

Ahora jugueteo con una servilleta que acabo de coger después de haber destrozado la etiqueta de la botella que me he terminado hace una hora. Es una manía que tengo desde siempre, y más aún cuando estoy conversando con alguien a quien no conozco del todo.

Aunque la conversación con Ander me hace estar de lo más cómoda, su presencia me pone un poco nerviosa. Al volver a mirar hacia la servilleta, me fijo de nuevo en la frase que lleva impresa. Creo que su autor es quien me ha obligado a cogerla. Y ahora no puedo parar de leerla y Ander se da cuenta de ello.

*The more you love,
the more you suffer.*

VICENT VAN GOGH

2

ANDER

—«Cuanto más amas, más sufres» —leo cuando cojo otra servilleta del mismo dispensador que Olivia para ver aquella frase que la ha dejado embobada.

No he parado de mirarla de reojo desde que entró en el bar. Sigue teniendo el pelo bastante húmedo por la que caía cuando entró, lo que también la ha obligado a quitarse la chaqueta; lleva puestos un jersey gris y unos vaqueros negros bastante anchos, parecidos a los míos. Sus manos son preciosas. Tiene las uñas pintadas de granate, me he dado cuenta cuando ha cogido la servilleta para doblarla por todos los extremos mientras habla conmigo, aunque no por ello me ha quitado la mirada en ningún momento.

—¿Te gusta mucho Van Gogh? —le pregunto al verla tan interesada en la frase impresa.

—Bueno, solo lo conozco por sus pinturas, que tiene algunas muy famosas. Pero esta frase también me ha gustado.

—Te recomiendo leer *Cartas a Theo*, entonces.

Me doy cuenta de que es probable que no le guste leer ese tipo de libros, pero albergo la esperanza de despertarle la misma ilusión que ella me ha hecho sentir cuando la he visto leyendo una cita de mi pintor favorito.

—Pues lo tendré en cuenta. Van Gogh es el mismo que pensaba que el arte es para aquellos que están rotos por la vida, ¿no? Además de ser el autor de la *Noche estrellada*, claro —me dice entre risas.

—Sí, y ha hecho más cosas que pintar la *Noche estrellada*. —Suelto una pequeña carcajada—. Solía escribir también todo tipo de cartas a su entorno y sobre todo a su hermano. De ahí salen todas esas frases que conoces, ya que después de su muerte todos estos textos se recopilaron y se publicaron.

—Joder, pues qué bonito que alguien haya escrito cosas así…

—También fue un constante atormentado, tuvo tiempo para plasmar todo tipo de emociones.

—Eso lo hace aún más especial. Es como lo que ha hecho antes tu amigo ahí arriba.

—¿A qué te refieres?

—A encontrar la esperanza en medio de la oscuridad, que creo que es bastante importante.

—Puede ser.

Me vuelvo a reír viendo lo muy intensa que se ha puesto, en cierta parte gracias al alcohol. Y eso que a medida que ha ido pasando la noche he intentado pillarle el ritmo con un par de tercios.

Desde hace un buen rato he perdido la cuenta de las horas que llevo hablando con Olivia sin parar. En teoría le había prometido a Marc que nos marcharíamos después del recital, pero ahora no paro de evitarle cada vez que me pide con su mirada amenazadora que nos vayamos de una vez a casa. Está sentado solo, a una mesa a varios metros de distancia, y sé que en cualquier momento va a irse y a dejarme sin chófer con el que volver al piso. Pero, aun así, sigo picándole cada dos por tres cuando nuestras miradas se cruzan. Sé que me la estoy ganando.

Es que no puedo dejar de escucharla. Hace apenas media hora me estaba contando cómo perdió un vuelo a París con sus amigos del pueblo el invierno pasado y ahora parece que acabo de crear una futura fanática del arte. En otra situación me habría dado un poco más igual, pero me encanta que haya relacionado lo que ha leído Marc con mi pintor favorito. Hace que ese poema sea todavía más especial. Más de lo que ya lo es para mí.

—Bueno, creo que va siendo el momento de que nos despidamos, ¿no, Ander? —nos sorprende Marc, que termina apareciendo a nuestro lado—. Mañana tenemos clase temprano y no me gustaría faltar el primer día.

—Yo también debería irme ya —responde Olivia mientras se levanta de su taburete, que estaba bastante pegado al mío, por lo que se apoya en mi pierna para poder bajarse—. Empiezo mañana también y ya he asimilado que voy a tener bastantes problemas para comenzar el día con buen pie.

—Chica, eso tenlo por seguro —se sincera Marc con cierta ironía.

Cuando los tres nos disponemos a abandonar el local, me percato de que somos los últimos que quedamos en el bar. Nos despedimos de un par de camareros que recogen las sillas que antes estaban en el escenario y que limpian una de las mesas que había en la entrada.

Al salir a la calle, suspiro al ver que sigue lloviendo casi como cuando llegamos. Veo que la chica con la que he pasado gran parte de la noche mira con desesperación el panorama y no hace ningún amago de coger un paraguas del bolso. Cuando recuerdo el aspecto con el que entró al bar, doy por hecho que no lo va a hacer en ningún momento.

—¿Vives por la zona?

—Cerca del barrio Gótico, creo que me voy a pedir un uber ahora que he podido cargar un poco el móvil.

—¡Qué va! Nosotros vivimos por el centro; si quieres, te acercamos, que no tardamos nada.

—Y así te ahorras esperar a que venga nadie a por ti, tenemos el coche ahí —le dice Marc señalando un poco más allá.

—¿Seguro que no os importa? ¡Pues genial!

Me sorprende que no haya dudado ni un segundo en aceptar nuestra propuesta sin conocernos absolutamente de nada. Pero reconozco que yo también me hubiese subido a un coche con ella después de haber debatido sobre nuestros directores de cine favoritos o sobre las pocas novelas que ha leído Olivia en los últimos años. Coincidimos en que ambos hemos leído *Gente normal*. E incluso *Éramos unos niños*. Parece ser que tiene más cultura popular de la que quiere admitir.

Cuando abrimos el coche, me acomodo en el asiento del copiloto y Marc arranca para emprender la marcha en la dirección que ha puesto Olivia en el Maps de mi móvil.

—¿Y a qué se dedica nuestra amiga...?

—Olivia, se llama Olivia —le digo a Marc, y me doy cuenta de que no hemos hablado ninguno de los dos sobre lo que estudiamos.

—Voy a empezar Derecho, mi primer año.

—¿En serio? ¿Tienes dieciocho?

—No, diecinueve. Cuando terminé bachillerato no sabía muy bien qué hacer con mi vida y no quería precipitarme demasiado, así que me di un tiempo para pensarlo mejor.

—¿Y por qué Derecho? —pregunto sorprendido.

—Pues porque siempre he intentado buscar la justicia para las cosas. Y, aunque no se me dé muy bien pelear, creo que también me puede ayudar para tener un poco más de carácter. Mi objetivo es ser una buena abogada en un futuro.

—Pues a mí me ha parecido que tienes bastante carácter.

—No te creas, ¿eh? Es el alcohol el que habla por mí.

Confío en su palabra. Sus últimas frases han sido bastante difíciles de entender por lo poco que estaba pronunciando. Ahora está entretenida mirando por la ventanilla del coche.

—¿Y vosotros? Esperad, que lo adivino... ¿Alguna carrera relacionada con Filología hispánica o algo por el estilo?

—Casi.

—Periodismo los dos. Estamos en el tercer año.

—¿Y qué tal por la ciudad?

—Los dos somos de Barcelona, pero nos conocimos cuando empezamos la carrera. Te va a gustar bastante el ambiente universitario.

—A no ser que te ahogue —menciono para mí mientras sonrío sin darme cuenta de que los dos me han escuchado perfectamente—. Por los guiris que hay siempre, me refiero.

Olivia termina durmiéndose cuando faltan pocos minutos para llegar a su destino. Su última aportación ha sido tararear «We Are Young», que estaba sonando en la radio.

Al llegar a la calle, nos despedimos de ella y nos da las gracias por haberla llevado, sabiendo que nunca más volveremos a vernos.

Cuando la veo alejándose desde el retrovisor, me arrepiento de no haberle pedido ni su usuario de Insta para volver a vernos en algún momento. Pero es que tampoco creo que sea lo más coherente al conocernos solo de un rato. Después de haber hablado con ella durante horas y de haber podido evadirme de todo lo que me ronda la cabeza, no he podido evitar pensar en lo guay que sería repetir en algún momento. Me quedaré con la duda de si ella opina lo mismo.

Cuando Olivia llega al portal, Marc arranca; se ha quedado tranquilo, la hemos dejado a salvo en casa. Pero me doy cuenta de que tiene algún problema. Está buscando algo.

—Para, para —le ordeno a Marc—. Creo que se ha dejado algo.

Me giro para comprobar que, en efecto, se ha olvidado el bolso en el asiento trasero del coche. Lo cojo y voy en su búsqueda.

Avanzo rápido para intentar mojarme lo menos posible, pero en cuestión de segundos mi ropa parece fusionarse con mi piel. Olivia me mira desde el techado de su portal y se ríe al verme correr como en una película romántica. No puedo evitar sonreírle con vergüenza al imaginarme corriendo bajo la lluvia.

—Perdón, perdón, perdón —me dice sin parar de reírse y cogiendo su bolso a toda velocidad—, de verdad que hoy no es mi día.

—No pasa nada, ya te pediré lo que me cueste el paracetamol para el resfriado que voy a pillar.

Cuando consigue abrir la puerta, ambos nos metemos en el portal para resguardarnos un poco mientras Marc rodea la manzana. Porque estaba claro que yo no podía esperarme a dar la vuelta con él, tenía que salir con la que está cayendo.

—Oye, de verdad, gracias.

—Nada, nada. No me iba a quedar con las llaves de tu casa.

—No solo por el bolso, ni por traerme, sino por el rato que me has hecho pasar. Ha sido muy guay conocer a alguien de la ciudad.

—A mí también me ha molado bastante pasar tiempo contigo. Me ha sorprendido la cantidad de cosas que tenemos en común, a pesar de que no llegue a gustarte del todo la poesía.

—Ahí estaré si tu amigo vuelve a participar en algún micro abierto. Puede que empiece a gustarme un poco más.

—Ojalá sea así.

Nos quedamos en silencio durante unos segundos mientras espero a que llegue Marc a por mí, pero no se me hace para nada incómodo. Y aunque me cuesta mirarla cada vez más, no quiero apartar la vista. Desde hace un rato he empezado a dejar de ver decentemente, pero el brillo de sus ojos es hipnótico.

—¿Qué te ha traído hoy hasta aquí? —pregunto sin pensar.

—Me apetecía divertirme.

—Tus ojos no dicen lo mismo.

—¿Qué dicen mis ojos, entonces?

Antes de darme cuenta de lo que está pasando, Olivia comienza a acercarse lentamente hacia mí y convierte el espacio en todo un abismo en el que me quedo completamente sumergido. Empiezo a acariciarle el brazo sintiendo cada centímetro de su jersey, hasta que nuestros labios están a punto de juntarse. Sigo peleándome con sus ojos, que siento que quieren decirme algo muy diferente de lo que transmite su cuerpo. Por mucho que intente evitarlo, necesito besarla. Tenerla tan cerca me está volviendo loco, y, sin querer, me enciendo cada vez más. Ambos lo hacemos.

Y algo decide traernos de nuevo a la realidad.

—¡Olivia! ¿Estás abajo? —grita alguien desde alguna parte.

—Joder… Es mi compañera de piso. De verdad, perdón por… esto. No suelo ser así —me dice nerviosa al distanciarse enseguida de mí y cambiar por completo de postura—. Lo siento muuucho… Bueno…, ya nos veremos… ¡Gracias!

Comienza a subir las escaleras, tambaleándose al pisar algún que otro escalón. Las luces del portal terminan apagándose al cabo de unos segundos y me quedo a solas con la luz que entra gracias a las farolas de la calle.

¿Qué acaba de pasar? ¿Me acaba de dar las gracias después de haber estado a punto de besarme? ¿Así ha sido nuestra despedida?

Intento ordenar todo lo que ha ocurrido en los últimos cinco minutos en mi cabeza, hasta que oigo un claxon que viene desde la calle. Es Marc, que me grita desde dentro del coche que me suba. Cuando me ve, no duda en soltar una carcajada.

—Le has encantado a la abogada, ¿eh?

—No digas tonterías. La pobre estaba dispuesta a hacerse amiga hasta de los ancianos que había dentro del bar con tal de quedarse un rato más —digo, evitando contarle mis últimos momentos junto a ella.

—A ti también te venía de perlas quedarte un poco más, te he visto despejado.

Me limito a asentir.

Cuando llegamos a casa, me lanzo sobre la cama; después me pongo varias alarmas en el móvil para intentar no llegar tarde al primer día de clase. Vuelvo a mirar la hora y, al ver que ya son las tres y media de la madrugada, corro a quitarme la ropa a oscuras y meterme directamente en el sobre.

La cabeza me da vueltas sin parar, pero aun así no puedo dejar de pensar en la chica. Se le han humedecido los ojos al escuchar cómo un corazón de piedra quiere volver a encontrar la luz, la misma mirada que me ha dedicado a mí pocas horas después y que ha sido la culpable de que haya intentado alargar el tiempo a su lado lo máximo posible.

También pienso en el final de nuestra conversación. En el momento en el que se ha dado cuenta de que somos dos personas borrachas que han encontrado a alguien con quien pasárselo bien una sola noche. Y puede que eso sea lo que le haya dado miedo. A lo mejor es que yo he visto alguna cosa en ella y ella se ha dado cuenta de que he sentido algo más, de que quería más que un simple beso, aunque no la conociera de absolutamente nada.

O puede que la frase de Van Gogh de aquella servilleta

tenga más razón que nunca, que cuanto más amas, más sufres, y que coincidir con Olivia haya sido solo un efímero descanso de todo eso a lo que llevo meses dándole vueltas.

Todo lo que parece no querer marcharse.

3

OLIVIA

Oigo que Carla grita mi nombre a lo lejos, en la fiesta del pueblo, a la vez que yo me alejo de la verbena. He terminado hasta las narices de tener que cuidar de todas mis amigas y he decidido que ya es hora de volver a casa, aunque Carla luche hasta el final para que me quede a su lado lo que resta de noche.

La música comienza a llegarme algo distorsionada, pero la voz de Carla va ganando fuerza a medida que se acerca a mí. Hasta que la siento a mi lado.

—¡Olivia! ¿Es que vives sola en esta casa o qué? —me grita para después lanzarme con todas sus fuerzas el cojín que había dejado sobre la silla de mi escritorio—. Vas a llegar tarde el primer día, tía.

—Joder, joder. No he oído la alarma.

Me reincorporo como puedo en la cama para intentar espabilarme.

—Pues no será porque te has puesto pocas...

—Sabes que todavía tengo que adaptarme a tu alta sensibilidad con los ruidos, perdona —digo sabiendo lo mucho que le molesta cualquier sonido que suba de sus decibelios preestablecidos—. ¿Me esperas para ir juntas al campus?

—Pues mira, te diría que sí, pero David va a venir a recogerme ya, porque tiene que ir a comprar un par de cosas para su piso y voy a ir a aconsejarle. Este chico parece que no es capaz de decidir si no es con mi ayuda.

—¿Nos vemos a la hora de comer, entonces?

—Dalo por hecho, cari.

Se despide dándome un beso en la cabeza.

Me levanto de la cama enseguida, cuando veo la gran cantidad de alarmas de las que he pasado; tengo el tiempo justo para salir de casa.

Voy hacia la cocina y enciendo la cafetera. Dudo que pueda afrontar el día si no lo empiezo desde ya con la primera dosis de cafeína. No tengo tanta resaca como me esperaba, pero me bebo un vaso de agua que lleno hasta casi rozar el borde para evitar cualquier consecuencia de la noche de ayer. Porque vaya noche. No pensaba que iba a comenzar así mi vida universitaria.

Después vuelvo a la habitación mientras busco en mi móvil la *playlist* que me pongo de fondo todas las mañanas. Comienza a sonar «Just The Two of Us» y abro el armario con la intención de elegir qué ponerme para mi primer día. Tras muchos intentos de combinaciones imposibles con las que renovar de alguna manera mi imagen, y después de sentirme lo bastante ridícula haciéndolo, me pongo una camiseta básica blanca, mis vaqueros de confianza y unas Adidas con rayas azules; así le doy algo de color al asunto.

No ha terminado de sonar la canción cuando se pausa y deja paso a otra alarma que había programado para salir con el tiempo justo de casa. Porque sabía que, de alguna manera, iba a terminar llegando tarde. Salgo de la habitación mientras compruebo que llevo en el bolso todo lo que necesitaré el primer día: un cacao, dos paquetes medio vacíos de chicles, unos cascos de cable, el monedero, un bloc de notas acompañado de su boli, que me llevo hasta para hacer la compra del supermercado, y el portátil. Cuando estoy llegando casi al umbral de la puerta, recuerdo que me he olvidado de coger las llaves. Menos mal.

Retrocedo hasta una pequeña mesa que hay en el salón, donde tenemos una cesta en la que solemos dejar las llaves al volver a casa. Cuando cojo las mías, me fijo además en un marco de fotos que traje de la casa del pueblo para hacer esta un poco más mía. Aparecemos Carla y yo abrazadas en un viaje que hicimos con el instituto a Sierra Nevada cuando estudiábamos segundo de la ESO. Ambas estábamos congeladas de frío, pero nos quitamos el gorro y los guantes porque, según nosotras, así salíamos mejor en la foto. Creo que estábamos intentando recrear una que habíamos descargado de Tumblr. Sonrío cada vez que me acuerdo de esos años.

Conocí a Carla el verano antes de comenzar el instituto. Teníamos algunos amigos en común y supongo que, a medida que los meses fueron avanzando, terminamos viéndonos más veces de las que nos habríamos imaginado. Fuimos uña y carne desde el primer momento. Y eso también me ayudó a no sentirme demasiado sola en las distintas etapas de mi vida. Desde que la conozco ha sido un apoyo esencial para crecer como persona. Y qué mejor que seguir mi camino junto a ella.

Cuando terminamos selectividad, ambas decidimos que no íbamos a entrar en ninguna universidad hasta el año siguiente. Carla porque no tenía nota suficiente para Psicología, y yo porque no tenía lo suficientemente claro qué quería estudiar y me daba miedo elegir algo sin estar del todo segura para después terminar arrepintiéndome. El verano pasado, Carla conoció a su novio actual, David, en un festival en Castellón. Como él vive en Barcelona y ella es muy decidida, comenzó a dar vueltas a la idea de mudarse a la ciudad a los pocos meses de haber empezado la relación. Supongo que yo me dejé convencer para mudarme con ella, como teníamos planeado desde hacía años, abandonando la vida del pueblo para marcharme casi a la otra punta del país.

Cruzo casi sin pararme a mirar los coches que vienen hacia mí y llego por fin a la entrada de la facultad. El exterior está decorado con enormes cristaleras que reflejan la luz del sol y dejan ver en los pisos de arriba a gente avanzando por los pasillos. Al entrar, compruebo en el horario la clase a la que debo ir y me pongo a caminar fijándome en todos los letreros. Empiezo a pensar que me he perdido hasta que oigo que un chico le pregunta a otro por la misma aula que estoy buscando yo, y le sigo al ver que este camina decidido hacia allí.

Entro detrás de él, me siento en uno de los pocos sitios que quedan libres y me percato de que hay un señor iniciando sesión en el ordenador conectado a la pizarra digital, esperando a poder dar comienzo a la clase.

Tras dos horas con el mismo profesor, en las que nos ha presentado el temario en el que se basará para darnos la asignatura de Historia del derecho y de las instituciones, descubro en el horario que tengo una hora libre, y salgo del aula para buscar la cafetería. Todavía no me he acercado a nadie y confío en que alguno de mis compañeros aparezca por allí.

Siempre se me ha dado mal conocer gente nueva, da igual el contexto en el que me encuentre: el miedo va a terminar comiéndose mis palabras y voy a evitar, sin querer, entablar cualquier tipo de conversación. Pero creo que el hecho de entrar sola en la carrera me animará a socializar, a salir de mi zona de confort. Así lo espero. No siempre voy a poder contar con la ayuda de alguien que hable por mí y que me abra al mundo.

Me pido un café y voy hacia una mesa vacía que hay en una especie de terraza tras no ver ninguna de las caras de las horas anteriores. Justo cuando estoy a punto de abrir mi ordenador para simular que estoy haciendo algo de provecho, noto que alguien se acerca a mí.

—¡Hola! ¿Te importa si me siento? —me pregunta con una mirada de lo más dulce el chico al que había seguido con intención de encontrar la clase.

—¡Ay, sí! Quiero decir..., no, ¡claro que no me importa! —respondo tímida mientras cojo mi bolso de la silla para que pueda sentarse.

—Es que te he visto justo al entrar a clase y me he dado cuenta de que estás tan perdida como yo. Me llamo Joan.

—Encantada, Olivia —digo al tiempo que le doy la mano—. La verdad es que sí; mira que es el primer día, pero creo voy a tener que traer todos los días un plano del edificio para orientarme.

—¿No habías venido nunca a la facultad? Yo vine hace unos meses a la jornada de puertas abiertas.

—Qué va, no soy de Barcelona. Soy de un pueblo de Málaga.

—Estás un poco lejos de casa, ¿no? —me dice extrañado.

—La verdad es que sí. Quería irme a estudiar un doble grado a Madrid, pero no aceptaron mi solicitud, así que me lo tomé como una señal para mudarme aquí, ya que sabía que mi mejor amiga iba a hacerlo y estaba buscando compi de piso —digo antes de probar el café que he pedido.

El hecho de elegir Barcelona como ciudad a la que marcharme hizo que volviese a tener todo tipo de dudas respecto a lo que quería dedicar mi vida. Fue como empezar desde cero todo el proceso para encontrar mi camino.

Tras pensarlo durante meses, decidí prematricularme en un doble grado de Derecho y Relaciones internacionales. Estuve desde marzo pendiente del correo, a la espera de alguna respuesta. En verano, agobiada por no haber recibido ninguna comunicación por parte de la universidad, quise consultar el estado de mi solicitud, y me dijeron que solo contactarían conmigo para confirmarme que me habían admitido. Así que todo era cuestión de esperar. O, al menos, eso pensaba en un principio. Cuando llegó septiembre, no tuve otra opción que buscar una alternativa, y me matriculé en Barcelona tras darme por vencida y después de que Carla me insistiese en que el destino me estaba diciendo claramente que me fuese con ella para que nuestros caminos siguieran de la mano.

—La ciudad te va a encantar. Y seguro que te viene genial salir de tu zona de confort —me dice Joan, devolviéndome a la realidad.

—Eso espero. ¿Tú tampoco conoces a nadie aquí?

—Tengo algunos amigos en el campus, pero no son de nuestra carrera.

—¿Eres de la capital?

—No, vengo de Calella de Palafrugell, un pueblo de Gerona, aunque estoy viviendo desde hace unas semanas en un piso de estudiantes aquí.

—Entonces también es un nuevo comienzo para ti.

—Y tanto. El año pasado estuve trabajando en el negocio familiar para ahorrar y mudarme a la ciudad, así que tenía ya bastantes ganas de un cambio de aires. Barcelona me tiene enamorado desde que soy pequeño. Todavía recuerdo pelearme con mis padres cuando venía a visitar a mis tíos para que me dejasen quedarme unos días más.

Me hace gracia la manera que tiene de expresarse. No para de moverse mientras gesticula y, en algunos momentos, me ha costado seguirle el ritmo a su conversación por lo rápido que habla. Pero el hecho de que sea tan cercano me hace querer seguir conociéndole. La luz del sol le está dando directamente en la cara y me fijo en sus cuantas pecas, en lo mucho que resaltan junto a sus ojos azules. Por el tono de su piel y el color de pelo, que era más rubio de lo normal al estar iluminado por el sol, podría haberlo confundido con algún turista británico si me lo hubiese encontrado.

Tiene una sonrisa de lo más dulce. Parece ser ese tipo de tío que no se da cuenta de lo agradable que se hace hablar con él, incluso sin conocerle de nada. Me pregunto si la gente como él acaba acostumbrándose en algún momento a tener tanta labia.

Joan empieza a preguntarme por mis artistas favoritos,

por el tipo de música que escucho. Le enseño algunas de mis *playlists* preferidas y solo coincidimos en un par de canciones que tenemos guardadas en favoritos. Cuando ve que la última que he escuchado es «Lo vas a olvidar», me dice que estuvo en el concierto de Rosalía del año pasado en Barcelona. Yo no la he visto nunca en directo, pero sí es verdad que últimamente no he parado de escuchar su último álbum. Sobre todo ciertas canciones, para arreglarme antes de salir de fiesta.

—Pues ya conoces a alguien más en la ciudad.

—¡Y encantado de hacerlo! Iba a proponerte que buscáramos a gente de clase para tomarnos algo todos juntos, pero tengo que ir a casa ya, que todavía no conozco al casero y va a ir.

—Yo también tengo que irme, pero igual podemos intentarlo mañana, ¿no?

—Dalo por hecho.

Antes de despedirme de Joan, nos damos nuestros usuarios de Instagram para mantenernos en contacto, y se apunta en las notas del móvil una canción que no podía no recomendarle. Me alegro de haber conocido por lo menos a alguien de clase; así no volveré a sentirme tan indefensa como hoy. De alguna manera, y gracias a él, mañana no entraré en pánico cuando llegue.

De camino a casa, aprovecho y compro algo de comida con la que llenar mi hueco de la nevera. Hasta el momento solo había hecho una pequeña compra con lo indispensable para sobrevivir al primer fin de semana en la ciudad, y siento que necesito poner toda mi vida en orden, lo más parecida a la que tenía hace unos meses; estaría bien que empezara a sentirme como en casa.

Cuando suelto las bolsas, acepto la solicitud de Joan, no sin antes *stalkear* su perfil a fondo. A medida que voy bajando, encuentro bastantes fotos, casi todas de este último año. Veo que la gran mayoría se han sacado en pleno verano o cerca del mar. Es todo un chico de la Costa Brava, no hay duda. La única historia que tiene destacada es un selfi suyo haciendo el tonto con unas gafas futuristas. Suelto una pequeña carcajada al verle. Tiene pinta de ser un tío muy guay.

Dejo el teléfono y saco las cosas del bolso para dejarlas sobre el escritorio. En uno de los compartimentos, toco lo que creo que es un pañuelo y lo cojo con intención de tirarlo a la basura. Al verlo fuera del bolsillo, me doy cuenta de que es la servilleta con la que estuve jugando mientras hablaba con ese chico del bar de ayer. Si me pongo a pensar en las cosas que dije, me muero de la vergüenza.

Si no hubiese bebido tanto, ni de coña habría podido hablar de esa manera con un desconocido. Ni habría podido estar a punto de besarle. Madre mía. No quiero ni pensarlo. Ojalá no me acordase de nada. Seguro que le pareció que era una friki que había ido a ese bar a alardear de lo mucho que odiaba la lectura y a reírme de ellos por hacerse los interesantes. En fin, todo un despropósito. A pesar de que, en cierta manera, me gustase pasar un rato con él, supe desde el primer momento que solo sería un encuentro efímero.

—¿Por qué le sonríes a una servilleta? —me pregunta Carla desde la puerta de mi habitación, que ha abierto sin que me diera cuenta.

Me levanto de la silla y me escondo inconscientemente la servilleta en uno de los bolsillos traseros de los vaqueros.

—Ah, nada, es que tenía una frase muy graciosa escrita.

—Entiendo… ¿Cómo te fue a ti la noche? Llegaste bastante tarde.

—Pues me fui del pub porque algo me sentó mal, y decidí que era mejor que te quedases con tus compañeras y así os conocíais y yo no molestaba —dije, recordando todo lo que la noche había dado de sí para mí—. Cuando salí comenzó a llover y terminé en un bar emborrachándome sola.

—¿Que te fuiste sola a un bar? —pregunta mirándome extrañada.

Sabe que lo de interactuar sola con el exterior no es uno de mis fuertes. Pero ayer el alcohol ayudó. Y mucho.

—Sí. Hay que probar cosas nuevas, supongo.

—Mira que eres rara a veces…, pero qué se le va a hacer —se sincera entre risas—. Por cierto, que nos vamos por las ramas. No sé si estabas ayer cuando lo comentamos, pero me gustaría que saliésemos de fiesta por mi cumpleaños el finde que viene. Tengo pensado pillar un reservado para todos los que vayamos.

—¿Ya vas a empezar con una de tus fiestas?

—La primera de muchas, querida. Debo ponerme las pilas aquí para que me tengan en cuenta en todo lo que se haga.

—Sabes que lo paso fatal, Carla…

—Y también sé que esta va a ser la hostia; no digas tonterías, tía. Tráete a alguna amiga de clase.

—No conozco a nadie todavía. Solo he hablado con un chico en todo el día, se llama Joan.

—Bueno, pues un chico, ¡mejor!

—Pero si apenas le conozco.

—Tendréis toda la noche para conoceros mejor. Ya sabes que no voy a aceptar un no como respuesta. Te prometo que nos lo vamos a pasar genial.

Sé por experiencia que tengo las de perder si pretendo salirme con la mía y no ir a la fiesta. En el instituto Carla era popular por su personalidad arrolladora, pero también por no darse por vencida cuando luchaba por algo. No se conforma fácilmente.

—Lo intentaré.

—¡No te olvides de avisar a tu amiguito nuevo! —me grita, ya en el pasillo, terminando así nuestra conversación.

No quiero ni pensar en estar toda la noche rodeada de gente desconocida y que va a su bola todo el rato. Puede que a Joan sí le guste la idea de salir y conocernos un poco más, pero no quiero que acepte solo para que no tenga que ir sola.

Porque durante estos últimos años he evitado ir a cualquier fiesta de la que termino queriendo irme nada más llegar. Porque en esas noches me doy cuenta de que hay cosas dentro de mí que no están como deberían. Porque es entonces cuando veo que quiero cambiar.

Aunque ya sea incapaz de hacerlo.

## 4

## ANDER

—Ya no siento nada cuando veo una foto suya —me sincero, acariciando el tejido del sofá en el que estoy sentado.

—No tiene por qué ser malo que sientas algo cuando encuentras cosas que te recuerdan a ella. Amar a alguien incondicionalmente no pasa tan a menudo como queremos creer. Amar también hace que tengas sentimientos encontrados cuando la echas en falta. Simplemente debes permitirte sentir el recuerdo para no bloquearlo y que el dolor no sea lo que se quede contigo.

—Pero ¿no se supone que debo dejar que se vaya de mi vida por completo para que todo vuelva a estar bien? —pregunto extrañado.

—El «dejar ir» es una falacia. Lo único que podemos hacer realmente es aprender a aceptar lo que ha llegado a su fin. Que esa persona ha marcado su punto final en tu historia.

No respondo. Me quedo en silencio durante unos segundos, reordenando todos los pensamientos que cruzan mi cabeza. Cada uno de los momentos que aún me unen a ella.

Todavía recuerdo la primera vez que me senté en este mismo sofá hace un par de meses. Cuando entré para pedir cita con la que ahora es mi psicóloga, no sabía si lo que estaba haciendo era coherente o si era otra de mis mierdas y lo único que iba a conseguir era perder aún más tiempo. Pero necesitaba hacerlo. Hablarlo con alguien. No tenía ninguna otra opción. Aunque no supiese de qué podríamos conversar exactamente ni si me pasaba algo en concreto, solo que, cuando recibía un mensaje suyo o alguien mencionaba su nombre, comenzaba a sentir un fuerte dolor en el pecho que me acompañaba hasta que conseguía dormirme unas pocas horas.

Algo no funciona en mí. A principios del verano intenté hablar del tema con Marc. No sabía ni por dónde empezar. Se suponía que estaba todo bien y que de alguna manera había terminado, pero algo dentro de mí me impide avanzar. Todavía duele mucho.

Todas las sesiones han transcurrido en esta misma habitación. Ella se sienta siempre enfrente, en un sillón, mientras conversamos. Me pone nervioso pensar que a lo mejor es capaz de analizar todos mis movimientos y saber qué siento cuando me froto las manos, o incluso cuando me rompo alguna uña al hablar de un tema que me cuesta más de lo normal.

Una de las primeras veces que nos vimos me propuso que hiciéramos una especie de juego. Al final de la habitación hay una vidriera con varias secciones policromadas que permiten que, durante ciertas franjas horarias y gracias a la luz del sol, los colores se proyecten en la pared de enfrente. Me gustaba pensar mientras observaba esos reflejos. Aquel día dejó de ser una parte más de su consulta y me pidió que visualizase en cada color a toda la gente que me rodeaba, desde mis amigos hasta Martina. A lo largo de la sesión fui imaginando todo tipo de situaciones en las que tenía que elegir el color de la persona en cuyo criterio pudiese confiar plenamente hasta el punto de arriesgar el mío. Siempre elegía a Martina, incluso en situaciones en las que a simple vista ella no tendría nada que ver. Recuerdo que mi voz comenzó a romperse al ver que ya nunca más podría recurrir a ella, hasta que mi psicóloga me sugirió que me tomase un momento para recomponerme.

Me da la impresión de que en ese instante empecé a darme cuenta de todo lo que había cambiado. De que había arruinado mi manera de ser para complacerla a ella y, de esa forma, alargar algo que nunca debí evitar que se acabara. Aunque, aun así, había recuerdos que intentaban contradecirme, haciéndome creer que solo estaba exagerando y que lo único que tenía que hacer era empezar a escuchar más y dejar de creer que tengo razón en todo.

—El amor nunca puede hacerte daño, pero sí la idea que terminas haciéndote de él —me dijo al ver que no era capaz de contener las lágrimas.

—Pero es que todo lo que he vivido con ella no ha sido una ilusión. Había algo muy fuerte entre nosotros, y sé que ahora me necesita, que se arrepiente.

—Pero a lo mejor alargaste demasiado la ilusión. Ander, el amor que mereces no hace que creas que lo tienes todo perdido sin esa persona. Es normal que te sientas culpable o que tengas cierta obligación de estar con ella en un momento duro para ambos.

Me sentía muy mal conmigo mismo porque le había fallado a alguien por quien me había prometido luchar.

—Se trataba de eso, de estar también en los momentos difíciles.

—Y también de identificar cuándo un instante termina volviéndose un desastre emocional. A veces, marcharse de su lado es la opción más saludable cuando no sabemos ni gestionar nuestro propio interior —admitió, dejándome otra vez en un silencio absoluto.

Supongo que eso es lo que me enseñó, que el dolor que me causó hizo que me diera cuenta de que me estaba consumiendo a mí mismo. Un aprendizaje para toda la vida que no me había enseñado ninguna de las chicas con las que había estado antes. Para obligarme a buscar mi propia luz fuera de una burbuja a la que me había habituado.

Después de todo este tiempo he entendido que volver con ella no me haría sentirme como cuando la conocí, porque esa versión ya no existe. Y aunque siguiera siendo real, ella no dejaría de ser la culpable de que me perdiera, a pesar de que la quisiera con locura.

Ahora sonrío orgulloso al ver todo el trabajo que he llevado a cabo gracias a sus consejos. Hace unos meses creía imposible ver la situación desde otro punto de vista que no fuese volver con ella para intentarlo otra vez más en la que nos prometiésemos de nuevo ser mejores. Algo en mí está cambiando y sé que la persona que me vio entrar por la puerta, a la que estoy dando la espalda, piensa lo mismo que yo.

—He dejado «aflorar» todas esas cosas que antes no quería sacar de mí —asiento feliz tras recordar lo mucho que me costó darme cuenta de lo mal que estuve.

—Eso es genial, Ander.

—De hecho, he vuelto a llorar —digo riéndome—. Pensaba que hasta se me había olvidado. Ahora me emociono cada vez que veo una película que me hace sentir más de lo normal, o incluso cuando hablo de la ruptura con Marc. Es como si dejase salir todo lo que me había obligado yo mismo a quedarme para mí.

—¿Y cómo te hace sentir eso?

—Libre. O por lo menos capaz de serlo.

De camino a casa aprovecho para comprar una ensalada de rúcula en el supermercado del barrio, y al salir termino perdiéndome por las calles más cercanas de mi piso. Volver caminando después de cada sesión con la psicóloga también me ayuda a reflexionar sobre las ideas con las que me he quedado después de la hora y media que hemos estado charlando sin parar. Me gusta ver con perspectiva ciertos aspectos de mi relación con Martina que antes no podría haber planteado, no sin alguien que me ayudase a saber cómo acceder a mis recuerdos sin perderme en ellos, y que me dijese que es normal que caiga en ciertas contradicciones cuando pienso en ella o cuando me siento culpable por las cosas que dejé de hacer por todo lo que vivimos.

Al abrir la puerta de mi piso oigo la voz de Marc de fondo y me quito los auriculares al pensar que me está saludando. Tras dejar la bolsa de la compra en la cocina, me dirijo al salón, donde me lo encuentro, con el mando de la tele como si fuera un micrófono, bailando y canturreando «Lost», de Frank Ocean, a tal volumen que no se ha dado cuenta ni de mi presencia.

Sonrío al ver la fiesta que se ha montado sin necesidad de ninguna compañía y me uno a él siguiendo el paso de una coreografía que estoy seguro de que se está inventando.

—¡JODER, ANDER! —grita, lanzándose contra el altavoz para después apagarlo.

Yo solo puedo reírme al ver su reacción.

—¿Qué pasa?

—¿Que qué pasa? ¡Casi me matas del susto, cabrón!

Marc deja el mando justo al lado de la tele y se repeina para intentar disimular que le he sorprendido completamente animado. En el fondo sabía que iba a reaccionar así y suelto una pequeña carcajada para que sepa que le he pillado con las manos en la masa; eso le va a avergonzar más aún.

A Marc no se le conoce por ser la persona más animada del piso. A él le gusta pasar más desapercibido entre sus cosas. Y si pone música, por supuesto que es con los cascos puestos. Da igual que llevemos más de dos años viviendo juntos, es la persona más reservada que he conocido hasta la fecha. Y, aun así, siempre que puedo intento sacarle esa alma de la fiesta que tiene dentro (pero muy que muy dentro).

Sé que conmigo termina soltándose cuando me da por hacer cualquier payasada, aunque le cueste admitirlo. Creo que por eso conectamos tanto cuando nos conocimos en el primer año de carrera. Estaremos el uno para el otro en el momento en que alguno no esté seguro al caminar solo. Y eso es lo que más me gusta, que sé que puedo confiar en él para cualquier cosa.

—¿Qué tal ha ido hoy?

—¡Pues bastante bien! Hemos pensado que puede que deje de ir durante un tiempo, para ver cómo me las apaño con todo lo que hemos trabajado.

—¿Ah, sí? ¿Y de quién ha sido la idea? —pregunta extrañado.

Sé por dónde va y no quiero que se preocupe.

—Marc, que está todo bien.

—Y si está todo bien, ¿por qué no le has contado que Martina sigue acosándote por mensaje y que no tienes huevos de bloquearla? —me dice sabiendo que no tengo ninguna intención de responderle—. Porque no se lo has dicho, ¿verdad?

—No...

—Ah, genial.

—No creo que merezca la pena. La dejé ir en su momento y ya está; así dejo de darle vueltas al tema de una vez.

—Entonces ¿no vas a responderle a eso de querer «arreglar las cosas»?

—Eres un flipao. Parece que no me conoces.

—Te conozco demasiado. Y por eso no quiero que alguien que no te merece en su vida vuelva a hacerte daño.

—Tranquilo, de verdad. Te prometo que ha acabado todo. Si no fuese así, sabes de sobra que no permitiría que el tema me rondase mucho más tiempo la cabeza. Soy incapaz de dejar las cosas sin zanjar.

—Qué peligro tienes, Ander —concluye posando la mano sobre mi cabeza y luego despeinándome por completo.

—¡Eso debería decírtelo yo después de haber visto tus

pasos prohibidos! —digo intentando quitármelo de encima, para contraatacar.

Jamás le mentiría a Marc. Sé lo mucho que se ha preocupado por mí en los últimos meses y quiero que se sienta orgulloso de la persona que estoy volviendo a ser.

Aún siento cómo me rodeaba con sus brazos la noche en que todo cambió. Cómo no se separó de mí para que sintiese que alguien seguiría siempre conmigo.

Me tumbo en la cama y vuelvo a leer en el móvil el mensaje que lleva dando vueltas en mi cabeza los últimos días:

> Sé que no tienes ganas de verme, pero necesito aclarar algunas cosas que nos dejamos por hablar

> No puedo despedirme de lo que tuvimos sabiendo que tienes una imagen mía que no es real

> Creo que ambos nos merecemos otra oportunidad para explicar las cosas

> ¿Podemos vernos?

Sé de sobra a qué quiere jugar. Pero también sé cómo fue el final de nuestra historia, el que ella decidió escribir sin pensar en cómo me sentiría yo al tener que vivirlo.

Pero no puedo evitar tener la cabeza hecha un lío, porque

en el fondo la conozco demasiado. Y tal vez sea yo quien merece otro final distinto, en el que de alguna manera sea capaz de perdonarla.

En el que sea capaz de perdonarme.

5

OLIVIA

Joan y yo quedamos para tomarnos algo ese fin de semana. Fuimos a un bar que estaba al lado del puerto, ya que le dije que nunca había ido y quería sentirme cerca del mar.

Aunque al principio estaba bastante nerviosa, notaba cómo él sacaba tema de conversación de cualquier situación, y parecía que no le costaba mucho hacerlo; da gusto ver cómo se desenvuelve con gente que no conoce, a pesar de que antes de llegar a nuestro destino estuvimos casi todo el camino en silencio, o por lo menos sin entablar ningún tipo de charla. Él comentaba casi para sí mismo cualquier cosa que nos encontrásemos por el camino, mientras yo tenía un debate mental acerca de cómo había terminado en aquella situación.

Era todo un poco extraño, no tengo costumbre de estar tan fuera de mi círculo de siempre o con personas que conozco poco, de que alguien lleve el timón para que yo no llegue a sentirme incómoda o insegura en ningún momento.

Pero, sorprendentemente, después de varias horas, me olvidé de todos esos miedos y pudimos hablar de nuestros gustos en común, como hicimos el día que nos conocimos.

Me contó que es un obsesionado del cine. Se le notaba

tremendamente ilusionado cuando hablaba de la fotografía de sus pelis favoritas. Hubo varias que me sonaron, como *Call Me by Your Name* o *Mujercitas*, y le dije que la escena final de la primera me había hecho llorar infinidad de veces. Flipó bastante cuando le confesé que tenía una pequeña colección de cámaras analógicas que había ido recopilando durante toda mi vida; algunas eran de mi madre y otras había ido pidiéndolas yo por mi cumpleaños. Le prometí que algún día le enseñaría todos los álbumes que hago de cada año cuando llevo los carretes a revelar.

Después me di cuenta de todo el rato que había pasado sin prestar atención a cualquier escenario incómodo que hubiera podido producirse por haber quedado con alguien desconocido, y me sentí un poco rara por no haber tenido ningún tipo de preocupación. Estaba más aliviada.

Ahora estamos sentados a una de las mesas de las salas de trabajo habilitadas para los estudiantes de la universidad. Joan está haciendo apuntes de una asignatura que desconozco, aunque aprovecha cualquier ocasión para levantarse a sacar algo de la máquina expendedora que hay al salir del aula, o incluso para saludar a cada persona que se encuentre en el camino. De verdad, a cualquier persona. Y siempre con una sonrisa en la cara. No he conocido nunca a nadie que parezca tan extrovertido.

Yo, mientras tanto, sigo dándole vueltas al cumpleaños de Carla. No sé qué sería más complicado, si desenvolverme en el ambiente que habrá o decirle a Carla que de verdad no quiero ir. Pero aun así me siento estúpida por no saber por qué se me hace tan complicado salir de mi zona de confort. Puede que a lo mejor aquí las fiestas sean muy diferentes a las del pueblo y solo tenga que darme una oportunidad y ver qué tal lo paso.

—¿Tienes planes este finde? —me pregunta Joan al soltar el móvil sobre la mesa de trabajo.

Como imaginaba, lo último que quiere hacer es tocar apuntes de clase.

Aprovecho su pregunta y la cierta confianza que hemos ganado para ver si salgo de dudas.

—El sábado es el cumpleaños de mi mejor amiga.

—¿Tu compañera de piso?

—Sí, quiere invitar a algunos amigos de su carrera a un reservado en un club que creo que está por Zona Alta —suspiro con solo pensar en el plan.

—¿Y por qué pones esa cara?

Decido no andarme con rodeos. No sé disimular.

—Porque no me apetece una mierda.

—Pero ¡¿qué dices?! Si te lo vas a pasar de puta madre, Olivia, y ella va a agradecer que estés allí.

—Es que siento que no voy a encajar en su ambiente, y al final voy a terminar haciendo el ridículo, y la verdad es que me gustaría ahorrármelo —aseguro intentando que entienda cuál es mi situación.

Sé de sobra que Carla también me necesita a su lado, pero nunca hemos coincidido en el tipo de personas con las que nos gusta salir, y no quiero ser un estorbo para ella, y menos en su día especial.

—Lo bueno de esta ciudad es que la gente no se conoce. Puede que alguien te resulte familiar, pero al final todo el mundo acaba yendo a su bola.

—Pero es que...

—Además, creo que será una oportunidad cojonuda para que puedas conocer a sus amigos. Y a lo mejor también mojas... —me corta y suma todas las cosas buenas que puedo sacar de la situación.

Aunque haya sido demasiado optimista con su predicción final.

—Eres un flipado, Joan. Ni recuerdo la última vez que ligué de fiesta.

—Bueno, eso es porque todavía no has sentido la vibra catalana. Déjate sorprender.

—¿Tú me acompañarías?

—¿Cómo? —pregunta con una sonrisa de lo más pícara.

—Carla me dijo que podía invitarte. Sé que tú tampoco conocerás a nadie allí, pero las pocas veces que he salido contigo he terminado pasándomelo genial —digo suplicándole y juntando las manos para que sepa que se lo pido de corazón—. ¿Te apetece?

—¡Eso ni se pregunta! Nunca me perdería contemplar tu primera fiesta universitaria.

—Menos mal, no sabes de la que me salvas —respondo aliviada—. Además, si tanto crees que voy a ligar aquí, podremos hacerlo juntos.

—Yo ya tengo algún que otro objetivo en mente, pero te aseguro que te enseñaré todas mis estrategias para que las pongas en práctica —me insiste mientras se pone unas gafas de sol y posa vacilando.

—No me habías dicho nada, ¡cuéntame!

—Es mi compi de piso, Martínez. A ver, que hace menos de un mes que le conozco ¿eh?, pero he sentido algo especial desde que le seguí por Insta para escribirle por el anuncio del piso. Fue como una intuición.

—¿Y le has dejado caer algo sobre esa intuición?

—Qué va, ni de coña. No es como yo.

—¿Y cómo es?

—Es más… reservado. Está todo el día con sus movidas, y la verdad es que a veces llego a pensar que no le caigo muy bien. Pero sé que en el fondo me ha cogido cariño, aunque aún no sé si lo que siento es recíproco.

—Ya me lo presentarás, a ver si puedes utilizar todas esas estrategias para conquistarlo.

Ambos nos reímos y noto que se ha puesto un poco rojo desde que ha empezado a hablar del tema. Percibo la ilusión en sus ojos y me parece bonito que hable con esa timidez de él.

—Oye, no te creas ahora que soy un romeo. Creo que cuando me gusta alguien saco toda la vergüenza que no suelo tener de normal —se sincera con una sonrisa tierna. Hasta el momento creía que Joan tendría la misma labia con sus ligues que la que tuvo conmigo cuando nos conocimos. Aunque, claro, para creerle tendría que verle en acción—. Y tú, ¿tienes a alguien en mente?

—Lo de conectar con los hombres nunca ha sido mi fuerte —me sincero entre risas al oír su pregunta.

—¿Lo dices por alguien en concreto?

—Bueno… Por ejemplo, en mi segundo día en Barcelona tonteé con un chico en un bar y al final nada. Suele pasarme eso, así que me limito a quedarme con las dudas de qué habría ocurrido si me hubiese arriesgado.

—No te rayes; si él tampoco se atrevió a tomar la iniciativa, será porque no tenía que pasar nada entre vosotros.

—¿Tú crees? —digo abrumada. Todavía recuerdo cómo analicé cada rasgo de su cara mientras me contaba cuál era su álbum favorito de los Beatles. Me pareció demasiado guapo—. Joder, es que incluso cuando siento una atracción de narices a primera vista termino jodiéndolo.

—Llegará el momento en el que eso cambie, de verdad.

—¿Y si nunca llega? —pregunto un poco más tensa de la cuenta.

Y así, sin enterarme, estamos hablando de uno de los temas que más me acomplejan. Siento que el «ya llegará tu momento» lleva repitiéndose en mi cabeza toda la vida, mientras veo pasar delante de mí las historias que viven mis amigas con sus respectivas parejas. Y yo siempre he terminado siendo una espectadora más pensando que nunca seré capaz de llegar a sentir algo así y que sea mutuo.

Desde aquel día en el bar, me he dado cuenta de que tengo que empezar a cambiar el chip si de verdad quiero convertirme en una mejor versión de mí misma. Una más segura y que no se preocupe de si podrá conectar en algún momento con alguien; una Olivia que no sienta que el tiempo pasa para todo el mundo menos para ella.

—Llegará, te lo prometo.

—Eso espero.

—De hecho, nos reiremos de este momento. Solo tienes que confiar un poquito más en ti misma y en que mereces que te pasen cosas buenas.

En eso le doy toda la razón. A decir verdad, agradezco de algún modo haberme sincerado con alguien, y más si es Joan quien está ahí para escucharme.

La fiesta de Carla será mucho más divertida gracias a él,

y estoy segura de que su presencia será un gran motivo para olvidarme de mis preocupaciones y disfrutar de la noche.

—Por cierto, tengo que presentarte a mi amiga Laia.

—¿Y eso?

—Creo que encajaríais a la perfección. Es muy lanzada cuando quiere; demasiado, diría yo —me asegura.

—Entonces no nos pareceremos en mucho...

—En casi nada, pero sé que en el fondo las dos tenéis las ideas claras.

—Tengo que conocerla, a ver si me aplico algo —le digo mientras él vuelve a abrir el ordenador para intentar, durante escasos minutos, empezar a resumir el primer tema de Teorías del derecho.

El resto de la mañana fantaseamos sobre el cumpleaños de Carla. Tenemos muy claro que la fiesta nos servirá para unirnos aún más.

Y sonrío solo de pensarlo.

6

ANDER

He tardado un par de días más en responderle. La voz de Marc se repetía constantemente en mi cabeza y no quería decepcionarlo al no hacer caso de sus consejos, pero necesito escucharla una vez más. No para que Martina cambie su versión de los hechos, sino para darme cuenta de una vez de que nuestra historia se ha acabado de verdad. Que la persona que conocí hace tres años no se parece ni por asomo a la que me ha roto el corazón en mil pedazos.

Cuando empecé con ella mis amigos más cercanos me dijeron que no les daba muy buena espina. Incluso Marc, que por aquel entonces era un compañero de clase con el que coincidía de vez en cuando en talleres de escritura y en alguna fiesta. Es ese tipo de chica que no teme decir lo que piensa y que siempre lleva la voz cantante, que tiene un imán acojonante para engatusarte y que termines a sus pies. Y puede que eso fuera lo que más me gustaba de ella, ver lo atrevida que era y lo claras que tenía las cosas, a pesar de que esa fue una de las razones por las que con el paso del tiempo empecé a volverme cada vez más y más pequeño cuando estaba a su lado.

No me daba cuenta. Creía que todo el daño que había terminado haciéndome eran alucinaciones mías hasta que pude asimilarlo meses después. Hasta que supe que me había equivocado mucho con ella, aunque me duela pensarlo cada vez que lo reconozco.

He llegado con quince minutos de antelación sin saber realmente por qué. No tengo nada que decirle, pero quiero estar preparado para todo lo que deba escuchar. Necesito ser lo suficientemente fuerte. Le envié hace unas horas la ubicación de una cafetería a la que nunca habíamos ido antes, porque no quiero recordar ningún momento con ella mientras la espero. Quiero hacer lo correcto.

Cuando veo a Martina entrando por la puerta, el pulso se me empieza a acelerar mucho más, y eso que llevo nervioso desde que he elegido la mesa. No dejan de temblarme las piernas y me pellizco fuerte la yema del dedo gordo, para intentar así desprenderme de todo lo que siento.

Cuando Martina llega a la mesa, se acomoda con calma en la silla que queda vacía y me dedica una sonrisa. Estamos pegados a uno de los cristales, lo que nos permite ver a toda la gente que pasa por delante del local. Un camarero se acerca a ella para tomarle nota.

—¿Qué tal estás, amor? —me dice mientras se quita la chaqueta y la deja caer sobre el respaldo de la silla.

No sé qué contestar ni de qué manera hacerlo. Cuando la última vez que hablamos no supo darme explicaciones por todo lo que me había hecho, tuve que echarla de mi piso.

—Bien. ¿De qué querías hablar exactamente? —digo, sintiéndome culpable por sonar tan frío.

No suelo ser así, y menos con ella.

—Bueno… Ya sabes, durante el verano pasan muchas cosas, tenemos que ponernos al día…

—No, Martina. Acerca de nosotros. ¿De qué quieres hablar sobre lo nuestro? Dijiste que querías aclarar algunas cosas —digo cortándole el hilo del que yo no pensaba tirar.

Su expresión cambia por completo al ver que no estoy dispuesto a alargar más la conversación, y hace una pausa para beber un sorbo de la taza de café que le acaban de traer.

—Verás, Ander, estos meses me han ayudado a reflexionar sobre lo que nos pasó. Y creo que todo se nos fue un poco de las manos a ambos.

—¡¿Cómo que se nos fue de las manos?!

—A lo mejor no es la expresión correcta… Que nuestras decisiones fueron algo precipitadas.

—No, precipitadas no. Me pusiste los cuernos y me engañaste —contesto enfadado.

—¿Ya vas a empezar otra vez con eso?

—Martina, hiciste que me sintiera como una mierda. No solo cuando supe que no te importaba nada lo que teníamos, sino también con cada uno de tus putos comentarios.

—¿Ves? Ahí está otra vez el problema. No tienes intención de escucharme ni de saber cuál es mi versión. Aquí no hay ninguna víctima. Ander, los dos hicimos las cosas mal.

Aprieto con todas mis fuerzas la taza de té, con cierto miedo de que se rompa en cualquier momento. Cada una de sus palabras me transporta al día en que lo dejamos. A la manera tan fría que tuvo de cambiar los hechos porque sabía que iba a terminar creyéndome otra mierda de historia.

—¿Qué versión tienes tú? Cuéntame.

—Sabes que no tuve un año fácil y antes de ir al festival

dejamos claro lo que podía suceder. Era muy inestable y no supiste entenderme, joder.

Siento que, si aguanto un segundo más escuchándola, terminaré rompiéndome. Y no puedo hacerlo delante de ella. Pero estoy reviviéndolo todo otra vez.

A finales de mayo, Martina compró entradas con unas amigas para el Primavera Sound, para ver a una de sus artistas favoritas. Recuerdo que me alegré muchísimo por ella, ya que había estado bastantes meses agobiada porque sentía que su carrera no era del todo para ella, y la animé a que desconectase durante unos días. Así podría ver las cosas desde otra perspectiva, además de evadirse.

Días antes de irse, me dejó caer algunos episodios en los que lo había pasado muy mal consigo misma, lo que derivó en bastantes peleas entre nosotros que luego se resolvieron en una noche en la que ella no se hizo responsable de ninguno de sus actos. Y no le importaba en absoluto que eso implicara también serme infiel con cualquier tío que conociese cuando estuviese borracha. «Pues eso, Ander, que no sé qué puede ocurrir si me vuelve a pasar algo así. Ya sabes cómo me pongo». «Si me quieres de verdad, no creo que seas capaz de volver a hacerme algo así», le dije. «Pero ¿y si sí? Obviamente, no me imagino haciendo una cosa como esa, amor; sin embargo, tampoco sería justo que no supieras entender mi situación en el caso de que pase algo», replicó. «Menos justo sería para mí». «Entonces ¿me dejarías?». «No creo que necesites que te responda a esto», le contesté dolido. «¡Eh..., eh! Que solo estaba imaginándome la situación, perdona si te ha molestado. Estoy segura de que lo que tenemos es más fuerte que cualquier mierda que tenga en la cabeza», dijo intentando tranquilizarme.

La segunda noche de festival me mandó un audio en mitad del concierto de Lana del Rey dedicándome nuestra canción, «Love Song», y gritándome lo mucho que me quería. El siguiente audio que recibí de ella fue por la mañana; en él me decía que teníamos que hablar. Tras varias horas dándome largas, conseguimos tener una conversación por teléfono. Yo ya me esperaba lo peor al haber escuchado su voz en el mensaje, pero aun así no quería imaginarme que hubiese podido pasar algo como para perderla. No después de haberla oído cantar esa canción que tanto nos había dado.

Cuando me contó que había terminado acostándose con un tío que había conocido allí, comencé a gritarle como un loco. Al darme cuenta de que había vuelto a hacer algo que estaba empezando a convertirse en un hábito, dejé salir toda la ira que tenía dentro.

Pero esa vez no hubo más segundas llamadas por mi parte para pedirle perdón por no haber sabido entenderla. No quise escuchar más excusas por haber perdido el control. No hubo más culpas a ningún tercero. Porque, aunque desde hacía tiempo había dejado de reconocerme, no podía arrastrarme más.

Las mismas dudas que se quedaron conmigo esa noche vuelven a aflorar ahora que la tengo enfrente de nuevo.

—¿Sabes qué, Martina? —pronuncio antes de que se me rompa el único hilo de voz que sale de mí—. Lo que pasó en el festival no fue lo que nos separó. Fuiste tú, solo tú, y la mierda que tienes en la cabeza como concepto de amor.

—Y dale.

—¿Es que ahora no te acuerdas o qué?

—¿De todas las veces que te pedí perdón por tus celos de mierda, dices? —contesta elevando la voz—. Sí que me acuerdo, Ander, sí.

—No, de todas las veces en las que ligaste con mis amigos en mi puta cara para después dejarme caer que si quisieras podrías terminar con cualquiera de ellos. O cada promesa con la que me jurabas que ibas a cambiar.

—Eso solo eran juegos, pero no has sabido verlo nunca.

—Y repetirme una y otra vez que nadie conseguiría ver en mí lo que tú habías visto y que en realidad no soy para tanto, ¿dónde te lo dejas? —comienzo a gritar a la vez que noto que las lágrimas me llegan a la punta de la barbilla.

No puedo seguir escuchándola. No soy capaz de ver cómo quiere cambiar la historia otra vez.

—Solo quise ser sincera contigo para que no hicieras el ridículo con los demás, que parece que hay que explicártelo todo.

—Dios mío, qué imbécil fui contigo.

—Pues sí, y mucho. De hecho, cuando pase el tiempo va a pasar lo mismo de siempre. Vas a volver arrastrándote como una puta rata, que parece que es lo único que sabes hacer —me dice mientras empiezo a escuchar su voz cada vez con más eco—. Porque, si hace falta, te lo vuelvo a repetir: no vas a encontrar nunca a nadie como yo, y menos que sepa ver algo en ti, eso te lo aseguro.

—En eso coincido contigo, ojalá sea así. No creo que me

merezca encontrarme con nadie más que se parezca en nada a ti —contesto mientras me levanto para coger mi chaqueta—. No me llames más.

—Ander, si sales por esa puerta no hay vuelta atrás.

La miro con rabia, sin sentenciar nada más, y me dirijo hacia la puerta para poner punto final a todo esto.

—¡No me vayas a dejar con la palabra en la boca! —la oigo gritar ya desde fuera del local.

Intento caminar lo más rápido posible para volver a casa. Para acostarme y llorar por todo lo que no supe comprender en su momento. Porque si hay algo de lo que me he dado cuenta durante estos meses es de que normalicé muchas cosas que terminaron destruyéndome sin que les hubiera dado importancia. Esas mismas que acabaron creando una versión de mí que nunca creí que llegaría a conocer.

Hasta que me sentí como un cristal lleno de grietas que no sabía cómo arreglar. Hasta que me desperté con todas esas frases que me hacían cada vez más pequeño, que me alejaban de mi realidad.

Quise con locura a Martina, estoy seguro de ello. Pero también de que había dejado de quererme a mí por hacerlo.

Ahora vuelvo a escuchar esa canción que me recuerda a ella, aunque ya no quiero que se quede a mi lado ni tampoco dejarme la piel para que esté orgullosa de mí.

Cuando me despedí de ella supe que tendría mucho que trabajar para arreglar el caos que dejó a su paso.

Supongo que todavía tengo que luchar un poco más.

7

## OLIVIA

Pego un pequeño saltito para llegar a la zona de la pared en la que quiero colgar el último extremo de las guirnaldas. Todo tiene que estar listo para cuando Carla salga de su habitación. Saco la tarta con las velas ya puestas del frigorífico y la poso sobre la mesa, junto a una bolsa que esconde el regalo que le compré hace apenas unos días.

Da igual que pasen los años, este momento sigue haciéndome la misma ilusión que cuando las dos teníamos trece, porque los cumpleaños siempre han sido como un reto para mí: intento currarme cualquier detalle al máximo para que la otra persona sepa lo mucho que la aprecio, para que se sienta especial.

Este año, al estar Carla fuera de casa y por ser la primera vez que lo celebramos en nuestro piso, he decidido prepararle su desayuno favorito, para que empiece el día de la mejor manera posible. También he adornado el salón y he dejado una *playlist* preparada con sus temas preferidos.

Cuando oigo que la puerta de su cuarto se abre, corro a por mi móvil para darle al *play*, y empiezo a cantar justo al verla entrar en el salón.

—¡¡¡Cuuumpleaaaños feeeliz!!! —entono riéndome mientras corro a abrazarla—. ¡Felices diecinueve, cariño!

—¡Olivia! ¡No me esperaba nada de esto!

—¡Sorpresa!

—Muchas gracias —me sonríe mientras avanza hacia la mesa en la que lo he dispuesto todo: unas tostadas con aguacate acompañadas de un *caramel latte*, su café favorito.

Creo que lo que más le impresiona no es que haya acertado con el desayuno, sino su presentación, que ha sido la culpable de que haya estado cuarenta minutos de más en la cocina.

—¿Lista para esta noche?

—Me muero de ganas.

—Pues... esto es para ti. Creo que podría irte de perlas con el vestido que me enseñaste el otro día.

Carla coge la bolsa en la que guardé una caja con su regalo. Cuando la abre, descubre un collar del que cuelga una pequeña luna dorada. Supe que era el idóneo cuando lo asocié con todas las noches que pasábamos en la playa contándonos nuestros problemas y hablando de los cotilleos del pueblo. La luna siempre nos acompañaba. Al igual que nosotras.

—Olivia, esto es... precioso —me dice abrazándome con fuerza—. No pienso quitármelo.

—Me alegro mucho de que te guste. Por cierto, mi amigo Joan también viene a la fiesta.

—¡Eso es genial! El otro día no me pareció que te apeteciera mucho ir y me quedé un poco preocupada...

—Fueron tonterías mías, tranquila. Sabes que no es mi ambiente, pero estoy segura de que nos lo pasaremos genial —la corto para que no se sienta culpable.

En el momento no supe darme cuenta, pero esta noche es para ella y soy yo quien debe hacer un esfuerzo, pese a que termine siendo algo tan incómodo como en el pueblo.

—¡Eso es! Aunque vaya mucha gente, esta noche es para ti y para mí. Sabes que eres como mi hermana y no hay nada que pueda cambiar eso —me dice acariciándome el brazo.

—Y ahora lo somos incluso más.

—Además, ¡así podré presentarte a los amigos de David y a mis compis de la uni! Podremos empezar las dos desde cero, pero siempre juntas.

—De eso estoy segura.

Joan llegó a casa sobre las nueve y media. Habíamos dicho de cenar algo juntos y luego ir al club, aprovechando que Carla había quedado con su novio antes de ir hacia la fiesta.

Ahora estoy poniéndome algo de rímel mientras miro de reojo a Joan, que baila eufórico «Hallucinate» en mitad de mi habitación, montando todo un *show*.

—Y a esto, querida mía, lo llamo yo cultura pop —dice justo al cambiar de canción para poner otra de la misma artista.

—Lo dices como si nunca hubiese escuchado a Dua Lipa. Es cierto que no suelo ponerme mucho su música, pero antes de salir nunca viene mal.

He terminado. Me miro al espejo y me siento bastante bien al hacerlo. Llevo un vestido de satén de color blanco roto. Hace tanto que no me lo pongo que me siento hasta extraña. Me teletransporta a las noches en la discoteca en la que coincidíamos con toda la gente del instituto, uno de los lugares que hicieron que mi ilusión por salir de fiesta se esfumase por completo. Donde comencé a darme cuenta de que a veces sobraba en según qué situaciones.

Decido finalmente dejarme el pelo suelto y comienzo a meter en el bolso todo lo que me encuentro en mi escritorio, con la voz de Joan suplicándome desde la entrada del piso que salgamos ya para no hacer esperar más al uber.

Justo cuando nos bajamos del coche, me percato de que estoy más nerviosa de lo que me gustaría admitir. Joan reconoce a unos chicos de la facultad que están entrando al club y los seguimos hasta llegar a la cola. Al dar nuestros nombres al personal del local, nos acompañan a una zona apartada de lo que es la pista en sí. Cuando entramos al reservado, me cuesta distinguir si es otra discoteca completamente diferente por lo espacioso que es y por lo lleno que está. Busco con la mirada a Carla, hasta que la identifico entre un grupo de chicas, que tendrán más o menos nuestra edad, que se dirigen hacia nosotros para que podamos presentarnos, aunque solo puedo quedarme con un par de nombres por el volumen de la música.

—Oliviaaa, ¡por fin has llegado! —me dice saltando hasta llegar hasta mí—. Te estaba esperando. ¡Ah! Y tú eres...

—Joan, encantado —dice Joan, y le da dos besos.

—¡Eso! Joan. Olivia me ha hablado muy bien de ti, me alegro de conocerte por fin.

—Lo mismo digo.

—Bueno, chicos, yo voy a por una copita, ¡que esto tiene que animarse! ¡Recordad que hoy invita la casa!

—¡Pues entonces te sigo! —grita Joan siguiendo a Carla hacia la barra—. Olivia, ¿vienes?

—Id vosotros, ¡yo os espero aquí! —contesto con una sonrisa.

Aprovecho para apoderarme de una de las mesas altas que quedan libres y dejo encima el bolso. Me gusta bastante la estética del club, aunque me cueste distinguir por culpa del humo que me rodea. Al fondo puedo ver a una DJ que pincha; hay algunas personas bailando detrás de ella, en una especie de escenario. El techo está formado por espejos que van unidos con unas luces leds que cambian de color constantemente, además de que cuelgan mil focos que iluminan toda la sala.

Cuando menos me lo espero, Joan aparece con dos copas y una sonrisa de oreja a oreja.

—Y esta… para ti. Hay que animar esto un poco.

—¿Y Carla?

—Creo que se ha ido con un chico con el que ha estado en la barra, a lo mejor era su novio —me dice señalándola entre la multitud.

—Sí, ese es su novio…, todo un encanto —digo con bastante ironía. Joan me sigue la sonrisa.

Sin darnos apenas cuenta, ambos nos atrevemos a bailar entre los invitados, sobre todo para que Joan deje de insistirme en que lo haga, aunque no me puedo resistir cuando suena The Weeknd. A medida que vamos sumando copas vacías, siento que el tiempo va más y más despacio. Pero no me importa. Solo me preocupo de reírme cada vez que me invento un nuevo paso de baile con el que retar a Joan, o incluso cuando este enfada a un tío que tiene detrás por darle más de un codazo sin querer al bailar. Somos él y yo disfrutando de la noche y de la amistad que estamos creando, acompañados de los desconocidos que se van sumando a nosotros.

Joan se va al baño con unos chicos que acabamos de conocer y yo decido seguir bailando sola en la pista. Me doy cuenta de que un chico me mira desde la barra, y me atrevo a acercarme a él al ritmo de la música. A su vez, también se dirige hacia mí.

—¿Qué haces bailando sola? —me pregunta con cierto coqueteo.

—¿Quién te ha dicho que esté sola?

No es para nada mi tipo, pero resulta indiscutiblemente atractivo. Lleva puesta una camiseta negra ajustada con la que puedo apreciar cada uno de sus músculos. Tiene los brazos llenos de tatuajes y una cadena de plata bastante fina. Cuando dejo de fijarme en su cuerpo, me encuentro con unos ojos aparentemente oscuros que me observan con atrevimiento.

—¿Te apetece que te acompañe alguien más?

—Bueno, no me importaría —le digo algo nerviosa mientras se acerca cada vez más a mí.

No sé por qué le estoy siguiendo el rollo, pero tengo claro que, si ahora mismo me encontrase en otro contexto distinto, me estaría muriendo de la vergüenza, aunque en este instante no me importa lo más mínimo.

Bailamos cada vez más pegados, a pesar de que uno de los dos se aleja del otro de vez en cuando para que se note la tensión que hay entre nosotros. Poso las manos sobre su cuello para después bajarlas mientras le acaricio los brazos al ritmo de la música, y él me sujeta de la cintura para que no me separe de él; llego a sentir su aliento en el cuello. Hasta que alguien me aparta de su lado.

—Pero, chica, ¡¿dónde estabas?! —grita Carla tirándome del brazo de una manera muy brusca.

Lleva consigo una botella de vodka y no es capaz de mantenerse recta. Yo la miro sorprendida, esperando algún tipo de explicación, y ella, tras responderme encogiendo los hombros, bebe un sorbo directo de la botella que tiene en la mano.

—Carla, estoy un poco ocupada.

Bastante alterada, le señalo con la mirada al chico con el que estaba bailando hasta hace apenas unos segundos.

—Seguro que puede esperar. —Se dirige hacia el chico, que no entiende la situación al ver la actitud de mi amiga—. Te la robo un momento, ¡no nos eches de menos!

—¿Perdón?

—¡Tengo que presentarte a mucha gente, querida!

Avanza arrastrándome tras ella. Carla camina rápidamente entre la gente de la pista, pero no porque sea capaz de ir en línea recta, sino porque va empujando a todo el mundo. Intento disculparme con los que se giran tras nuestro paso, hasta que veo que a nadie le importa ni un mínimo.

Comienzo a agobiarme al ver el estado en el que se encuentra Carla y lo que eso puede significar en la mayoría de los casos. Quiero pedirle que salgamos a tomar el aire, para que así calme un poco la euforia que desborda, pero no lo hago porque sé que no servirá de nada. Ahora mismo ella solo quiere disfrutar de la fiesta y que nadie le frene los pies.

Así que no voy a ser yo quien lo haga por ahora, porque no creo que vaya a escucharme. Espero que no se le vaya de las manos.

Llegamos a un sofá en el que está David, su novio, con cuatro chicos que están bebiendo y fumando a su alrededor. A la derecha del sofá, reconozco a dos chicas que suelen salir en las historias del Insta de Carla, que están concentradas en su propia conversación. Me limito a sonreír cuando veo que nadie está dispuesto a saludar.

—¡Eeeh...! ¡Eeeh! Chicos, esta es mi mejor amiga, Olivia —grita para que todos puedan oírla. Los cuatro chicos que están junto a David me miran y me devuelven una sonrisa un poco más incómoda que la que tenía yo dibujada en el rostro—. No sabéis cuántas ganas tenía de conoceros a todos, ¿verdad, Olivia?

—Ah, sí. ¡Por supuesto!

Mi cara es todo un poema. No sé ni quiénes son los chicos con los que está, porque no me ha hablado de ellos en las dos semanas que llevamos viviendo aquí. Solo me había dicho que algunos frikis ya le habían tirado la caña por mensajes y que había unas chicas que desde el primer día la miraban con mucha prepotencia porque le tienen envidia, además de que David siempre va a buscarla al acabar las clases para llevarla de vuelta a casa. En ningún momento ha parecido muy interesada que digamos en contarme nada sobre los amigos que estaba haciendo en la carrera.

Carla y yo nos sentamos en un hueco libre que hay entre dos de los chicos; como no sé de qué hablar con ellos, busco con la mirada a Joan para que venga a salvarme. Carla tampoco parece tener nada que decir, ya que está lo bastante ocupada bebiendo a morro de la botella de vodka de una manera muy desagradable.

—Mmm, me encanta esta canción. —Se limpia los labios para después levantarse de su sitio—. ¿No te acuerdas, tía? ¡Con esta canción te hiciste famosa!

—¿Famosa? —pregunta interesado el chico de mi izquierda.

—Y mucho. Todo el pueblo vio un vídeo suyo superborracha berreando esta canción, una completa leyenda. ¡Necesito volver a verlo! —asiente desbloqueando su móvil y metiéndose en la galería para buscar el archivo.

Abro mucho los ojos cuando la oigo pronunciar esas palabras. Sabe de sobra que no me gusta nada que mencione ese momento de mi vida, y menos si es para reírse de ello. Lo pasé tremendamente mal.

Carla parece no entender mis indirectas; intento quitarle el móvil sin conseguirlo mientras le pido que lo deje. Le da al *play* y le pasa el teléfono al chico que le ha preguntado antes. En el vídeo se me ve a mí, creo que con quince años, durante una de mis primeras veces bebiendo en las fiestas del pueblo, balbuceando la canción «In My Feelings». Después de haberlo visto tantas veces, sigo sin conseguir verme la cuenca de los ojos de lo mal que iba. La escena termina cuando yo acabo vomitándole a un grupo de chicas que tenía a mi lado y estas comienzan a gritarme enfadadas.

Carla lo envió por el grupo de clase en el que estábamos ambas y fue rulando por otros muchos, incluso por algunos que hoy por hoy desconozco. Después de todo el revuelo, estuve bastante tiempo sin ir a ninguna otra fiesta porque desde esa noche comprendí que no era esa la persona en la que quería convertirme, ni aquel el tipo de actitudes de mis amigas que quería soportar, ya que en vez de ayudarme solo se limitaron a reírse de mi estado y a compartir el vídeo delante de mí.

—Vaya pedazo de pota, colega...

Se ríe uno de los tíos a la vez que golpea con el codo a otro, que también se carcajea.

—Oye, tampoco os paséis, que seguro que a más de uno os gustaría ahora mismo enrollaros con ella. ¡Pero mirad qué mona es! —Se dirige hacia mí mientras se da cuenta de que no me está haciendo ninguna gracia lo que está soltando por la boca. Estoy cabreada. Mucho. No es una amiga que acabe de conocer. Ella sabe todo lo que me cuesta abrirme con los demás y lo que detesto que me dejen en ridículo de esa manera, y ahora mismo no lo está teniendo en cuenta.

—¿Sabes qué? Creo que me voy a buscar a Joan —me despido enfadada, evitando así tener que gritarle todo lo que me pasa por la cabeza. Es su cumpleaños y no quiero arruinárselo.

—¿En serio? ¿Justo ahora? —me pregunta dedicándome una cara de asco—. Chica, luego no te quejes si te va mal, encima de que te ayudo y te busco a alguien con el que te puedas liar. De verdad, qué aburrida eres siempre.

—¿Perdona? ¡No me lo puedo creer! —exclamo a punto de estallar—. ¿Te importa venir conmigo, Carla? Tenemos que hablar.

Me mira sorprendida y me sigue mientras me dirijo hacia el lugar en el que había dejado al chico con el que había bailado, donde ahora está el mismo grupo de antes; entre ellos se encuentra Joan. Al pasar por su lado, me observa de lo más extrañado, pero con solo una mirada entiende que no es el mejor momento para preguntar qué está pasando. Camino muy nerviosa hasta la salida del club y freno en seco cuando siento que se oye lo suficientemente bien como para que podamos entendernos.

—¿Qué cojones ha sido esto, tía? ¿A eso le llamas tú ayudar?

—Joder, Olivia... Te lo tomas todo tan a pecho siempre... —Sonríe dándome a entender que sigue bastante borracha—. Solo intentaba enseñar algo divertido de ti para que les cayeras bien, ya está.

—Ese vídeo no es divertido. Es vergonzoso. Y lo sabes de sobra.

—Amor, hay que aprender a reírse de uno mismo.

—Pero ¿de qué narices hablas, Carla? Por culpa de ese vídeo me tiré semanas sin salir. Sabes el daño que me hizo que la gente se riese tanto de mí, y tú entre otros —le digo decepcionada.

—¿Crees de verdad que le he enseñado ese vídeo para reírme de ti?

—¿Por qué lo ibas a hacer si no?

—Pues para que nos divirtiéramos un poco y terminases la noche con alguien, ya que nunca haces las cosas por ti misma. Pero tranquila, ¿eh?, que siempre estará Carla para ayudarte, que hasta en mi puto cumpleaños tengo que estar pendiente de que te lo pases bien.

—¿En serio crees que me has ayudado de algún modo? —le pregunto ofendida.

¿Cuántas veces hemos tenido una conversación parecida

a esta? ¿Cuándo comprenderá que ese tipo de ayuda termina haciéndome daño? No está siendo nada justa conmigo. Me prometí disfrutar de la noche para que supiese lo mucho que la quiero, aun sabiendo que eso supondría recordar momentos de mi adolescencia que terminaron convirtiéndome prácticamente en una marginada.

—Sí. Te he dado la atención que estabas pidiendo a gritos.

—Dirás más bien que me has avergonzado para así darte la atención que querías, para que sepan todo lo buena amiga que eres por juntarte con gente tan necesitada como yo. Sé que es tu cumpleaños, Carla, pero esta no es la noche que nos habíamos prometido.

Al pronunciar aquellas palabras, ambas nos quedamos en completo silencio. Sé que, si continúo reprochándole todas las cosas que me han molestado, voy a terminar arrepintiéndome después, y no quiero hacerlo para tener que pedirle perdón de todos modos. Sé que es ella la que se ha equivocado y que lo único que debería haber hecho es darse cuenta de que estaba disfrutando por mí misma. Que, por primera vez en mucho tiempo, no había necesitado a nadie para sentirme bien. Solo a mí misma.

—Olivia, creo que deberías irte —sentencia sin ninguna expresión y sin llegar a mirarme.

Está cabreada o incluso decepcionada, me atrevería a decir.

—Yo también lo creo. Feliz...

Cuando noto la primera lágrima rozándome la mejilla, me giro enseguida para que no me vea llorar y me alejo de la discoteca a toda velocidad, dejando detrás de mí a mi mejor amiga en la noche de su cumpleaños.

Al llegar a la parada de bus, empiezo a llorar sin consuelo. Noto que el corazón me bombea a toda velocidad e inconscientemente poso las manos sobre él para intentar calmarlo de algún modo. La cabeza me da vueltas y se choca todo el tiempo con todas las preguntas que quieren salir de mí. Sé que mañana lo veré todo desde otra perspectiva distinta porque puede que esté exagerando y no esté siendo capaz de darme cuenta. Pero, aun así, duele; duele mucho.

Oigo a alguien caminando detrás de mí. Quiero pensar que es Joan, que viene a buscarme, pero me encuentro solo con dos chicas que se dirigen a la parada de lo más alegres. Después siento a mi lado a una pareja que no ha parado de besarse apasionadamente desde mi llegada, aunque puede que se hayan apartado un poco para darme cierto espacio.

Y es ahora cuando me pregunto qué estaré haciendo mal. No sé en qué momento se nos ha ido todo de las manos. Se me hace complicado intentar explicar por qué he reaccionado así, por qué no lo he dejado pasar sabiendo que, simplemente, estaba borracha. Pero en ese momento solo he sentido cómo crujía un trocito de mí, una parte que tengo dentro y que nunca ha terminado de curarse. Y, joder, mira que lo he intentado todo; en cualquier caso, cuanto más tiempo pasa, más cuenta me doy del dolor que guardo.

Puede que termine huyendo hasta que mis piernas se cansen de correr. Quizá haya algo en mí que nunca he querido ver. O tal vez deba aprender hasta qué punto puedo dejar que me hagan daño por amor.

Empiezan a caer algunas gotas sobre mi vestido, gotas que se transforman en una lluvia que no cesa hasta convertirse en tormenta. Una como la de aquella noche en la que dejó de importarme lo mucho que podría llegar a mojarme si no volvía a casa pronto, en la que caminé de la mano con todos los miedos que he traído a esta ciudad.

Esos miedos que parecen no querer irse.

8

ANDER

Acaricio el tejido de las sábanas hasta que soy consciente de que sigo acostado. Al abrir los ojos, siento que el sol nubla todo lo que está a mi alrededor y me refugio de nuevo entre ellas. Y entonces vuelvo a percatarme de que he estado todo el día sin salir de mi cuarto. Cuando llegué ayer después de mi encuentro con Martina intenté evitar a cualquiera de mis compañeros de piso. Me he pasado toda la noche apuntando cada una de las ideas que aparecían por mi cabeza, para poder ordenarlas de alguna manera, porque todas me resultaban muy confusas, y cuando he reconocido cosas que pensaba que ya tenía superadas ha terminado haciéndome mucho más daño del que creía.

Me da miedo que alguien me vea así, completamente roto; me había prometido que no dejaría que me hiciese daño nunca más. Tal vez hablar del tema con alguien más solo haga que aumente el dolor. Quizá sea el detonante para que me arrepienta de las palabras que salieron ayer de mi boca y que ahora solo me dan ganas de vomitar. Sigo sin saber si hice lo correcto o si fue el rencor acumulado durante estos meses el que habló por mí. No dejé que explicara nada, solo me dediqué a reprocharle el daño que me hizo. Y puede que eso me haga sentirme culpable por siempre, después de lo mucho que he luchado para que esa sensación desapareciera. Imbécil.

Levanto la pantalla del móvil, que está a escasos centímetros de mi cama, para buscar entre las notificaciones alguna suya. En realidad no sé por qué. Lo único que tuve claro ayer fue que esa conversación sería la última. Descubro una gran cantidad de mensajes y alguna que otra llamada perdida del pesado de turno que acaba de entrar por mi puerta sin ni siquiera llamar.

—Ha llegado un paquete para ti —dice sin apartarse del marco de la puerta. Tras no recibir ninguna respuesta por mi parte, deduzco que intuye que me pasa algo—. Siento si me meto donde no me llaman, ¿eh?, pero ¿qué se supone que llevas haciendo desde ayer?

—¿Dormir?

Marc arquea una ceja y me observa en silencio. Sé de sobra que me ha calado y que no duda que miento.

—Vale…, pero tarde o temprano vas a tener que explicarme por qué te quedaste llorando ayer hasta las tantas. Y sabes que no me vale un no como respuesta.

Se sienta a los pies de mi cama.

—¿Cuándo se me fue todo tanto de las manos? Lo he jodido todo, Marc —me sincero, a punto de volver a estallar.

—Has quedado con ella.

—Sí.

—Joder, mira que lo sabía. ¿Qué te dijo, la muy…?

—Nada. Bueno, casi nada —dije cortando lo que seguramente sería la mayor declaración de guerra que se le podría ocurrir—. Prácticamente no dejé que hablara. Que nunca he sabido entenderla y que con el tiempo volveré a arrastrarme para estar con ella.

—Me cago en sus...

—No merece la pena, de verdad.

—Sí la merece, Ander, sí. Esa tía lleva años manipulándote porque sabe que tú la has querido siempre de la manera más pura posible y le has perdonado cosas que ni en sus mejores sueños van a volver a dejarle pasar.

—¿Y para qué me ha servido?

—Por lo menos para aprender lo que es que no te quieran bien ni como te mereces. Ander, lo tuyo con Martina no se pudo arreglar nunca porque esa chica no tiene solución. Tu idea de querer es completamente distinta a la suya, y no tiene ninguna intención de hacer las cosas bien, porque solo se preocupará siempre de lo que a ella más le convenga —se sincera esbozando una de sus sonrisas.

Marc es una persona muy seria, pero siempre sabe cómo hacer que te sientas seguro a su lado.

—Lo sé, Marc; si lo sé. Lo que me jode es haber pasado todos estos meses hecho una mierda para ni siquiera aprender a entenderlo. No quiero volver a lo mismo otra vez, joder.

Suelto alguna lágrima y Marc posa las manos sobre las mías para después agarrarlas con fuerza.

—Intenta no agobiarte mucho por eso, puede que necesites todavía un poco más de tiempo para verlo todo con perspectiva, y no pasa absolutamente nada.

—Es que fue tan complicado verla y comprender que no voy a volver a ser capaz de abrirme tanto como lo he hecho con ella... —Me recompongo y me seco las lágrimas con la manga de la sudadera que llevaba anoche—. Oye, perdón, que sé que todo esto es una gilipollez y que estoy siendo un dramas de narices.

—A mí no me lo parece.

—¿No?

—No, Andersito, no. —Vuelve a sonreír y me da una palmadita en la pierna—. Cuando vuelvas a abrirte con alguien, ni recordarás haber pasado por todo esto. Porque sé con certeza que no vas a volver a dejar que nadie te haga sentir que no vales nada, y que aun así tienes mucho amor por dar.

Marc me contagia su sonrisa. Le abrazo y vuelvo a agradecerle a la vida que me haya cruzado con alguien como él.

He estado con Marc toda la tarde. Llevaba un tiempo diciéndole que tenía muchas ganas de ver con él la peli *Triangle of Sadness*, y al salir de mi habitación me ha sorprendido con un bol enorme de palomitas, dispuesto a ver la película conmigo. Le he prometido que no iba a volver a contactar con ella y la he bloqueado en Insta delante de él para no ver nada de lo que publique sobre su vida. He decidido que es hora de cortar nuestra relación de raíz y así no tener ningún motivo para retroceder en la que en su día fue nuestra historia.

Haré lo que sea para superarla. Porque necesito valorarme de una maldita vez y retomar todo aquello que pausé simplemente porque alguien nunca quiso creer en mí. Alguien que me obligó a que yo tampoco lo hiciera.

Hemos pedido pizza para cenar con nuestros compañeros de piso. Antes de que lleguen, he aprovechado para darme una buena ducha y quitarme todo lo que me ha estado consumiendo por dentro durante las últimas veinticuatro horas. Mientras dejo caer el agua sobre mí, recuerdo las conversaciones que he tenido con la psicóloga, cómo defendía a Martina hasta de mí mismo, y la manera tan rápida en la que la terapeuta desmontaba mis ideas. Creo que esa fue una de las razones que me motivaron a dar el paso final, sentir una vergüenza tremenda al comprender que no recordaba cómo ser una persona independiente, que no necesitara la aprobación de nadie para sentirse segura. Y que no tuviese un miedo constante que la avisara de lo que estaría por llegar.

Al salir del baño, me acerco a la puerta y le abro al repartidor para poner después las pizzas sobre la mesa. Cuando nos sentamos, decido contarles lo que ha pasado para zanjar la situación y soltar todo lo que me queda por llorar.

Después de entretenerme quitándole algunas rodajas de piña a la porción que me estoy comiendo, me doy cuenta de que uno de mis compañeros de piso me mira pensativo.

—¿Qué pasa? —le pregunto.

—¿Quieres desconectar de verdad y escapar de toda esta mierda como te mereces? —me dice con una sonrisa de lo más traviesa.

Desde mi posición solo puedo fijarme en sus pecas y en el azul de sus ojos. Mira que se lo digo veces, pero qué tío más guapo. A saber qué estará tramando ahora.

—Soy todo oídos.

9

## OLIVIA

—¡¿Que te dijo qué?! —me grita Joan desde el otro lado del teléfono.

—Lo que oyes. Que solo quería darme la atención que pedía a gritos y que nunca hacía las cosas por mí misma —digo avergonzándome de la conversación que mantuve con Carla hace unos días.

—¿Y no habéis hablado todavía de lo que pasó? Digo yo que tendrá una disculpa pendiente que darte.

—Prácticamente no nos hemos visto desde entonces —termino susurrando.

Pero recuerdo que no está en casa. Estamos a martes y desde el sábado ha pasado las noches en el piso de David. Solo nos cruzamos ayer en el salón mientras estaba cocinando, y se fue a su cuarto sin dirigirme la palabra. Estuve a punto de hablar con ella, pero pasé varias horas en el sofá, esperando que fuese ella quien se dignase a hablar las cosas. Aunque sabía que no iba a hacerlo, porque siempre soy yo quien da el brazo a torcer, y porque seguramente siga pensando que lo que pasó en su cumpleaños fue un simple calentón mío porque les doy demasiada importancia a las cosas. La quiero mucho, pero siempre ha sido así. Nunca sabrá reconocer que se ha equivocado, y menos en voz alta. Así que supongo que la esperé hasta que terminé aburriéndome y me encerré también en mi cuarto. Seguí recordando cada una de sus palabras y cómo ninguna de las dos intentó arreglar las cosas en una noche que prometimos que sería para ambas. Y ahora no se cómo hacer para que todo vuelva a estar como antes sin tener que pasar por alto lo que me gustaría que recapacitase.

Siempre hemos tenido nuestras peleas. Algunas se solucionaban con un simple perdón por mensaje y otras muchas duraban días en los que ninguna de las dos se dignaba a entender a la otra. Pero esta vez duele un poco más al sentirla tan cerca de mí. Al recordar constantemente que puedo perderla por no dejar a un lado nuestro orgullo.

—Espero que no estés pensando en pedirle tú perdón —me recuerda Joan dando por hecho que estoy llena de dudas—. Por muy alterada que le contestaras, no tuvo derecho a hacer lo que hizo, y que encima esté esperando a que seas tú la que dé el primer paso para solucionarlo...

—¿Y qué hago entonces? ¿Dejo que pase el tiempo y que no nos hablemos más?

—Eso no va a pasar, Olivia. Os queréis, eso está claro. Pero también estoy seguro de que esta vez Carla necesita recapacitar las cosas de verdad y que tú no se lo pongas tan fácil desde el principio.

—En eso tienes razón. Puede que ambas necesitemos espacio.

—Sí... y que desconectes un poco —añade con un tono que me deja en duda.

—Tampoco es que esté tan saturada. Es una simple pelea de amigas y en unos días volveremos a estar bien, suele pasarnos —aseguro.

—Bueno, pero cuanto más espacio haya entre vosotras, más os ayudará a ver las cosas con claridad y daros cuenta de lo importante que es vuestra relación.

—Eso espero.

Ambos nos quedamos en silencio. Mantengo la mirada en los anillos que me he quitado y con los que he estado jugando a la vez que conversaba con Joan. Al otro lado del teléfono oigo una pequeña carcajada y me imagino su cara con una sonrisa traviesa. Se ve que tiene algo en mente.

—Me voy los días festivos de la semana que viene a Calella con unos amigos. ¿Te apetece venirte?

—¿A tu pueblo con unos amigos? ¿Y dónde pretendes meter a tanta gente?

—La casa de mis abuelos está vacía, y se encuentra al lado de unas calas de puta madre —me dice buscando alguna respuesta—. Estoy seguro de que te encantaría.

—No creo que a Carla le haga gracia. Va a pensar que me voy para no tener que cruzarme con ella.

—¿Cómo va a pensar eso, tía? Habla con ella, le dices que te vas un par de días y que a la vuelta hablaréis las dos cuando las cosas estén más calmadas.

No contesto a su propuesta porque estoy intentando resolver todas las dudas que tengo en la cabeza. Siempre he querido visitar la Costa Brava, aunque siento que mi mejor amiga puede llegar a molestarse si no me quedo aquí hasta que arreglemos el conflicto. Pero también estoy segura de que unos días separadas nos vendrán bien a las dos. Puede que nos hayamos agobiado más de la cuenta y que eso mismo sea lo que nos está impidiendo que alguna de las dos dé el brazo a torcer.

—Olivia, solo imagínatelo. Conocerás a mis amigos, estaremos todo el día cerca del mar, unos vinitos hasta las tantas, alguna que otra fiestecilla en la que podrás disfrutar de verdad… Confía en mí, por favor.

—Pfff… Venga, sí, que voy.

—¡EEESA ES MI AMIGAAA! —grita estallando el altavoz de mi móvil sin que yo pueda añadir nada más.

Me río al escuchar su entusiasmo y pienso en cómo estaríamos abrazándonos si estuviésemos juntos ahora mismo.

He estado toda la tarde esperando a que Carla llegase al apartamento. No he querido llamarla para no agobiarla, y he preferido pensar que se presentaría en algún momento. Me he dormido en el sofá viendo *Notting Hill*. Es una de mis películas favoritas, la he visto incontables veces y en el instituto creo que llegué a jurar que me tatuaría alguno de sus diálogos, porque no hay nada como una película romántica para ayudarme a evadirme de todo, una que me haga pensar que existe una persona que sea capaz de demostrarme que yo también puedo sentirme así. Desnuda enfrente de alguien, dejándome expuesta con cada uno de mis rincones, esperando a que la otra persona quiera unirlos con los suyos. Para que noches como hoy no se sientan tan frías, tan vacías.

La puerta de casa ha hecho que me despierte a la mañana siguiente.

—¿Olivia? ¿Has dormido en el sofá toda la noche? —pregunta Carla a la vez que yo me froto los ojos con fuerza, un poco confundida.

—Me quedé dormida viendo una peli.

Carla suspira y, tras un instante en el que nuestras miradas se cruzan, se dirige hacia su cuarto. Observo cómo se va delante de mí, pero sé que debo decirle cuáles son mis planes para no desaparecer sin avisar y que piense que es algún tipo de venganza por nuestras diferencias.

—Oye, Carla.

—Dime.

Vuelve tras sus pasos y aparece de nuevo en el salón. Se fija en el cubo de palomitas a medio terminar que hay sobre la mesa, sin prestarle mucha más importancia.

—Voy a irme unos días con Joan a su pueblo, para desconectar un poco. Me apetece mucho conocer alguna zona de la Costa Brava y, además, creo que así podremos recapacitar un poco las dos.

Carla me mira con desaprobación, casi segura de que lo que iba a escuchar de mí iban a ser unas disculpas por haber sido «una dramas». En ese momento no sé cuál va a ser su reacción, porque en realidad nunca se había dado el caso de que yo quisiese «alargar» nuestro enfado.

—Mira, Olivia, siento lo que te dije el otro día. No era mi intención ridiculizarte delante de mis amigos… —comienza a decir un poco nerviosa mientras se toca el pelo con rapidez—. Solo quería que conocieras a la gente con la que me junto, ya sabes, que te soltases un poco más…

—Pero creo que no fue la mejor manera para hacerlo —la corto de la impotencia al recordar de nuevo la noche de su cumpleaños.

—Déjame terminar, por favor. Simplemente quiero que sepas que no va a volver a pasar, no quiero que le demos más vueltas a esto, ¿vale, amor? —termina añadiendo una sonrisa sincera.

—Aun así, creo que necesitamos un poco de tiempo separadas. —Cuando pronuncio esas palabras, me doy cuenta de lo muy cortante que ha sonado—. No sé, creo que por lo menos yo estoy algo saturada.

—Te entiendo, a mí también me está costando acostumbrarme a esta nueva vida.

No sé qué contestarle. Sé que le ha jodido que no haya aceptado sus disculpas tan fácilmente, sobre todo porque no es algo propio de mí. Pero esta vez debo sonar lo más firme posible para que se noten mis intenciones de hacer lo correcto.

—Bueno, ¿y cuándo te vas?

—Pasado mañana.

—Genial… —Empieza a alejarse del sofá sin que yo sepa muy bien qué más añadir—. Pues ya me contarás qué tal te lo pasas en el pueblecito y cómo te sienta el retirito espiritual.

—Eso haré.

No me gusta nada la ironía con la que ha acabado la conversación y, aunque no he querido darle más importancia, chasqueo la lengua y me froto la frente en cuanto se marcha. Se nota que le ha cabreado no zanjar el asunto. Pero, aunque en realidad no sé por qué, esta vez necesito algo más que un perdón.

Estoy sentada encima de mi maleta, intentando cerrarla, con miedo de que el cierre pete en cualquier momento y me quede sin nada en lo que meter tantísima ropa. Y eso que solo me voy una semana. A punto de conseguir cerrar toda la cremallera, repaso lo que llevo por si echo algo en falta (y espero que no, porque sería imposible): la ropa interior, un vestido y alguna otra prenda para arreglarme un poco más, el pijama, ropa cómoda para pasear por el pueblo, una de mis cámaras analógicas, una cajita con un par de anillos, pendientes y collares, y, por último, un bikini, por si decide hacer algo de calor.

Justo cuando termino de cerrar la maleta, veo sobre la mesa la libreta donde suelo apuntar algunas ideas o momentos que luego me gusta recordar. Creo que esta vez irá perfectamente dentro del bolso. No pienso abrir ese artilugio del demonio ni una vez más hasta que llegue al pueblo.

Cuando termino de vestirme y de maquillarme un poco, cojo mis cosas y espero al ascensor para poder dirigirme al piso de Joan. Al salir a la calle, busco la dirección que me ha pasado antes por WhatsApp y camino hasta llegar a la boca del metro. En mis cascos suena «Ya no te hago falta», de Sen Senra, y, una vez dentro del vagón, observo a las personas de mi alrededor. Algunas acaban de entrar justo antes de que se cerraran las puertas, otras pasan desapercibidas detrás del móvil e incluso algún que otro libro, y también veo que un chico le cede su asiento a un señor mayor. Me gusta imaginarme qué será de esas vidas. En el pueblo todo era un poco más tranquilo en ese aspecto. No íbamos con prisa a todas partes y nadie llegaba a sentir tanto agobio por un ambiente así de metropolitano, tan sobrecargado de emociones ajenas que a veces terminan convirtiéndose en las propias. Pero de algún modo me gusta fijarme en ese tipo de cosas. Intentar descubrir o incluso inventarme qué puede esconder la gente con la que no voy a volver a cruzarme y que seguramente tenga una historia diferente a la mía, con cada uno de sus miedos, sus planes de futuro o incluso sus primeras veces.

Últimamente intento recordarme a mí misma lo afortunada que soy de estar aquí. Todavía me acuerdo del miedo que tenía hace apenas unos meses de no cumplir con ninguno de mis objetivos. Y aun así estoy en una ciudad que nunca había despertado nada en mí, esperando no arrepentirme de todo lo que he luchado para poder llegar a donde estoy, para que otras personas que me observan sin conocerme puedan seguir imaginándose cuál será mi historia. Porque creo que yo misma sigo sin saberlo.

Salgo del metro y tardo solo unos minutos más cuando el GPS da mi ruta por terminada. Aviso a Joan de que ya estoy abajo, porque pensaba que sería él quien estaría esperándome en la puerta. Cuando lee mi mensaje, oigo que se abre el portal y me responde con un «Sube, es el 2.º C».

Cuando llego, me encuentro con la puerta abierta y al entrar me recibe Joan con un abrazo.

—¿Qué tal? ¿Estás lista? —pregunta efusivamente.

—No te haces una idea. Tengo muchas ganas...

—Sé que te dije que te esperaba en el coche, pero Martínez ha tardado más de la cuenta en hacer la maleta. De verdad, yo no sé por qué tanto lío para ir a un pueblo.

Me río al escucharle y sigo sus pasos hasta la cocina. Si hubiese visto el panorama de mi piso esta mañana, con las doscientas pruebas distintas que he hecho para meter toda mi ropa en la maleta, estoy segura de que habría perdido la cabeza.

—¿Martínez también viene? ¡Quiero conocerle ya!

—Claro, te dije que vendrían mis amigos. Todos mis compis de piso.

Asiento satisfecha mientras Joan guarda un par de mandarinas en su mochila y saca una botella de agua del frigorífico. Su cocina me parece de lo más acogedora. Es algo más pequeña que la mía, o puede que dé esa sensación al estar en una habitación aparte, pero sus muebles de una madera bastante desgastada, igual que los míos, demuestran a gritos que pertenecen a un piso de estudiantes. Desde la ventana que pega a lo que parece ser un lavadero, se ven bastantes edificios del centro de la ciudad. Me imagino lo que tiene que ser ver un atardecer desde aquí.

Oigo algunas voces que empiezan a acercarse y me pongo un poco más nerviosa al recordar que estoy en el mismo piso que mis compañeros de viaje, aunque no los haya visto aún. Mientras tanto, recuerdo las posibles presentaciones que he ensayado sin parar en el espejo de casa para causar una buena primera impresión, por lo que espero que vayan apareciendo pronto para intentar hacer el menor ridículo posible y que no parezca que me estoy escondiendo de ellos.

—Joan, yo ya estoy, ¿eh?, que la que está tardando ahora es Laia —dice una voz masculina desde otra habitación.

Se me hace familiar.

—¡Laia, amor! ¡Que te van a dar las uvaaas! —grita divertido Joan mientras se dirige al salón, invitándome a que le siga.

Al entrar, dejo mi maleta a un lado para que no moleste en el pasillo.

—Yo a ti te conozco —me dice el chico que tengo a mis espaldas.

—¿Marc?

—¿Cómo? ¿Conoces a Martínez? —pregunta Joan de lo más sorprendido.

Estoy alucinando en colores. Tengo delante de mí a dos personas que en mi cabeza no imaginaba ver juntas en ningún contexto. Y flipo más aún cuando oigo la manera en la que lo nombra Joan.

—¿Tú eres Martínez?

No me lo puedo creer. Es el chico que recitó el poema en el bar y que después me llevó a casa. Entonces eso significa que...

—¿Olivia? —me pregunta el chico con el que casi me lie aquella noche.

Ander me mira desde la otra punta de la habitación, perplejo, y se le dibuja una sonrisa en la cara al verme. Sin ninguna duda, la mía es todo un poema.

—Llamadme loco, pero creo que me he perdido algo —confiesa Joan extrañado.

—Nos conocimos en un micro abierto —comento rápidamente para zanjar el tema.

—Y después nos tomamos unas cañas. Bastantes, diría yo —añade Ander, mirándome con complicidad y encontrándose con una imparcialidad impresionante de mi parte.

Se está secando el pelo con una toalla; acaba de ducharse.

—Entonces eres tú su amiga de la uni...

—Eso parece —contesto tímidamente.

Los cuatro nos quedamos sin saber qué decir. Una voz femenina se oye de fondo tarareando una canción de Delaporte que solía berrear en el instituto cada vez que me metía en la ducha, y eso hace que sonriamos todos al notarse la situación cada vez más incómoda. Sé que Ander está pensando en lo mismo que yo, en el ridículo que hice y en cómo estuvimos a punto de enrollarnos sin apenas conocernos, para terminar unas semanas después en la misma habitación. También recuerdo nuestras conversaciones. Cualquiera de las muchas que tuvimos a lo largo de la noche.

—Creo que me he dejado el bolso en la cocina —miento para abandonar la habitación y esconderlo lo máximo posible tras mis brazos.

Necesito salir de ahí. Joan me sigue, seguramente para tratar de entender una mínima parte de lo que acaba de pasar.

—Hay que joderse. ¿Era con Marc con quien quisiste liarte esa noche?

—¡No! No, no y no.

Pego un pequeño grito al escuchar su teoría. Me entran escalofríos solo de imaginarme la escena.

—Así que Ander...

—¡Que no me quise liar con él!

—Pero tonteasteis —me recuerda, hablando cada vez más alto.

Me altero solo de pensar que puede estar oyéndonos en este momento. Joan se limita a mofarse de mí mientras yo le pido que baje la voz.

—¡No es lo mismo! Madre mía, qué vergüenza.

—No tiene por qué darte. Ander está como un flan, es una realidad.

Y es verdad. Y me jode que lo primero en lo que me he fijado al verle sea la camiseta de tirantes que lleva puesta, que está algo empapada y le queda bastante ajustada, y en los mechones mojados que le tapan la cara. Hace las cosas mucho más difíciles.

—¿Y cómo que Marc es Martínez? —pregunto para intentar cambiar de tema.

Hablar sobre chicos es algo que sigue costándome mucho, y más aún cuando el susodicho está en la habitación de al lado.

—Pues claro. Su nombre es Marc Martínez. Solo que la gran parte del tiempo le llamo por su apellido. Es una de mis tácticas para ligar, aunque creo que con él no está funcionando por ahora.

—No me lo puedo creer.

Estuvimos hablando durante una hora en la facultad de las mismas personas. Tanto yo cuando le conté mi primera salida en Barcelona como él al confesarme que estaba pillado de su compañero de piso. Vaya puntería.

Veo a Joan reírse en silencio.

—¿Se puede saber de qué te ríes? —pregunto quejándome, pero siguiéndole la sonrisa.

—¿Yo? De nada. Simplemente me hace gracia ver lo pequeño que es el mundo. Y lo interesantes que son las casualidades, ¿no crees?

—Y que lo digas.

—¡He terminado! No he tardado tanto, ¿eh? —dice una chica que cambia su expresión al verme.

—Ya estamos todos. Esta es Laia.

Joan se separa de mi lado para ir a coger nuestras maletas y me quedo a solas con ella.

Es algo más bajita que yo. Tiene el pelo bastante oscuro, que combina a la perfección con el bronceado de su piel y sus rasgos asiáticos. Es guapísima y viste de escándalo. Lleva puesto un top de punto que deja ver un poco de su abdomen y una falda vaquera blanca corta que queda genial con las botas negras altas que calza. Sus ojos oscuros me están mirando fijamente, casi desafiándome.

—Entonces tú eres...

—Olivia, encantada.

Me acerco a ella para darle dos besos, a los cuales responde de una manera algo fría.

—Igualmente —dice irónicamente—. No veas cómo has revolucionado el piso en un momento, ¿eh? No paran de hablar de ti en el salón.

La miro un poco extrañada, sin saber qué responder. ¿Le habré caído como el culo o será así con todo el mundo? Trato de que esa mirada felina vea que tengo la mejor de las intenciones con ella y rezo para que sea yo la que se está montando una película en la cabeza y que, en el fondo, esté causando una buena impresión.

—Bueno, ¿qué estudias? Supongo que Joan te habrá dicho que estudio con él.

—Diseño. Y no, no he tenido el gusto de que Joan me hable de ti.

Termina nuestra conversación dejándome sola en la cocina tras dedicarme una sonrisa de lo más falsa, que ha combinado perfectamente con su ironía. Va a ser que la ropa no es lo único que se le da bien combinar.

Efectivamente, es una borde. De categoría, diría yo.

Salgo avergonzada hacia la puerta, donde nos reencontramos todos los integrantes del viaje. El panorama que me rodea solo me anima a huir hacia mi piso y plantear otra manera más sencilla de solucionar mis diferencias con Carla.

A lo mejor tendría que haberme propuesto conocer antes un mínimo a los amigos de Joan. O por lo menos haber visto una foto de cada uno para evitar unas cuantas sorpresas.

Joan me pone la mano en el hombro para mostrarme su apoyo al contemplar mi claro nerviosismo, y bajamos todos juntos en el ascensor sin importarnos que nuestro equipaje haga que el espacio personal sea nulo.

Solo tarda unos veinte segundos hasta llegar al portal del edificio. Lo sé porque he contado cada instante que he pasado encerrada con estas personas. Veo que a Laia sigue sin hacerle ningún tipo de gracia mi presencia, y en el caso de Marc, sus ganas de reír muestran su ilusión de ver cómo nos desenvolveremos durante tantos días.

Algo desmotivada, vuelvo a recordar el motivo por el que estoy haciendo esto: por mí. Por encontrar partes de mí que sé de sobra que están desordenadas, las mismas de las que sigo sin poder hablar. Por darme una oportunidad de verdad.

Y puede que eso sea lo único que necesitemos cada uno de nosotros.

Una oportunidad para empezar de cero.

10

ANDER

Intento alcanzar a Olivia, que lleva la delantera junto a Joan hacia mi coche para poder meter las maletas. No sé qué es lo primero que he pensado cuando la he visto en el salón. Una persona con la que no creí que volvería a encontrarme, rodeada de repente por todos mis amigos. Justo al lado de mi sofá. La he notado algo distante, sobre todo comparado con lo atrevida que me pareció la primera vez que nos vimos.

—¡Oye! ¿Todo bien por Barna?

—Sí, todo bien —responde tímida, intentando dar por finalizada nuestra interacción.

Pero yo necesito saber un poco más.

—Oye, que lo de aquella noche...

—Tampoco me acuerdo muy bien, creo me pasé con la bebida. Me he acordado de Marc porque cuando llegué le vi recitando algo que me encantó, creo que hablé con vosotros para decirle a él lo mucho que me había gustado el poema. Lo último que recuerdo es que me llevó a casa. Deduzco que tú también fuiste en el coche, ¿no?

—Sí, fuiste muy maja con nosotros.

—Seguro que vosotros también. Pero, ya te digo, no me acuerdo de mucho.

—Tampoco pasó nada interesante, tranquila —miento al no querer dejarme más en ridículo—. Pero qué curioso que volvamos a coincidir.

—Pues sí.

Termina alejándose de mí para meter su maleta en el coche junto a la de Laia.

Me fijo en su pelo. A pesar de ser tan oscuro, brilla a kilómetros cuando le da la luz del sol. También en cómo una especie de cortinas, que no llegan a ser flequillo, no me permiten ver parte de su rostro, aunque termina escondiéndolas detrás de sus orejas.

Joan comienza a acercarse hacia mí. No sé por dónde empezar a preguntarle respecto a nuestra invitada.

—¿Por qué me miras así?

—¿No pensabas decirnos en ningún momento ni el nombre de tu nueva amiga?

—Lo he dicho. Bastantes veces, ¿eh? Pero sí es verdad que últimamente has estado algo ausente por… otras cosas —contesta arrepintiéndose de lo que acaba de decir.

Sabe que, a pesar de que el nombre de Martina vaya doliendo cada vez menos, no me suele gustar hablar del tema. Pero tampoco le culpo, es verdad que no he estado presente estos últimos días, aunque Olivia ha rondado por mi cabeza un par de veces.

—De todos modos, igualmente aquella noche hicimos buenas migas. No creo que sea ningún problema.

—Es una tía de puta madre, y pasar unos días con nosotros le va a venir bien para hacer amigos y escapar también un poco de sus movidas.

—Ya sabes que por mi parte cualquier persona que traigas siempre será bienvenida. Lo que no sé es si Laia opina lo mismo —añado señalándola con la cabeza, intentando que no se dé cuenta; está mirando a Olivia con bastante desagrado mientras esta pretende ayudarla a meter su equipaje en el maletero.

Laia es como el perro guardián del grupo. Hace un año desde que empezamos a vivir juntos. De hecho, sería un pastor alemán, estoy convencido. La conocimos gracias a que Marc tenía una amiga que iba a empezar la misma carrera que ella y los puso en contacto al enterarse de que Laia buscaba piso justo cuando se acercaba septiembre. Desde el primer momento supimos compenetrarnos bastante bien, pero sé que tuvo una paciencia extra con nosotros cuando empezamos a conocernos. Es una persona algo fría y superdirecta, pero al tener a Marc como experiencia me propuse sacar su lado más tierno y cariñoso desde que nos presentamos para enseñarle el piso.

A pesar de ello, sigue costándole horrores abrirse a los demás. Sé que en su adolescencia ha vivido cosas que han hecho que ahora prefiera tener un círculo más cerrado y que su vida sea algo más privada que antes, pero, aun así, nunca ha querido hablar mucho más de aquellos años. Por eso mismo creo que ahora va a tener un caparazón terrible con Olivia que no sé si voy a ser capaz de romper. En fin, por lo menos veo que ella sigue intentando empezar con Laia con buen pie. Aunque no tenga muy buena pinta que digamos. Espero equivocarme.

No tardamos mucho más en salir. Laia se sienta en el asiento del copiloto y conecta su iPhone al *bluetooth* del coche sin mediar palabra. Joan se sienta en el centro de la parte trasera, con Marc a su izquierda y Olivia a su derecha. Tengo ganas de reírme al ver el panorama; se nota bastante la incomodidad de Olivia, pero no quiero ser yo quien diga algo al respecto.

A pesar de que el trayecto no dure más de una hora, nos está costando horrores llegar a la autovía. Conduzco viendo cómo se acerca una tormenta de narices y escuchando de fondo la *playlist* que Laia suele poner cuando hacemos vida en común en el piso. Creo que la canción que suena ahora mismo es de The Smiths, «I Know It's Over» o algo así.

Olivia no aparta la vista de la ventana. A veces asiente cuando Joan hace un comentario de alguna de sus asignaturas o menciona algún cotilleo de las personas que van con ellos a clase, para que haya algún tema de conversación entre ambos, pero no parece importarle mucho. Está pensando en algo. Y si soy sincero, espero que sea por los problemas que me ha contado Joan y no porque esté molesta por haber coincidido conmigo en el viaje. Aunque no tendría sentido. Se supone que no se acuerda de mí ni de nada de lo que hablamos durante tres horas. Se notaba que iba algo mal, pero no sabía hasta qué punto. Por suerte, al menos no llegamos a… enrollarnos. Si no, hubiese sido más incómodo aún. Por lo menos para mí, claro, que me acordaría a la perfección. Como de aquella servilleta, de su dilema con la poesía o incluso de esa electricidad que creí por un segundo que habíamos sentido ambos.

Pero éramos simples desconocidos que coincidieron en pleno centro de Barcelona. Eso es todo. De hecho, puede que no sepa descifrar qué le pasa por la cabeza, porque no sé nada de ella. Solo fingimos ser unos ilusionados de una noche. O yo, al menos.

La música ha seguido sonando hasta que hemos logrado salir de la ciudad. Se está haciendo de noche y las nubes teñidas de negro cada vez se acercan más a nosotros. Laia y Marc se han peleado en varias ocasiones en los últimos treinta minutos por la puñetera música, y he acabado por poner la radio del coche para que decidiese el azar, cosa que Laia no me perdonará en la vida. Todavía noto cómo me mira de reojo. A veces paso demasiado por alto lo peligroso que puede llegar a ser enfadar a la bestia.

Y comienza a llover.

—Madre mía, yo no me he traído ni paraguas —dice Marc intentando buscar la predicción del tiempo en el móvil—. Y encima ahora tampoco hay cobertura.

—Bueno, si llueve mucho, podremos quedarnos en casa igualmente. Creo que tengo mil juegos de mesa, y la bodega está a rebosar —propone Joan bastante contento.

Está claro que es imposible que alguien le arruine un plan. No nos vendrá mal algo de positividad.

—¡Sí! Justo lo que necesito... —vacila Laia mientras se repasa el rímel con la ayuda de la cámara del iPhone.

Suelto una pequeña risa nerviosa y veo en el retrovisor la reacción de Olivia, que seguramente se esté sintiendo atacada por el comentario que acaba de escuchar. Lo que nos queda por pasar...

Cuando estamos a medio camino, vemos que caen los primeros rayos. La lluvia también impacta con fuerza contra los cristales del coche, lo que hace que me resulte bastante complicado ver la carretera con claridad, debido a que ya es completamente de noche.

—¿Cuánto se supone que queda para llegar? Pensaba que estábamos más cerca —se queja Laia.

—¿Por qué tanta prisa? Estamos disfrutando de la música todos juntos, en familia —bromea Marc simulando que baila con la mala señal que emite la radio.

—Una familia cojonuda, con nuevos integrantes sorpresa y todo, fíjate.

Las palabras de Laia nos dejan sin saber qué decir. En realidad, sé que no tiene mal fondo, pero Olivia debe de estar sintiéndose fatal, y no creo que sea la mejor manera de empezar una amistad con ella. No tiene ningún sentido que la esté prejuzgando de esta manera.

—Laia...

—¿He dicho algo que te haya molestado?

—No te ha hecho ni falta, me ha bastado con verte. Por favor, Ander, dime cómo narices se pone el *bluetooth*, que no soporto esta mierda de conexión ni un segundo más.

—¡NO! ¡Que si conectas el móvil solo vas a poner tu música! —protesta Marc.

Comenzamos todos a pelearnos dentro del coche. Joan intenta excusar a Laia, pedirle perdón de alguna manera a Olivia, que sigue sin entender por qué ha reaccionado de esa manera, y su conversación se mezcla con la pelea que mantienen Laia y Marc por la música. A pesar de que intento calmar el ambiente, no me hacen ningún caso y sigo luchando contra el agua que nos está cayendo encima, algo que se me hace imposible.

El jaleo sigue sin cesar hasta que todos oímos un ruido tremendo que hace que pare el coche prácticamente en seco.

—¡Joder!

—¡¿Qué coño ha sido eso?!

—¿Hemos chocado con algo?

—¡¡CALLAD UN MOMENTO!! —grito casi desesperado, sin saber lo que acaba de pasar.

Me bajo del coche y voy lo más rápido que puedo a levantar el capó. Juraría que lo que haya ocurrido ha sonado dentro. Cuando lo subo, empieza a salir un montón de humo que se dispersa enseguida por lo mucho que está lloviendo. Se ha jodido el coche. Mierda.

—El motor. No sé qué le ha pasado, pero parece como si algo hubiese explotado —digo subiéndome para resguardarme de la lluvia y encontrar un poco de calma, si es que se puede.

Necesito pensar. Intento arrancar repetidas veces hasta que veo que es imposible. Todos guardamos silencio. Trato de buscar la solución más rápida posible y me saco el teléfono del bolsillo para llamar a una grúa y que nos saque de aquí.

—No hay cobertura, ya lo he intentado yo —me dice Laia mirando hacia otro lado.

—Intentadlo todos, alguno tiene que tener. Es imposible que nadie tenga.

—¿Con la tormenta que hay fuera? Yo tampoco.

—Ni yo.

—Nada, cero cobertura.

«Joder, joder, joder», me digo a mí mismo agarrando el volante con fuerza.

No podemos llamar a nadie, pero tampoco quedarnos aquí con la que está cayendo para que el próximo coche que pase tenga un accidente por nuestra culpa.

—Allí hay un motel —dice Olivia bajando la ventanilla del coche para ver con más claridad—. Podemos ir allí, quizá alguien pueda ayudarnos.

Después de apartar el coche de la carretera entre todos, salimos pitando hacia nuestra única esperanza para conseguir ayuda. Creo que ninguno de nosotros ha corrido más en su vida. El motel está a menos de cien metros, pero el camino hasta llegar a él parece interminable. Con cada zancada que doy, siento que el agua me empapa y las botas se me llenan de barro. Solo oigo lamentaciones por detrás, que han acabado convirtiéndose en un simple ruido camuflado por la fuerza de la lluvia, a pesar de que no ha parado hasta que hemos llegado a un pequeño porche que hay antes de pasar a la recepción.

Cuando entramos, una mujer de mediana edad se baja las gafas que la ayudaban a ver la pantalla de su ordenador; nos juzga con la mirada. Y la verdad es que la comprendo, ahora mismo parece que nos han sacado de una película de terror. Si nos hubieran dejado un minuto más dentro del coche, la sangre tampoco habría faltado.

Hay un sillón a la derecha, pegando a la única ventana de la sala, y dos pasillos, por lo que supongo que habrá que cruzar para llegar a las habitaciones. Todo tiene unos colores bastante oscuros, una decoración propia de *El resplandor*. Me cae una gota sobre la cabeza, es una gotera.

—¿Os puedo... ayudar en algo? —pregunta la mujer desde el otro lado de un pequeño mostrador.

—Sí, se nos ha averiado el coche y nadie tiene cobertura. ¿Podría dejarnos llamar con alguno que tengan aquí?

—Querido, aquí nadie tiene cobertura ahora mismo y no parece que la señal vaya a volver en mucho rato —asegura, dirigiéndose hacia un cartel con distintos precios, para que podamos hospedarnos allí.

—Supongo… que no nos queda otra. Es tarde ya —admite Joan.

—Esto cada vez se pone más entretenido —añade Marc, intentando chinchar a Laia, que le contesta con un codazo.

Trato de buscar la aprobación de Olivia, que asiente justo cuando se da cuenta de que la estoy mirando.

—Pues no se hable más. Somos cinco.

Creo haber oído un eco cuando he terminado la frase. El edificio no parece ser muy grande, pero estoy convencido de que todas las habitaciones se encuentran vacías. Puede ser que los precios tengan algo que ver.

La señora tarda bastante en encender un ordenador que parece que no ha conectado en todo el día. Es francamente antiguo y hace un ruido tremendo que parece no molestarle ni lo más mínimo. Seguro que trabajar aquí debe de ser divertidísimo. Cuando al fin inicia sesión y comienza a cargar el programa, nos pide el DNI y algunos datos más.

—Perfecto, tenéis una habitación para dos y otra para tres —dice la recepcionista mientras sigue anotando en el ordenador—. La veintidós y la veintitrés.

Se oye un trueno que retumba por todas las paredes del motel y empiezo a notar lo mucho que ha calado el agua en mi sudadera; necesito cambiarme lo antes posible.

Intento limpiarme las zapatillas un poco más con una alfombra que cubre gran parte de la estancia, y después veo a Olivia sentada mientras se fija en un cuadro que cuelga sobre su cabeza. Es una especie de cabaret, aunque las pinceladas son algo abstractas y solo puedo identificar una lámpara de techo y las primeras personas apoyadas en lo que deduzco que es una barra. Diría que es de Manet.

Me centro en todos esos clientes que aparecen concentrados en sus conversaciones. En cómo puedo sentir el bullicio del local, el mismo que retumbó en mis oídos aquella noche y que se ha esfumado, junto con lo que había en mi cabeza, en cuanto me he cruzado con la única casualidad que deseaba que volviera a repetirse: la persona que acaba de ponerse nerviosa al ver que la estoy observando.

11

OLIVIA

Me aparto del mostrador al ver que Marc es el único que queda por pagar su estancia. La última media hora ha sido de lo más caótica y ahora intento preocuparme solo de ver si hay algo en mi bolso que la lluvia haya echado a perder.

No creo que el recibidor tenga más de diez metros cuadrados y estoy sentada en el único sofá que hay en él. Es de pana y tiene un color verde oscuro que tira a grisáceo. Noto, además, algunos agujeros en la superficie, que me confirman los muchos años que debe de tener. Supongo que la poca iluminación de la que dispone el edificio hace que sea más acogedor, o puede que más tenebroso, depende de cómo se mire. Pero sería el típico motel en el que se escondería cualquier personaje de *Pequeñas mentirosas*, eso lo tengo claro, aunque a nosotros no nos esté persiguiendo nadie. Creo que ya tenemos bastante con nuestra propia compañía.

Mientras le acompaño a recoger las maletas al coche, Ander me pregunta varias veces cómo me he sentido después de la pequeña discusión que he tenido antes con Laia. No he querido darle más vueltas de la cuenta; no me parece que la haya ofendido tanto como para que reaccione de esa manera cada vez que intento interactuar con ella. A lo mejor necesita espacio, pero todavía no quiero rendirme, a pesar de que creo que mi ímpetu por conseguirlo va a terminar sacándola de sus casillas.

Volvemos rápidamente a la entrada. Veo que Laia tiene las llaves de las habitaciones en la mano y dudo si acercarme a ella.

—Laia, espera —le digo al verla avanzar hacia el pasillo—. ¿Te parece bien si compartimos habitación? Igual no hemos empezado de la mejor manera y nos vendría bien pasar un poco más de tiempo juntas.

—¿Tú y yo?

Su pregunta hace que me dé cuenta de lo ridícula que ha debido de sonar mi propuesta. Pero ya no puedo arrepentirme y decirle que tal vez no sea tan buena idea. Respiro hondo antes de contestarle.

—Sí. Tú y yo.

—Por lo menos eres atrevida, eso me gusta —dice haciendo una pausa para después escanearme de arriba abajo con la mirada—. Está bien.

La sigo hasta el final del pasillo. La habitación 22. Cansada, arrastro la maleta y la suelto en el suelo, a pocos metros de la puerta. La habitación está congelada comparada con el pasillo. Laia deja el móvil y los auriculares encima de la cama y se marcha a por su equipaje después de habérselo olvidado fuera. Una vez sola, aprovecho para cerrar una ventana bastante vieja que estaba dejando que entraran el viento y la lluvia. Abro la carpeta del teléfono en la que tengo descargadas unas cuantas canciones y comienza a sonar «La persona», de Amaia, y lo poso sobre una pequeña mesa para después desnudarme e intentar entrar en calor.

Siempre me ha gustado ponerme música para todo. Para sentir las cosas con más intensidad o para no darles tanta importancia, para recordar momentos que están unidos por un disco, una simple canción que se convierte en todo un himno para mí o un artista que siempre me transportará a una etapa de mi vida en concreto. Para evadirme de las cosas en las que no quiero pensar, de todo eso de lo que quiero huir.

Me acuerdo de cada momento de aquella noche. De que me sentí igual que ahora, empapada por culpa de una tormenta y algo perdida, pero expectante al no poder controlar nada de lo que pudiera pasar. De que también hay lluvia dentro de mí que sigo sin saber cómo hacer que escampe.

Me pongo un top de tirantes y mis pantalones de pijama de rayas, aprovechando que el sitio al menos cuenta con bastante calefacción para ponerme algo más cómoda. Cuando me miro en el espejo, esbozo una pequeña sonrisa al verme la cara bastante tapada por culpa del pelo mojado e intento peinarme un poco con la mano. Me noto también los labios algo agrietados. A través del reflejo del espejo, veo un libro apoyado en la mesita de noche que se encuentra a la derecha de la cama. Me acerco y veo una edición antigua de *El club de los poetas muertos*, de N. H. Kleinbaum, en bastante mal estado, pero lo cojo para ojear algunas de sus páginas y leer la contracubierta. Seguro que mi abuelo tendría algo que opinar sobre este libro. De hecho, seguro que lo habrá leído y le habrá gustado. Estoy convencida. Es el típico libro del que me hubiese hablado durante horas por lo muy intensos que son sus personajes y sus diálogos.

Oigo un par de golpes en la puerta y Joan empieza a canturrear mi nombre incluso antes de que pueda llegar a abrirle.

—¿A qué esperas?

—¿Perdón? —pregunto algo sorprendida.

—Te estamos esperando todos en la otra habitación. ¿O pensabas irte a dormir a las once de la noche?

No me deja ni contestarle y me coge de la mano hasta que nos encontramos con sus amigos. Al entrar me sorprende la gran cantidad de ropa y de trastos que han sacado de las maletas y el desastre que han montado en cuestión de minutos. De hecho, creo que he contado ya unos cuatro calzoncillos colgados por los muebles.

—Pensaba reservarla para otro momento, pero, si el destino lo ha querido así… —dice Joan mientras busca algo con empeño entre todas las cosas de su mochila—, ¿quién soy yo para impedirlo?

Después de intrigarnos durante minutos intentando darnos pistas sin conseguir que nadie se acerque a adivinar su pequeña sorpresa, termina sacando una botella de vodka y la deja en mitad del círculo que hemos formado al sentarnos encima de las dos camas, las cuales han juntado entre todos antes de que yo llegase.

—Joan, lo tuyo es impresionante —dice riendo Ander.

—¿Cómo narices tienes ganas de beber ahora?

—Siempre es buen momento, ¿no? —asegura Marc, sabiendo que la propuesta de Joan aún no ha terminado.

—Este es EL MOMENTO, no uno cualquiera. Somos universitarios en mitad de la nada, sin ni un euro en la cuenta porque nos lo acabamos de gastar todo en un motel cutrísimo y, encima, acompañados de una pedazo de botella de vodka, así que solo tengo una cosa más que añadir —dice misteriosamente, haciendo una pausa para girar la botella que había dejado sobre la cama y que termine apuntando a Marc—: Martínez, ¿verdad o reto?

—Estarás de coña.

—¿Cuándo me has visto a mí de coña? —me responde Joan, que es la persona más irónica que existe.

—¿A ti? Nunca, nunca.

No sabía qué esperar. Después de tantos años creo que les he pillado cierto miedo a los juegos en los que me veo presionada a contar algo de mi vida personal para así poder «destacar» o sentirme igual que el resto. O eso es, por lo menos, lo que han significado siempre para mí. No quiero que nada de lo que pueda llegar a decir se malinterprete o que se piensen que soy mejor o peor persona según las cosas que he hecho. Y mucho menos tener que reconocer en voz alta las experiencias que todavía no he vivido. Estoy bastante nerviosa.

Laia comienza la partida preguntándole a Marc con cuántas personas se ha liado en lo que llevábamos de curso. Este responde sin ningún tipo de tapujo que han caído unas cuantas de su clase, pero que nunca termina en nada serio, cosa que no supone ningún problema para él. Recuerda cómo fue su último polvo detalle a detalle, hasta que Laia le frena en seco al no poder seguir escuchándole. Yo solo puedo fijarme en la cara de Joan y en lo que estará pensando en este momento. Al fin y al cabo, todos nos hemos pillado alguna vez de una persona con pocas luces. Y Marc está claro que no puede presumir de tener muchas.

—¡¡Ajá!! ¡¡Te toca!! —grita Marc a Joan con una sonrisa pícara que le ocupa toda la cara—. Sabes de sobra que yo no me ando con rodeos...

—No te pases.

—¿Estás nervioso?

—¡No! —se queja Joan ofendido.

—¡Estás acojonado!

—Solo estoy pensando en lo que vas a tener que hacer la próxima vez que te toque a ti —le amenaza—. Así que déjate de gilipolleces y di el reto.

—Bésate con la persona con la que más te escribes del grupo —pronuncia mientras se da cuenta de cómo Joan suspira aliviado al oírlo—. Pero que sea un buen beso. Que se noten las ganas.

—Eso dalo por hecho —sonríe Joan.

Saca el móvil del bolsillo y empieza a trastearlo para buscar a su víctima. Durante unos segundos pienso que la persona a la que va a besar podría ser yo debido a la cantidad de veces que le he escrito para preguntarle tonterías acerca de la universidad. Pero cuando bloquea el teléfono para dejarlo sobre la cama y así cumplir el reto me doy cuenta de lo equivocada que estoy.

Joan, que hace un momento estaba sentado a mi lado, se incorpora de rodillas en el colchón y se acerca hasta Marc para quedarse a escasos centímetros de él. Me fijo en la expresión de Marc y no puede estar más nervioso. Incluso puedo ver cómo le ha dado un tic en la ceja. Joan le sonríe de lo más atrevido y le coge del hombro, juntando cada vez más el cuerpo. Mi pulso cada vez está más acelerado por culpa de la situación, sobre todo después de ver cómo se le sonrojan las mejillas a Marc. No sé si se deberá al alcohol o al momento que está viviendo. Cuento los segundos que quedan para que pase. No puedo evitarlo. Sé que va a pasar. Van a besarse.

Marc aprovecha la ocasión y apoya la mano en el muslo de Joan. Justo cuando lo hace, este decide acariciar la cara de Ander, que está sentado pegado a Marc, para plantarle un beso en los labios.

Ninguno de los que estamos presentes damos crédito a lo que acaba de pasar. Laia suelta una carcajada acompañada de una palmada mientras ellos siguen besándose, y yo intento controlar mi risa nerviosa, debido a que me ha pillado completamente por sorpresa.

—Para ser mi primera vez con un tío, no ha estado nada mal —suelta Ander, con los ojos completamente abiertos.

—Me lo suelen decir bastante —dice mirando de reojo a Marc—. Pero tranquilo, que aunque estemos todo el santo día hablando, no eres mi tipo.

—Siempre que llega un paquete a su nombre le escribo para avisarle.

—Sí, y después aprovecha el tío para hacerme un *haul* detallado con su opinión sobre lo que me he comprado —explica, haciendo que nos riamos todos.

Ojalá poder leer esa conversación y ver a Ander en su versión más *influencer*.

—Bueno, ¡al final todo esfuerzo tiene su recompensa! —bromea Ander victorioso.

Después de otra ronda, Laia se niega a hacer el reto que le propone Joan y vuelve a beber. Aunque creo que para ella no es ningún problema, porque también ha bebido cuando no le tocaba hacerlo. Al cerrar la botella, la vuelve a poner sobre la cama y comienza a girarla hasta que se para señalándome a mí, cosa que hace que el corazón me vaya un poco más rápido de lo normal y que quiera salir por patas.

—Olivia, ¿verdad o reto? —me dice Laia algo desganada.
—Verdad.

Tarda un tiempo en formular su pregunta. No sé si es que no sabe qué preguntar o que no sabe cómo decir lo que tiene en mente.

—¿Tienes intención de tirarte a alguno de nosotros en el viaje?

—¿Cómo? ¡No, claro que no! —respondo ofendida y nerviosa, muy nerviosa.

—¿Por eso mismo no has dejado de mirar a Ander en todo el viaje? Espero que no vengas a joder las cosas.

—Hostia, Laia, ya estamos otra vez —dice Joan enfadado.

—Ahora soy yo la única que se ha dado cuenta. Si fuese por ti, ya le habrías comido la boca echándole la culpa a un reto.

—Pero ¿de qué hablas?

—Luego pasan las cosas, no digáis que no avisé.

—Pues no. No me he fijado en nadie del grupo. Y mucho menos en Ander, te puedes quedar tranquila —me defiendo.

Cierro el puño con fuerza al escucharla. No voy a rebatirle nada porque no quiero seguirle el juego. Pero estoy muy cabreada, ¿de qué cojones va?

—Hablando del rey de Roma. Ander, ¿verdad o reto? —pregunta Joan para cerrar la conversación tras pillar mis miradas en busca de ayuda.

—Verdad.

—¿Cuál es tu mayor miedo?

Ander suspira y suelta una pequeña carcajada.

—No voy tan borracho como para ponerme así de intenso —dice mirando la botella, tratando de que pase su turno lo más rápido posible.

—Entonces podemos retomar la conversación de antes… —le propone Marc.

—No. Mejor que no —le corta sabiendo que Laia seguramente tenga más pullitas que soltar. Se toma un segundo para reflexionar la pregunta de Joan hasta que decide por fin una respuesta—. Me dan miedo las alturas. Bueno, a lo mejor no es miedo, pero no me hacen mucha gracia. Es algo que tengo que superar todavía.

—Aún me acuerdo de cuando fuimos a Port Aventura juntos. Tuvo que parar la atracción entera porque no se atrevió a decirme que le daba miedo y se montó conmigo para que no lo hiciera solo —confesó Marc—. Digamos que mi Ander no es muy aventurero, ¿verdad?

—¡No tiene nada que ver! —protestó ofendido.

Seguimos durante un par de rondas más. Después de mi enfrentamiento con Laia, no he querido jugar en ninguna de las ocasiones que me ha tocado y he optado por beber mientras los demás se han encargado de calmar un poco el ambiente.

A lo largo de la noche he ido pensando cada vez más en Carla. En cómo estará, en si he hecho bien en dejarla sola para conocer a gente, para salir así de mi zona de confort y empezar a hacer las cosas por mí misma y, de alguna manera, olvidarme de lo que siempre ha estado conmigo.

Marc termina su turno y gira la botella, que, tras dar algunas vueltas, frena justo delante de mí. Es mi turno.

—Olivia, esta es la última ronda de verdad. ¿Verdad o reto?

—Verdad —le digo casi sin pensármelo.

Por lo menos no será Laia la que formule la pregunta, cosa que me mantiene algo más relajada.

—Di algo que no te imaginarías diciendo en voz alta.

Al principio me quedo completamente en blanco y planteo el volverme a rajar y dejar el juego. Pero vuelvo a pensar en todas las cosas que han rondado por mi cabeza. No solo durante estos últimos días ni durante las semanas que llevo viviendo aquí, sino en todos estos meses que han ido preparándome para una nueva vida que sigo sin saber si estoy preparada para vivir. En la que no sé si podré hacer frente a todas las cosas que siempre he preferido evitar. Miro a Marc e intento ser lo más sincera posible sin llegar a abrirme por completo.

—Me gustaría volver a mi pueblo —digo haciendo que todos se queden en silencio. Tampoco sé si soy capaz de añadir algo más. Siento que, si indago en lo que está pasando en mi cabeza, puedo estallar en cualquier momento—. Porque creo que nunca voy a llegar a encajar en ningún sitio y que, aunque pase el tiempo, no voy a terminar de sentirme como en casa.

En realidad hace mucho que no me siento así. Puede que Barcelona sea uno de los motivos, pero también sé que hay algo en mí que debería haber arreglado mucho antes de venir aquí.

Mis ojos comienzan a acristalarse. No quiero ponerme a

llorar ahora porque sé que les voy a echar la culpa a los chupitos de vodka, cuando realmente son todos los recuerdos que están pellizcándome el pecho. Esos mismos que están haciendo que me haga más pequeña sin darme apenas cuenta.

## 12

## ANDER

No he sabido muy bien qué contestar. Ni yo ni ninguna de las personas que están sentadas a mi alrededor. Se ha notado que se iba a poner a llorar en cualquier momento y no he querido decirle nada que le hiciera romperse del todo. Me he sentido algo culpable de que estuviera así, teniendo en cuenta que hemos permitido que Laia se haya pasado con ella todas las veces que le ha apetecido, lo que ha hecho que tampoco haya podido abrirse mucho más con nosotros y que siga sintiéndose una extraña.

Decidimos continuar un poco más el juego por empeño de Joan y de Marc, a pesar de que son los únicos que han seguido atreviéndose a jugar sin utilizar ninguno de sus comodines. Los demás nos hemos limitado a beber siempre que hemos podido, y la botella se ha terminado. De hecho, creo que ese es uno de los motivos por los que veo a Olivia algo más relajada. Incluso he visto a Laia riéndose de uno de los chistes de Joan, un hecho histórico.

Miro fijamente un *collage* de coches antiguos que hay colgado encima del cabecero de la cama y me pongo a pensar en si el pueblo de Joan tendrá algún mecánico cerca para arreglar mi coche cuanto antes. Espero que no me fastidie más aún las vacaciones.

—Oye, que te toca, tío —me pellizca Marc devolviéndome a la realidad, haciendo también que me percate de que la habitación está empezando a darme bastantes vueltas—. Y antes de que intentes rajarte, no tienes comodines.

—Me da a mí que me voy a ir ya a la cama.

—¿Con el mareo que llevas encima? No digas tonterías —insiste Joan.

—Una más y ya, ¿eh? Que mañana tenemos que madrugar.

Me recompongo en la cama arrepintiéndome de no echar a esta gente de una vez de la habitación.

—Olivia, tú todavía no has preguntado nada —dice Marc viendo cómo esta responde encogiéndose de hombros.

—¿Y qué quieres que pregunte?

—Lo primero que se te venga a la cabeza.

—Soy malísima para esto, de verdad —intenta zanjar sin ningún triunfo.

—Puedes retarle a que haga algo guarrillo o que le avergüence. Vaya, que tampoco te vas a tener que complicar mucho la vida, este chico tiene un sentido de la vergüenza... —dice entre risas Joan.

—¡No seas mierdas! No le creas, que soy bastante atrevido, ¿eh?, solo que con mis cosas me da un poco más de pudor —digo avergonzado y sonando cada vez menos convincente—. Venga, prueba, pídeme lo que tú quieras.

Vuelvo a repetir en mi cabeza lo que acabo de decir. «Lo que tú quieras». Creo que me estoy poniendo rojo imaginándome su respuesta. Espero que los dos queramos algo parecido.

—Vale. Levántate —dice bastante segura de sí misma—. Quiero que te hagas una foto... que enganche. Que enganche mucho.

—¿Que enganche?

—Sí, hijo, sí. Un nude de toda la vida —dice Laia desganada mientras está haciendo algo con su móvil sin prestarnos mucha atención.

—No tiene por qué serlo. Seguro que eres capaz de hacer que sea atrevida sin tener que desnudarte, ¿no? —me desafía dándome mi móvil, que está sobre la cama—. Tienes tres minutos para enseñármela.

—¿Y se puede saber para qué quieres una foto mía así? —pregunto; trato de ponerla nerviosa y encontrarle algún sentido.

—¿No te lo imaginas? —interviene Laia.

—Tranquilo, no va a ser para mí.

—¿Entonces?

—Será divertido. Tienes tres minutos.

Tras ver a Olivia iniciando una cuenta atrás, me meto en el baño sin rechistar más y me quito la sudadera. Debajo llevo puesta una camiseta de tirantes y me miro directamente en el espejo. A pesar de que tampoco tengo mucho que destacar, me encanta cómo me queda. Pero sigo sin saber cómo hacer la foto. Abro la cámara del móvil para improvisar directamente debido al poco tiempo que tengo para hacer la foto y empiezo a disparar sin pensar. Por inercia, tenso los músculos del brazo y aprieto los dientes con fuerza para que se me note un poco más la mandíbula, aunque paro en cuanto me doy cuenta de la vergüenza que me estoy dando a mí mismo al hacerlo. Debo hacer algo más. Y no se me ocurre nada. Solo me quedan dos minutos. Tal vez no sea un pibón, pero en algún momento de mi vida me he visto atractivo. Tengo que tener encanto en alguna parte.

En mitad de mi desesperación me peino un poco y recuerdo lo mucho que me gusta mi pelo cuando lo tengo a medio secar después de ducharme. Sin pensarlo más, abro el grifo e intento mojármelo para después quitarle el exceso de agua agitándolo con las manos y con ayuda del secador. Me hace gracia imaginarme la cara de los demás al oír el ruido desde fuera. Aprovecho también para coger un mechón, separarlo del resto del pelo y dejarlo caer sobre la frente. ¿Esto se supone que es sexy? En mi mente queda bien. Pero no tengo ni idea. Un minuto.

Vuelvo a coger el móvil y hago tres fotos. Una posando hacia la cámara, otra hacia un lado y la última mirándome a mí mismo a través del espejo. Como las dos primeras me siguen pareciendo algo ridículas, las elimino y termino quedándome solo con una. Justo cuando oigo el final de la cuenta atrás del móvil de Olivia fuera del baño, aprovecho para ponerle un filtro en blanco y negro. Espero que ayude en algo.

Salgo y le doy el móvil a Olivia, que parece bastante ansiosa por continuar con mi reto. Me alegra verla así de animada después de haber estado toda la noche apagada. Y a la vez me asusta no saber qué pretende hacer conmigo.

—No está mal. Nada mal —dice intentando no mostrar mucho interés.

—Si quieres seguir mirándola durante más tiempo, puedo enseñarte también las que he descartado para que las puedas analizar en tu intimidad.

—Se me ocurre algo mejor.

Me mira de reojo y abre la opción de compartir de mi galería.

—Eh, eh, ¿qué vas a hacer?

—¡Ver cómo superas esa vergüenza! —dice pulsando el botón de compartir.

Empieza a deslizar entre todos mis contactos sin pararse a leer ningún nombre. Al no tener tiempo de pensar en qué contactos tengo en mi móvil, solo me limito a ver cómo baja la lista. Hasta que veo que pulsa ese nombre. Hasta que vuelvo a leer mi última conversación con Martina, que se reabre con una foto de mi reflejo en blanco y negro.

Cuando me doy cuenta de lo que acaba de pasar, solo me dan ganas de llorar.

—¡¿QUÉ COÑO HACES?! —grito quitándole el móvil de la mano.

Pulso mi foto, con el corazón a mil por hora, y elimino el mensaje lo antes posible sin ni siquiera saber si le ha llegado o no a Martina.

—¿Qué pasa con Martina? —me pregunta Olivia confundida.

—¡¿Se la has enviado a Martina?! —le pregunta sorprendido Joan.

—Ya empieza... —añade Laia por lo bajo.

—Creo que ya hemos tenido suficiente fiesta por hoy. Quiero irme a dormir. Ya, por favor —digo para intentar que las cosas no se me vayan de las manos.

Laia y Olivia no tardaron más de medio minuto en salir de allí, y los demás en acostarnos. Pero me costó bastante dormirme. No paré de darle vueltas en toda la noche a lo que había pasado. A lo que podría decirme Martina si había llegado a ver la foto. Pensé en que seguro que me diría que soy un imbécil por creer que tengo alguna oportunidad de volver con ella y que lo único que tengo para ofrecerle es algo físico, porque nunca he sabido tratarla como se merece. O en que a lo mejor se limitaría a reírse de mí para hacerme sentir aún peor. Y lo peor de todo es que tendría toda la razón, porque fui yo quien le escribió a ella. Algo que le dije que no iba a volver a pasar.

Nada más levantarme por la mañana, oigo a Joan hablando por teléfono. Un rayo de sol parece querer desintegrarme e intento refugiarme debajo de las sábanas para seguir durmiendo un poco más. Pero la voz de Joan hace que sea bastante difícil conseguirlo. Creo que es algún familiar suyo, que le dice que va a venir a recogernos. Justo cuando consigo abrir los ojos después de pelearme con mis ganas de quedarme en la cama, veo de reojo a Marc, que sigue durmiendo con la boca completamente abierta. Juraría que se le está cayendo la baba. Me río. Al girarme hacia la ventana, me fijo en un cielo que hoy está despejado después de la gran tormenta a la que nos enfrentamos ayer. Hace calor.

No tardamos mucho en llegar a Calella. El tío de Joan es bastante majo y nos cuenta durante el trayecto cómo su sobrino se ha encargado desde pequeño de entretener a todos los clientes de la floristería que tienen sus padres en el pueblo. Me gustaría haberle visto con aquella edad, un rubito lleno de pecas que seguramente estaría todo el día jugando con cualquier trasto y entre todas las plantas de la tienda. Solo con pensar en él de esa manera me dan ganas de abrazarlo.

Gracias a todas las historias que va contando y que deja sin terminar para poder empezar otras nuevas, nos hemos evadido un poco de cómo acabaron las cosas anoche. No he escuchado ninguna conversación relevante, dejando a un lado el momento en el que hemos saludado al tío de Joan y cuando su sobrino le ha explicado un poco más a fondo nuestro «pequeño» percance con mi coche. Tampoco es que haya hecho falta añadir nada más, tuvimos más que suficiente con el jueguecito.

No había estado en Calella. Había visitado algunas zonas de la Costa Brava, pero nunca este pueblo. Al bajar de la furgo, puedo sentir esa calma que transmite el mar; da igual dónde te encuentres, siempre sientes esa calma. Oigo cómo rompen las olas contra las rocas de una cala que está muy cerca de la casa en la que vamos a pasar estos días. Es una vivienda de lo más particular, de estas típicas casas blancas con tejas de terracota tan mediterráneas que suelo ver en las historias de Insta de muchos amigos. O incluso en las pelis. También nos rodean bastantes árboles, que hacen que parezca que el sitio está desierto y tenemos la zona solo para nosotros.

No es muy grande por dentro, pero, comparándola con nuestro piso, es todo un lujo al que voy a poder acostumbrarme sin ningún problema. Tiene dos plantas, en la de abajo se encuentran un pequeño recibidor, un salón que está conectado con la cocina, por el que entra una gran cantidad de luz, un baño y lo que parece un estudio de arte, que está junto al salón y que da paso a una especie de jardín trasero.

En la planta de arriba, dejo mi maleta en la primera habitación que encuentro vacía y llego a contar hasta cuatro en total. Además de un baño, en el dormitorio en el que me voy a quedar junto con Marc, que acaba de bajar pitando las escaleras, preparado para ir hacia la cala, hay una terraza enorme con una mesa alargada que me permite ver una panorámica de gran parte del pueblo y del mar. Los atardeceres aquí deben de ser preciosos.

Siento que el viento me revuelve el pelo y respiro toda la calma que me regala este lugar. Hasta que noto que alguien se acerca.

—Hola —me dice Olivia agarrándose a la baranda de la terraza en la que yo también estoy apoyado.

—Hola.

Nos quedamos mirando el mar sin mediar palabra, pero sabiendo que tenemos una conversación pendiente.

—Quería pedirte perdón por lo de ayer. Me pasé con el reto y no supe valorar a tiempo si iba a incomodarte demasiado. Elegí el chat casi sin mirarlo, y cada vez que lo pienso tiene menos sentido que lo hiciera —dice agobiada.

—Tranquila. No tienes la culpa.

—Sí la tengo, no debería haberlo hecho todo tan a la ligera.

—Pero fui yo quien accedió. Además, tú no sabías quién era Martina.

—No me hizo mucha falta para ver lo que te dolió volver a leer su nombre.

Y es una realidad. Me emociono solo de pensar en ella. En lo mucho que me duele el pecho cuando recuerdo que no voy a poder volver a lo que tuvimos hace un tiempo. Algo que fue tan irreal que aún me sorprende cuando voy uniendo piezas que siempre he pasado por alto. Y anoche todo volvió a mí en un instante. Todos los miedos que por su culpa ahora no pueden salir de mi cabeza y los comentarios que se han quedado marcados dentro de mí.

—Me dolió porque es ahora cuando estoy dándome cuenta de lo muy imbécil que fui al perdonar unos cuernos —me sincero dolido.

—¡No me jodas!

—Y creo que he estado a punto de hacerlo otra vez, pero no quiero saber nada que tenga que ver con ella.

—Estoy convencida de que mereces una segunda oportunidad en la que puedas curar lo que ha dejado a su paso.

Me acuerdo de mis conversaciones con la psicóloga. De todas las semanas en las que no he parado de preguntarle cómo empezar otra vez de cero. Me agobié durante un tiempo por abandonar la obsesión por superarla y luego sentí un vacío enorme cuando dejé de pensar en todo lo que aún debía solucionar. Tenía la cabeza hecha un lío, y la solución ya no estaba en Martina, la solución tenía que encontrarla dentro de mí. En la importancia que les daba a personas que deberían ser un mero apoyo.

Termino contándole gran parte de mi historia con Martina. Parece que los demás no nos están esperando para ir a la cala y siento que el tiempo se para poco a poco. Me sumerjo por completo en lo que viví. Me daba cierto pudor parecer pesado con Olivia, pero en vez de ser una situación incómoda me encuentro con unos ojos que parecen comprender todo lo que he pasado. Aunque lo cuente con cierta ironía. Significa mucho para mí hablar del tema con alguien externo a la situación.

De hecho, puede que por ese mismo motivo vea también una mirada perdida. Algo triste. Como si se viese reflejada en muchas de las cosas que le estoy contando.

—¿Y a ti qué es lo que te trae por aquí? —pregunto interesado en saber algo de su historia, aunque se nota que necesita tiempo para poder contarla.

—Supongo que necesito un poco de *detox* de todo en general.

—¿Solo eso?

—Y que también estoy algo perdida —confiesa haciendo una pausa mientras vemos a lo lejos a los demás, sentados en la arena, jugando a lo que parecen ser unas cartas.

—Bueno, para eso has venido. Para empezar de cero.

—Tienes razón. Por eso quiero pedirte perdón por lo de anoche, porque de verdad que estoy muy muy muy... —dice alterándose mientras intenta disculparse en mil idiomas distintos.

—De cero, Liv, de cero —la corto para que deje de agobiarse.

—¿Liv? Tienes mucha confianza para estar empezando de nuevo, ¿no? —bromea.

—Ah, sí, perdona. Supongo que tengo que cambiarte el nombre si no quiero recordar tu maravilloso reto de ayer.

Después de pelearnos por considerar que Liv es el apodo que le pondría un niño pequeño a su primera mascota, bajamos para encontrarnos con nuestros amigos, que están lo bastante concentrados en quitarle una espinilla a Marc como para preguntarnos por lo mucho que hemos tardado en llegar.

Al sentarme, oigo la música que suena desde el móvil de Joan. Como está bastante baja, también puedo oír el sonido de las olas más de cerca que antes. Es un lugar completamente mágico, no hay duda alguna.

Pasamos toda la mañana algo dispersos. Yo he intentado repetidas veces meterme en el agua a pesar de lo fría que está hasta que he podido acostumbrarme y nadar un rato. Olivia ha estado distraída hablando con Joan. He notado a Laia ausente, sin despegarse de su libreta, en la que ha dibujado todas las perspectivas posibles de la cala solo con la ayuda de su boli.

—¿Sabéis de qué tengo ganas ahora? De una cerveza, Dios. Haría que esto fuese perfecto —confiesa Marc, que, aunque desde mi perspectiva parece que está muerto, está tumbado tomando el sol.

—¿El qué, la cerveza?

—Pues claro. No hay un buen viaje sin una buena caña.

—Ya veo a qué le das importancia... —se queja Laia.

—Seguro que, si a ti se te hubiese olvidado la libretita, me entenderías, guapa.

—Pues no. Aunque, si me hubiera dejado los cascos, estaría volviéndome loca —confiesa entre risas mientras se los quita para estar presente en la conversación.

—Yo sí que no podría estar sin una libreta. Necesito apuntar todo lo que se me viene a la cabeza —digo mientras me seco con la toalla que había dejado extendida en la arena.

—Pues puedes hacerlo en las notas del móvil.

—¡No es lo mismo! —protesto sabiendo lo infantil que sueno.

—Estoy de acuerdo con Ander —añade Olivia.

—¿Y qué es lo que no te puede faltar a ti? —pregunto la mar de interesado.

—Mi cámara de fotos. Me ayuda a guardar todos mis recuerdos. Y sé que con el móvil también hago bastantes, pero estas son mucho más especiales. Me da mucho miedo olvidarme de las cosas que he vivido. Y, sin duda, esto ayuda una barbaridad —dice Olivia sacando la cámara de un bolso de rejilla que ha traído.

—Pues a mí me vais a perdonar, pero yo estoy de parte de Martínez. A mí donde haya un vino me da absolutamente igual todo lo demás —bromea Joan.

Mientras tanto, veo a Olivia enfocando hacia un lado en el que puede verse parte de las rocas fundiéndose con el mar. Dispara y salta el *flash*.

Creo que yo también he salido. Sonriendo.

13

OLIVIA

Solo oigo música de fondo. Noto que mis pies siguen sumergidos en la arena, y saco la mano de la toalla en la que estoy tumbada para poder tocarla. Por fin puedo disfrutar de algunos rayos de sol después de tantos días de lluvia, a pesar de que se va notando que estamos a final de octubre, por lo que ni me he planteado meterme en el agua.

Después de comer todos juntos en el salón una barbacoa de lo más improvisada, aprovecho para deshacer la maleta. Creo que los demás están durmiendo y no hay mucho que pueda hacer ahora para matar el tiempo, así que, cuando termino, bajo las escaleras decidida a ir a por un café.

Estoy saliendo por la puerta y veo a Ander colgándose una bandolera, dispuesto a marcharse también.

—¿Adónde vas?

—Voy a salir. Quiero comprar algo de fruta.

—¿Puedo ir contigo? Necesito un café.

—Claro —me dice enrollando los cascos que se acaba de quitar.

Andamos hasta perdernos por el pueblo. Como ninguno de los dos ha estado nunca aquí, no nos importa descubrir sus calles. De hecho, no hemos sugerido utilizar Maps para encontrar lo que cada uno busca; ya llegaremos.

A pesar de que no hay la cantidad de turistas que seguro hay en verano, las calles no llegan a estar desiertas del todo, y aprovechamos para caminar por el paseo marítimo.

Cuando, de lo más satisfecha, salgo de una cafetería con un capuchino, veo a Ander a lo lejos, entretenido en unos puestos en los que se había fijado antes de que me separase de él. Vuelve a llevar una camiseta de tirantes (negra esta vez) que me permite analizar sus brazos, que están definidos, a pesar de que es bastante delgado en general. También lleva unos vaqueros largos azules acompañados de unas sandalias. Complementos usa pocos, pero he de reconocer que me vuelvo loca cada vez que me fijo en ese collar dorado del que le cuelga lo que parece ser el reloj de Dalí. Me gusta cómo viste, aunque sea bastante sencillo, no nos vamos a engañar. Pero él mismo es capaz de darle su encanto sin esforzarse.

Al mirarle me pregunto si habrá pasado página de verdad tras mi cagada con el mensaje que le envié a su exnovia. Estuve toda la noche dándole vueltas porque, en cuanto se enteró de a quién le había mandado la foto, pude ver con claridad que era la última persona de la que quería saber. No paro de culparme por haberle hecho tal putada solo por querer hacerme la atrevida. Y ya se pudo ver lo bien que me salió la jugada.

Acaba de darse cuenta de que estoy llegando. Y me sonríe. Supongo que irá en serio con lo de empezar de cero.

—¿Has visto algo interesante?

—Nada en especial. He estado a punto de pillarme ese

anillo, pero estoy convencido de que me va a dejar el dedo verde en cinco minutos —me dice señalándome un conjunto de anillos que tienen una gema de diferentes colores en el centro.

—Y encima deben de valer una pasta...

—La verdad es que me siento satisfecho con las naranjas que he comprado antes. Creo que podré sobrevivir sin él.

Me aparto un poco de él para ver el resto del puesto. Hay una pequeña zona con bolígrafos, imanes bastante cutres e incluso libretas. Hago una pausa para fijarme un poco más en todo y para apreciar las cubiertas más de cerca, en especial una forrada de una especie de cuero, con una frase serigrafiada.

*I feel that there is nothing more
truly artistic than to love people.*

VICENT VAN GOGH

Se me dibuja una sonrisa enorme en la cara y siento que Ander se para a mi lado soltando un pequeño suspiro.

—Me encanta esta frase —le digo acariciando la libreta que tengo entre las manos.

—Ya lo sé.

—¿Y eso por qué? —pregunto sorprendida.

—Me dijiste que te gustaba mucho Van Gogh. Ya sabes, en esa noche en el micro abierto tan borrosa para ti —contesta divertido mientras se fija en otras libretas.

No sé muy bien qué responder, pero me hace especial ilusión que se acuerde de eso. Sobre todo, teniendo en cuenta que yo me guardé la servilleta como si fuese un recuerdo muy especial, aunque él no lo sepa todavía porque decidí darle a entender que esa noche no había significado nada para mí.

—A mí también me gusta la frase, pero no creo que querer a alguien sea lo más artístico que pueda haber —dice refiriéndose a la cita.

—¿No?

—No. Los pequeños detalles que nos rodean y que suelen pasar más desapercibidos despiertan mucho más en mí que el querer a alguien —dice, pasando un poco del tema.

—¿Más de lo que despierta el brillo de los ojos de alguien que quiere de verdad?

—Puede que sea un motivo que te incite a crear. Pero siento que el arte en sí es algo mucho más personal, más íntimo.

—Oye, a ti te han hecho mucho daño para que pienses así, ¿eh? —le digo casi ofendida por su poca ilusión por el amor.

—No te lo voy a negar.

Me quedo pensando en su respuesta mientras caminamos de vuelta a casa. En que me contó que desde que lo dejó con su ex le ha costado levantar cabeza. Puede que por eso sea tan poco optimista ahora.

—¿Cómo era vuestra relación? —pregunto casi sin pensarlo, cosa que hace que me arrepienta al segundo, por si no quiere hablar del tema.

—¿En qué sentido?

—Pues en cómo te trataba.

—Bueno. Estar con Martina siempre ha sido una montaña rusa de emociones que nunca sabías cómo iba a terminar. Hay que saber llevarla.

—Suena supersano —digo irónicamente—. Pero... ¿qué era lo que te gustaba de ella?

—El sexo —bromea haciendo una postura de heterobásico.

—¡Que voy en serio! —protesto dándole un pequeño codazo.

—¡Au! Vale, vale. Pues el sexo y... no sé. Supongo que me hacía sentir estable.

—¿A pesar de sus idas y sus venidas?

—Sí. Aunque no parábamos de pelearnos, cuando estábamos bien, me sentía de puta madre. Y cuando no, pues como una mierda. Pero siempre acabábamos solucionándolo.

—Creo que tú mismo te estás dando cuenta de lo mal que suena.

—La verdad es que sí. —Se encoge de hombros—. Con el tiempo me he dado cuenta de lo mucho que me jodía en el fondo estar siempre así. Y lo que me hacía estable dejó de compensar al recordar todas las cosas que dejé de hacer por estar con ella.

Arqueé, extrañada, una ceja.

—¿Qué tipo de cosas?

—No quieras saber tanto, Liv. —Sonríe descaradamente—. Pero por eso mismo para mí el arte es una cosa íntima que no tienes que vincular con nadie. Cuando lo haces, terminas jodiéndolo todo.

—Sigues sin convencerme —le digo decidida.

Me entristece pensar que Ander cambió parte de su vida o de su forma de ser solo por estar con alguien que no le quería como debía. Porque una persona a la que quieres solo debería ayudarte a que abras más las alas. A que seas capaz de volar más alto. Y voy a demostrarle de alguna manera que se equivoca. Estoy segura de ello.

Al llegar a la casa entramos por la puerta trasera y nos encontramos a los chicos en el jardín, arreglando una sombrilla que parece estar rota. Ander se despide mientras sube las escaleras y yo me quedo en el estudio, donde me encuentro a Laia. Está sentada dándome la espalda, justo al lado de la cristalera que deja ver una postal preciosa del mar. Cuando me acerco, descubro un lienzo enorme en el que está pintando todo lo que tiene enfrente.

—Qué pasada, Laia —le digo algo tímida.

—Mmm, gracias, me lo ha prestado todo Joan —dice refiriéndose al lienzo y a la paleta en la que tiene una gran mezcla de colores—. Por lo visto, su abuelo tiene una colección exagerada de materiales en el trastero, y me deja hacer lo que quiera con ellos.

—Yo también lo haría viendo lo que has hecho en qué, ¿dos horas?

—Más o menos, sí. La verdad es que me ha venido cojonudo para soltar tensiones —asegura, pintando la espuma de las olas que se aproximan para chocar contra unas rocas de la cala.

—Me alegro mucho.

Me fijo en cada detalle del cuadro. En cómo ha creado todo tipo de texturas con unas simples pinceladas. Me quedo casi embobada mirando el mar.

—Por cierto.

—Dime.

—Perdona si ayer fui un poco más imbécil que de costumbre. No tiene que ser agradable ser la nueva y que alguien te trate así.

Pienso en qué responder. En otra ocasión le habría restado importancia para dejar pasar la conversación lo antes posible, no me gusta quedar como víctima, pero siento que Laia se ha dado cuenta de que no actuó como debía.

—Fue bastante incómodo, si te soy sincera.

—Lo sé. No sé qué mierdas tenía en la cabeza para actuar así, de verdad. Por un segundo, cuando supe que conocías también a Ander, di por hecho que ibas a ser una nueva Martina.

Una nueva Martina. De puta madre.

—No la conozco, pero, por lo poco que me han contado, espero no parecerme ni en lo más mínimo —suelto algo agobiada.

—Para nada. Ella me habría mandado a la mierda en el primer segundo, ya te lo digo. Bueno, y no sería capaz de interesarse por algo que no tuviese que ver con ella. Es así de especial.

—Me pongo nerviosa de solo imaginármelo.

—Gracias —dice casi susurrando después de hacer una pequeña pausa.

—¿Por qué?

—Por intentarlo de nuevo conmigo —dice un poco avergonzada—. Y por lo que le estés haciendo a Ander.

—Nada. No le estoy haciendo nada —contesto un poco incómoda.

—Yo creo que sí... Desde que estás aquí noto que está cambiando el chip. Es más feliz.

No digo nada más. Solo pienso en la sonrisa con la que se ha despedido de mí antes de entrar al salón. La misma con la que le he respondido yo.

## 14

### ANDER

Joan está agotando mi paciencia. Se dedica a cantar a todo volumen la canción que suena en su altavoz mientras los demás cocinamos. Bueno, o lo intentamos. Y lo peor es que Olivia se está animando con él, cosa de la que seguramente pasaría si no tuviese la cabeza a punto de estallarme.

El problema de irse de vacaciones cuando eres universitario es que da igual adónde vayas o si hay algún sitio para salir o no, siempre vas a terminar trasnochando. Después de que Laia desistiera al no encontrar ningún pub al que ir porque están todos cerrados en estas fechas, nos quedamos en la terraza tomándonos unas cervezas. Un par de cañas que terminaron convirtiéndose en muchas, hasta que vimos que eran las seis de la madrugada y por fin nos dimos por vencidos. Por suerte, todos estuvimos de acuerdo en rechazar la propuesta de Marc de jugar a unos juegos de mesa que encontró debajo de la cama de nuestra habitación para «pasárnoslo mejor». Creo que ya comprobamos una vez cómo terminan los juegos con nosotros y estamos más que satisfechos desde entonces.

Ahora solo pienso en que me haga efecto pronto el paracetamol que me acabo de tomar después de comerme la ensalada que hemos preparado antes. Marc me lanza mi portátil sin ningún tipo de miedo justo cuando me siento en el sofá, dispuesto a desconectar un rato.

—¿De qué vas? —me quejo intentando salvar mi ordenador.

—No lo dejes pasar más.

—No sé de qué me hablas —miento, y abro la funda del Mac.

—Sí lo sabes. Lo tienes que entregar cuando volvamos a clase y no te he visto pulsar ni una sola tecla desde que estamos aquí —me reprocha enfadado.

Y lo peor es que tiene toda la razón del mundo.

—Tal vez sea porque no tengo ni puñetera idea de sobre qué puedo hacerlo.

—¿De qué habláis? —pregunta Olivia, que se sienta a mi lado.

Laia, que está prácticamente tumbada en la alfombra leyendo un libro, también parece prestarnos atención.

—De un proyecto de clase.

—Sí. Es que aquí mi colega no quiere enfrentarse a Escritura creativa.

—No es que no quiera, es que, si me dan a elegir un tema totalmente libre para un trabajo de escritura creativa, me dejan un abanico demasiado grande. No sé ni por dónde cogerlo.

Y es una realidad. Con el paso del tiempo he empezado a elegir siempre cualquier ejercicio en el que no tenga que dar mucho de mi creatividad. He preferido siempre ese en el que tenga que limitarme a unas pautas o a un tema que tratar. No sé muy bien por qué, pero siempre termino quedándome en blanco si intento desarrollar una idea que tenga que crear desde cero. Cuando me pasa, me da bastante rabia.

—Puedes intentar escribir un final alternativo de algún libro —dice Laia señalándome el que tiene en la mano—. A este, por ejemplo, no le vendría mal, vaya mierda de final.

Me limito a reírme al ver cómo deja el libro en la mesa, de lo más resentida, pero niego con la cabeza bastante convencido, sabiendo que cualquier otro final que salga de mí lo va a empeorar más aún.

—Podrías hacer eso… o podrías destacar e impresionar al profesor —propone Joan.

—¿Se te ocurre algo mejor?

—Podrías probar a escribir una catarsis, algo relacionado con tu infancia o algún recuerdo íntimo que te inspire.

—Qué va, qué va. Eso es demasiado intenso para mí.

—Hijo, es que le quitas la diversión a todo.

—¿Me vas a ayudar o no? —digo agobiado, pensando en que Joan se va a limitar a echarme en cara que no quiero escribir algo así.

—No me quedan muchas más ideas.

—Cojonudo.

Me doy por vencido y aparto el ordenador pensando en dejar el tema. Ya se me ocurrirá algo más fácil.

—O puedes hablar de alguna foto —interviene Olivia por primera vez desde que hemos empezado la conversación.

—No puedo limitarme a describirla y ya —lamento, sin entender mucho su idea.

—No. Pero sí imaginarte lo que puede haber detrás de ella. O incluso seleccionar algunas que te ayuden a crear una historia. Y puedes aprovechar para mezclarlo con la descripción de cada detalle, que, por lo que dices, se te da mejor. Eso te ayudará a tener una base.

No me disgusta su idea, si soy sincero, aunque algo me pellizca al pensar cómo he acabado prefiriendo no indagar en lo que siento al hacer lo que más me gusta en el mundo, escribir. Tampoco quiero darle vueltas de más.

—Me gusta. Me gusta bastante. Supongo que tendré que ponerme a hacer fotos.

—Puede que no haga falta —dice Olivia quitándome el ordenador—. ¿Te acuerdas de la cámara analógica que te enseñé? Lo bueno de llevármela a todos lados es que siempre tengo fotos preciosas de algunos rincones del mundo. Quiero enseñarte unas de Roma.

Olivia tarda algo más de lo que me imagino en enseñarme las fotos de las que me habla. Veo que intenta iniciar sesión con su email para acceder a la nube, pero le da error cada vez que escribe su contraseña.

—Creo que se te ha olvidado la contraseña.

—No, no es posible —asegura tecleando otra vez los mismos dígitos—. Joder, es que me he equivocado de cuenta.

—¿Tienes más cuentas? —le pregunta Joan.

—Sí. Hace unos meses dejé de poder entrar a la que tenía de toda la vida y he tenido que crearme otra nueva.

—Porque lo de cambiar la contraseña no se te habrá ocurrido, ¿verdad? —sugiere Laia.

Olivia parece obviar la idea de volver a tener su antiguo correo y entra a una carpeta que parece estar repleta de fotos. Baja hasta llegar a otra en la que puedo leer «Analógicas de Roma» y pulsa en ella.

—Ya está. Aquí las tienes.

La carpeta tendrá unas cincuenta fotos. A medida que voy deslizando para ver cada una de ellas, me doy cuenta del buen ojo que tiene Olivia para la fotografía. Es increíble cómo puede hacer relucir cada detalle de cualquier fachada, del reflejo del agua de un puente o incluso las emociones de personas con las que no habrá llegado a estar más de cinco segundos. Me fijo en una serie de imágenes que parecen hacer una secuencia. Veo a un niño agarrado de la mano de un hombre. Aunque en la primera foto le está señalando un cuadro, en la última se ve que está subido en los brazos del que parece ser su padre para que pueda ver la obra más de cerca. Creo que estas fotos me vendrán genial para intentar contar una historia a partir de ellas. Aunque siento que no voy a poder indagar mucho en mis sentimientos para escribirla, algo me dice que necesito reflexionar sobre ellas.

—Estas… son perfectas —me sincero con Olivia.

—Me alegro de que te gusten. Tengo un *collage* hecho en el móvil, por si te sirve.

—Tienes un talento increíble —añade Joan.

—Ha nacido una estrella, sin ninguna duda.

He estado toda la tarde dándole vueltas al proyecto. A pesar de tener claro lo que debo hacer, no me llega ninguna inspiración que me ayude a escribir algo más de lo que puedo ver físicamente. No quiero hablar del amor entre padre e hijo. No quiero hablar del paso del tiempo ni tampoco sobre la importancia del arte. Necesito que la historia que cuente sea mucho más subjetiva, que me haga sentir desde el primer párrafo, aunque ahora mismo no esté siendo capaz de hacerlo.

Sobre las seis, salgo a dar una vuelta para despejarme y termino yendo hasta el final de un espigón que está al lado de la casa, para ver si así me inspiro un poco más. Traigo conmigo una libreta que hasta hacía un tiempo llevaba a todas partes, en la que apuntaba todo tipo de vivencias que luego convertía en algo incluso más personal. Pero aun así estoy bloqueado. Solo leo pasteladas varias que intentan tener algún sentido y que terminan siendo simples palabras vacías.

Cuando me doy por vencido, abro la libreta por alguna página escrita, para recordar viejos momentos. Para pensar en qué habría pasado si no hubiese abandonado lo que más me gustaba en el mundo. Llevaba utilizándola desde 2021, cuando las otras que tenía se llenaron. Qué pena que todo haya acabado en una libreta a medio usar. Volver a ver esto solo hace que le dé vueltas a todo de nuevo. ¿Seguiría haciéndolo hoy en día? ¿O habría encontrado un motivo más para mandar otro sueño a la mierda?

—Hola.

—Hola —le digo a Olivia, que se está agachando para sentarse conmigo en las rocas.

Si no me ha oído soltar ningún lamento, estará viendo las lágrimas que no me ha dado tiempo a secar. A veces me sorprendo con lo rápido que puedo llegar a emocionarme. Pero parece no importarle mucho, está concentrada mirando al horizonte.

—¿Sabes qué? —dice después de un rato en silencio.

—Dime.

—El mar siempre me inspira. Recuerdo ir de vacaciones

durante toda mi vida con mis abuelos a un pueblo de Granada y quedarme embobada mirando el mar. Cosa que, con los años, he seguido haciendo para olvidarme de mis rayadas y al mismo tiempo me ha ayudado a entender muchas cosas.

—Hoy no es que esté ayudando mucho —le digo al no entender muy bien lo que quiere decirme.

—Creo que eres tú quien se está obligando a tener ese bloqueo.

Lo pienso un segundo.

—Puede que sí. Puede que no sepa salir de él y que haya terminado acostumbrándome a él.

—¿Qué te han transmitido las fotos? —me cambia de tema.

—Amor. El más sincero que puede llegar a existir.

—Ya, pero qué más... Estoy segura de que, si buscas entre tus recuerdos, te verás reflejado en lo que estás viendo.

«Pero es que a lo mejor me da miedo hacerlo», pienso. También me aterra reconocerlo en voz alta.

—Me han transmitido esa confianza que se supone que debe dar un padre. Que te motive a descubrir, a explorar, a conocer todo lo que te pique la curiosidad, por más pequeña que sea.

Lo que más me gusta de las fotos es eso mismo. Ver cómo el padre se da cuenta del interés que tiene el niño por la obra, motivo por el que parece que lo coge para que pueda ver los detalles que desde su escasa altura no percibe. Cómo me hubiese gustado a mí sentirme así.

—¿De verdad?

—Creo que no he tenido esa suerte. No recuerdo que mi padre se haya interesado una mierda por las cosas que me han gustado. Desde nunca. Mi madre trabajaba fuera de casa y él era la única figura en la que podía refugiarme, la que podía hacerme crecer —confieso haciendo una pausa al sentir que se me rompe la voz mientras le cuento a una chica que conocí hace un par de días algo que pensaba que nunca reconocería en voz alta—. Pero para él las ilusiones de un niño siempre fueron una gilipollez, igual que las de un adolescente que no debe desviarse del único camino que cree correcto e igual que las de un veinteañero que decide no hacerle ni puto caso y estudiar por una vez algo que le gusta. Algo que espero que me ayude a deshacerme de toda la mierda que tengo dentro y a dejar de sentirme tan solo.

Olivia no ha apartado la mirada de la lejanía. Yo me fijo en el agua cristalina en la que me imagino nadando ahora mismo. Noto que he rascado encima de una herida que nunca he terminado de curar, a pesar de no saber de qué me servirá hacerlo.

—Lo siento mucho, Ander.

—No tienes por qué.

—Nadie tendría que sentirse así, ninguneado por una persona que debería ser su mayor apoyo.

—Es algo que estoy superando, tranqui —miento.

Vuelvo a secarme las lágrimas y nos quedamos en silencio. Olivia se limita a reírse al notar la ironía de lo que acabo de decir. Las olas vuelven a chocar contra las rocas. Esta vez incluso más fuerte.

—Lo que más me gustaba del mar durante aquellos viajes era que hacía que me sintiera menos sola.

—¿Porque jugabas a pescar?

—No, tonto —contesta casi dándose por rendida por mis

comentarios absurdos—, porque, aunque nadie me acompañara, pensaba en todas las historias que el mar podía llegar a esconder, en los muchos kilómetros que desconozco y que creo que nunca descubriré. Me hacía evadirme de todo eso en lo que no quería pensar demasiado, porque me ayudaba imaginar que al final del mar habría otra historia para mí. Una mucho mejor que la que me había tocado vivir.

Veo en Olivia a una chica muy distinta de la que imaginé la primera vez que la vi. Pensé que era una persona sin ningún miedo, a la que no le importaba nada y que solo quería dejarse llevar. Y eso fue lo que más me llamó la atención, ver algo completamente lejano a lo que soy yo. Y supongo que eso es lo que más me gustaba de Martina, una seguridad que yo no había tenido nunca.

Pero algo me dice que me parezco más a Liv de lo que creía, sobre todo por los ojos vidriosos que sigo viendo en ella, en los que me estoy fijando ahora mismo y que siguen sin romperse del todo. No aguantarán mucho más.

Quiere decirme algo. Una historia que tal vez aún le duela demasiado para contar. En el fondo lo noté aquella noche en su portal. Y ahora también.

—Creo que eso es lo que siento yo con los libros. Me hacen imaginar una historia de la que puedo llegar a formar parte, en la que puedo sumergirme para no darme cuenta de lo mal que está escrita la mía.

—Puede que estés en el momento perfecto para cambiarla.

—Lo mismo te digo.

—Creo que la mía está muy bien como está ahora mismo.

—¿Estás segura? —pregunto extrañado.

—Sí. Solo tengo que adaptarme a esta nueva vida. Nada más.

—No dijiste lo mismo el otro día en el motel.

—Bebí más de lo que me gustaría. Dije e hice demasiadas cosas que demuestran que muy cuerda no estaba —dice avergonzada.

—Pero eso no es una excusa. Dijiste la verdad.

—Fui una exagerada.

—Entonces ¿no cambiarías nada de tu vida aquí?

Olivia se queda pensativa. Parece que está dudando qué responder. Y eso que desde fuera se ve bastante claro.

—Quizá ser un poco menos negativa, no dramatizarlo todo tanto; creo que viviría más tranquila.

No me convence, pero por algo se empieza.

Seguimos allí sentados durante la puesta de sol, hablando sobre libros, después de que me pregunte cuál es mi favorito. Por lo visto, en su casa siempre se ha hablado de la lectura gracias a que su abuelo tiene una pequeña editorial, aunque ella no ha llegado a leerse muchos, exceptuando algunos de autoayuda que conoce por redes sociales y otros de romántica juvenil que no consigo reconocer cuando los menciona. Yo le doy una gran cantidad de títulos y de diferentes géneros, y la tía es capaz de hablarme de todos los autores y de sus editoriales a pesar de que no se los haya leído. Supongo que, por mucho que intente evitarlo, los libros a esta chica siempre la van a perseguir. Lo lleva prácticamente en la sangre.

Me gusta hablar con Liv. Creo que después de estos días

por fin se siente un poco más cómoda con nosotros, y me alegra poder tener una amiga como ella, sin que nadie se ponga celoso por ello, que me apoye casi sin darse cuenta en lo que estoy pasando y me haga desconectar de todo lo que he dejado en Barcelona. A pesar de que cada vez que la mire me acuerde de que estuve a punto de comerle la boca sin conocerla.

Olivia se saca el móvil del bolsillo y graba un vídeo del mar. El sol está a punto de esconderse detrás de unas montañas y el cielo se tiñe de todos los colores posibles. En el altavoz de mi teléfono suena «Always», de Daniel Caesar, una de mis canciones favoritas. Parece que a Olivia también le gusta. Ojalá se haya fijado lo más mínimo en la letra.

Cuando pienso que ha terminado con su reportaje, me hace una foto a mí, desprevenido, mientras miro la puesta de sol, aunque me doy cuenta de lo que pasa al oír el sonido de la cámara del móvil.

—¿Qué se supone que estás haciendo? —pregunto entre risas.

—Recordar este momento.

—¿Es que te ha parecido un momento para recordar?

—¿A ti no?

—No ha estado mal —bromeo.

—A mí sí me lo ha parecido —me dice de lo más segura—. Dos personas que se sienten solas, pero que a la vez están rodeadas de tanto... Parece hasta una coña.

—O puede que...

La pausa provoca que parezca que me estoy haciendo el interesante.

—¿Qué?

—Que puede que realmente no estemos tan solos como pensamos, solo que nos hemos quedado con el recuerdo de lo que nos hizo sentirnos así en algún momento —respondo.

—A lo mejor.

—¿Te acuerdas de lo de empezar de cero?

—¿Sí?

—Podríamos aplicárnoslo también a nosotros mismos.

—¿En qué sentido?

—En el de que estoy cansado de seguir quedándome con todo lo que llevo dentro. Que puede que toda esta mierda sí que tenga solución, aunque me duela encontrarla y afrontarla —digo bastante aliviado.

—Puede ser. Por intentarlo no pierdes nada. Y, si dudas, recuerda que, si no hubieses empezado de cero con la friki que le escribió a tu ex con una foto tuya casi en bolas, no estaríamos ahora mismo aquí —dice levantándome las cejas, divertida.

—Bueno... No sé si estoy tan satisfecho con esa decisión —le digo dándole un pequeño codazo—. ¡Y no estaba en bolas!

—Gracias a Dios.

Volvemos a casa cuando perdemos el sol del todo. Durante los dos minutos que creo que tardamos en llegar, no puedo parar de pensar en todas las veces que he dejado pasar páginas de la libreta que llevo en la mano, esas que me prometí no dejar a medio escribir. En ese vacío que sentía cada vez que escuchaba un «no», cada vez que volvía a intentar sentirme escuchado sin conseguir ninguna respuesta, cada vez que dejé pasar un sueño entre mis manos porque tenía miedo de que me lo volvieran a marchitar.

Y es ahora cuando me doy cuenta del bucle en el que he estado hasta hoy. De que puede que Olivia tenga razón, de que tal vez haya una historia para mí al final del mar que todavía desconozco. De que no puedo perder lo poco que queda aún de mí, del Ander que ha confiado en algún momento en lo que es capaz de hacer y al que no le importa nada más que eso.

Y no estoy pensando en el proyecto de la universidad, igual para ese sí haya encontrado alguna solución más rápido. Estoy pensando en todas esas metas que ahora vuelven a sonar en mi cabeza. En todos esos finales de las historias que dejé sin escribir.

15

OLIVIA

Anoche me acosté a las diez. Me insistieron bastante en que me quedase en el salón para ver una película todos juntos, pero sabía que no iba a aguantar despierta ni diez minutos. Y después de comprobar que en el sofá no cabemos todos, echar una cabezada en la alfombra no era mi mejor opción. Ni me lo planteé.

Aunque le había prometido a Joan que saldría con él a correr, al despertarme veo que le he fallado por completo. Estoy reventada. Compruebo la hora en mi móvil rezando por que todavía pueda aprovechar lo que quede de mañana. Las once y media. Lo esperaba peor. Busco algo que ponerme para que no vean mi camiseta de pijama de conejito. Abro el armario y me decanto por una camisa blanca bastante ancha, para ponérmela encima del bikini. Después de lavarme la cara para intentar espabilarme, bajo las escaleras hacia la cocina para ver con qué puedo acompañar el café que estoy a punto de hacerme. Tuesto dos rebanadas de pan para elaborar mi plato estrella: tostadas de aceite y azúcar, a las que les añado además un poco de tomate al lado. Cuando lo tengo todo listo, acerco el café hasta la isla en la que he dejado el plato y me siento en un taburete dispuesta a ponerme un poco al día de todas las cosas que han pasado en mi entorno durante las últimas horas. Desde que estoy aquí no he estado muy pendiente del móvil, y aprovecho para contestar a los mensajes de mis padres para saber cómo estoy y cómo están ellos, e incluso para enviarle una foto del desayuno a mi abuelo, al que también le mando recuerdos. Me responde al segundo con un «tengo muchas ganas de ir a verte, mi cielo», y sonrío justo al leerlo, porque yo también cuento los días para enseñarle todo lo que esconde Barcelona. Estoy segura de que le maravillará.

Me meto en Insta a leer un par de noticias en un periódico digital que sigo desde hace años y después pulso en mi propia historia para volver a verla. Es un vídeo del atardecer grabado desde el espigón en el que estuve ayer con Ander, con la canción de Daniel Caesar de fondo. Todavía pienso en la letra. No sé si la puso adrede, pero no me pudo gustar más. Ahora me doy las gracias por haber sacado el móvil y haber capturado ese recuerdo. La siguiente y última historia es una foto que hice desde otra perspectiva, en la que se podía ver todo el mar teñido de rosa y, en uno de los laterales, a Ander mirando las olas. Vuelvo a ver la foto tres o cuatro veces. O no sé cuántas, la verdad. Pierdo la cuenta.

Paro justo cuando el móvil me notifica que alguien ha respondido a una de mis historias. Es Carla. Me meto en su chat pensando que estaría riéndose por la intensidad de la canción que puse en el vídeo, pero es algo muy diferente a lo que me espero:

> Veo que te lo estás pasando genial con tus nuevos amigos, ya veo la mucha falta que te hago

> No me has enviado ni un mensaje, Olivia, ni un puto mensaje

Vuelvo a leerlo sin entender muy bien qué ha podido sentarle mal. ¿Está cabreada porque me haya ido unos días con mi compi de clase y sus amigos? ¿O por no escribirle cuando antes de irme le dejé bastante claro que necesitaba tiempo para que nuestra relación descansase un poco? No sé qué responderle, pero tengo claro que pasar de ella no es una buena opción. Nunca lo ha sido.

> Carla, ¿he hecho algo que te haya sentado mal?

«No tiene sentido que te enfades por...». Paro de escribir y lo borro. No quiero que nos peleemos por una tontería así. Más no. Termino de beberme el café y friego los platos cuando oigo a gente entrar por el jardín.

—¡Buenos días!

—¿Qué tal ha dormido la princesita? —dice Joan, que viene acompañado de Ander.

—Llevaba tiempo sin dormir tan bien. Diles a tus abuelos que les doy un diez a sus colchones.

—Si insistes...

—Oye, ¿qué tal la peli?

—No estuvo mal, pero te habrías dormido a los cinco

minutos de empezarla, estoy seguro. No sé a quién se le ocurrió hacer las películas de más de una hora y media, es que, por favor, ¿tres horas de comedia romántica?

—Efectivamente. Me habría quedado frita en los créditos iniciales —digo, y me río mientras coloco la taza en su sitio.

—Pues hoy no va a volver a pasar, Liv —me dice Ander.

—¿Cómo estás tan seguro? —pregunto al verle tan decidido.

—Cuéntaselo tú, Joan.

—Verás. Después de ver a Laia tan deprimida por no tener ningún sitio al que poder ir de fiesta…, estuve dándole bastantes vueltas.

—Vas a hacer una fiesta en casa —dice Marc, que aparece escaleras abajo para meterse en la conversación.

—Ni en tus mejores sueños, guapo.

—Sus padres le matarían —añado.

—Y mejor que no quieras ver cómo reaccionaría mi abuela… —dice Joan, despistándose—. Bueno, el caso es que es el cumpleaños de una de mis mejores amigas del pueblo mañana por la noche, y ha invitado a bastante gente a una villa que estará a unos veinte minutos de aquí.

—¿Nos vas a llevar a una villa con tus amigos ricos?

—No tengo amigos ricos. Solo son los padres de Nora, que tienen una masía aquí, un chalet en Ibiza, un barco en el que pasamos con ella casi todo el verano… En resumen, que nos han invitado a todos.

—¡De puta madre! —exclama Marc de lo más ilusionado.

—Me encanta el plan —digo imaginándome en una de esas casas de película al lado del mar.

No puede apetecerme más.

—Le confirmo que vamos, entonces —dice Joan, que se va de la cocina.

Aprovecho para limpiar la encimera en la que he preparado el desayuno.

Oigo que suena mi móvil y cuando me giro Ander está mirando la pantalla, por lo que lo quito de su vista lo antes posible.

—¿Quién es Carla? —pregunta Ander.

—Mi mejor amiga.

—¿Y por qué tu mejor amiga te acaba de decir que ya irás llorando tras ella como un perro faldero? —dice frunciendo el ceño.

No me lo puedo creer.

—¿Sabes que es de mala educación mirar el móvil de los demás? —le contesto nerviosa mientras abro rápidamente el mensaje.

> Nada, Olivia, mejor dejamos la conversación. Ya vendrás en algún momento llorando como un perro faldero

—¿Eso es lo único que me vas a contestar?

Escribo enseguida una respuesta al mensaje de Carla sin escuchar lo que acaba de decirme Ander. Estoy muy nerviosa y no quiero seguir cagándola más. Se supone que estos días no iban a ser para eso, sino para que todo fuera mejor.

> Ahora te llamo y nos ponemos al día, por favor

> Me he explicado mal y tendría que haberte hablado durante estos días para saber cómo estabas. Perdón

Lo envío sin revisarlo siquiera. Me guardo el móvil en el bolsillo de los pantalones y, al levantar la cabeza, me encuentro a Ander y a Marc igual de extrañados que antes, esperando algún tipo de explicación.

—Está picada porque no le he escrito desde que estoy aquí.

—¿Y ese es motivo para que se ponga así? —me dice Ander bastante sorprendido, diría que hasta enfadado.

—Por favor, Ander.

—¿Qué?

—Que no lo ha dicho en serio —le aseguro.

—Lo que yo he leído parecía que iba bastante en serio. Y perdona por meterme, ¿eh?, pero me ha extrañado.

—Lo habrá dicho sin pensar, créeme.

—Me suena mucho ese tipo de contestaciones... —añade Marc desde la otra punta de la cocina.

No sé a qué se referirá exactamente, pero creo que lo ha malinterpretado todo. Él y también Ander.

—Ella no es así, ¿vale? Ha sido el calentón del momento y ya está.

—Pensaba que Carla era tu mejor amiga.

—Por favor, chicos, creo que os estáis montando una película. No conocéis nuestra relación, está todo controlado.

—Pero si necesitas hablar del tema en algún momento nos lo contarás, ¿no?

Respiro hondo y asiento para que se queden tranquilos y lo dejen de una vez.

—Buena suerte —me dice Ander muy seco.

—¿Con qué?

—Ya lo entenderás.

Me extraña que estén tan pendientes de mi relación con Carla cuando en realidad no saben nada de ella, aunque me imagino que Joan les habrá contado algo de lo que nos pasó en su cumpleaños. Y espero que no se haya ido demasiado de la lengua contando mis intimidades. Sobre todo, con otro tema de ojos color miel que me mira bastante insatisfecho con mis respuestas. Es guapo hasta cabreado.

—¿De qué habláis? —pregunta Joan, divertido, que vuelve a entrar a la cocina.

Mi móvil comienza a sonar, y lo saco del bolsillo para ver quién es. Hablando de la reina de Roma, es Carla.

—De Carla, pero justo me está llamando —digo enseñándoles a los tres la pantalla de mi móvil, en la que pueden leer su nombre de contacto—. ¿Veis? Todo solucionado.

Me voy de la cocina para subir a la habitación y tener algo de intimidad. Todavía pienso en la cara con la que se ha quedado Ander. Ahora me siento un poco mal al imaginar que han podido pensar mal de Carla por un simple mensaje.

Cuando entro en la habitación, cierro la puerta antes de descolgar la llamada.

—¡Hola, amor!

—Hola, Olivia —contesta de lo más cortante.

—¿Qué tal? Mira, perdona por lo de antes, creo que tienes razón y he sido un poco radical con lo que te dije de tener algo de distan...

—Tranquila. Disculpas aceptadas —me dice sin dejar que

termine de hablar—. Yo también me lo he tomado muy a la defensiva, así que está todo arreglado.

—¿De verdad?

—Sí, claro. Para algo están las amigas.

—UF. Me alegro —le digo, un poco nerviosa después de volver a hablar con ella tras tantos días—. ¿Cómo te va?

—Bien, estoy bien. Ya sabes, todo el día para arriba y para abajo, y con mil cosas que hacer. Justo ahora va a venir David a cenar al piso.

—Siento pena por los vecinos —digo, intentando hacerme la graciosa para aliviar cualquier tensión que quede entre nosotras.

—¡Pena ninguna! Que sepan que soy una chica joven, atrevida, salvaje… Además, estarán ya acostumbrados.

—¿Y te has visto con tus amigas de la uni?

—No desde mi cumpleaños. Me he dado cuenta de que no son muy de mi estilo.

—¿Y eso?

—Me merezco algo mejor. Ya sabes que a mí siempre me ha costado llevarme con tías porque terminan siendo unas envidiosas de mierda, y prefiero estar con los amigos de David.

—Ay, parecían majas…

—Tú lo has dicho, parecían. Pero si lo que querían en realidad era hacerme sombra, la llevan clara.

—No tienes remedio, Carla.

Me río al imaginar lo mucho que estará gesticulando mientras tenemos esta conversación.

—Solo soy una chica con las cosas claras.

—No hay ninguna duda.

—Oye, ¿y tú? ¿Qué tal te va por allí?

—Bastante bien. Esta gente es... genial. Si es verdad que me ha costado un poco introducirme en el grupo, pero una vez que los estoy conociendo por separado empiezo a tener la sensación de que hacemos muy buenas migas.

—¿Y estás haciendo más migas con alguien en especial? —pregunta atrevida.

—¿A qué te refieres?

—Al chico de la foto.

—Ah —contesto nerviosa—. Es Ander.

—Es muy guapo.

—Sí, no está mal, pero solo somos amigos. Está pasando por una ruptura ahora mismo y no creo que quiera nada nuevo en su vida.

—Eso no es ningún inconveniente. Nada mejor que un clavo que saque otro clavo.

—Eso siempre acaba mal, lo sabes.

—No siempre. Mira David, que me necesitó a mí para darse cuenta de que su vida no era tan perfecta y lo dejó todo para estar conmigo.

—Pero eso no está bien.

—Piri isi ni istí bin —me imita—. Lo importante es que este ahora mismo está libre. No seas tonta y ataca.

—Necesita un tiempo.

—Allá tú. Si estuviese en tu lugar, no me lo pensaría dos veces, amor.

—No hace falta que lo jures.

—Aunque a lo mejor tienes razón. No tienes por qué pensar en chicos ahora mismo, solo disfruta mucho de estos días y ya llegará alguien que sea para ti.

—¡Que el universo te escuche! —bromeo.
—Lo hará, cari, lo hará. Bueno, que te tengo que dejar, que este me está llamando y debe de estar ya llegando.
—Perfecto.
—Seguimos hablando, ¿vale?
—Sí —asiento, como si me estuviera viendo.
—Te amo, chau.
—Chao.

Oigo que cuelga, dejo el móvil sobre la cama y me quedo en silencio, pensando en nuestra conversación. En cómo ha sido todo, tan... normal. Es la primera vez que hablamos de esta manera desde el día de la fiesta. La última vez me despedí de ella dándole a entender lo muy enfadada que estaba. Y no sé cómo, pero todo ha cambiado en cuestión de segundos. Ha vuelto a ser la misma Carla de siempre, la Carla con la que cuento para cualquier cosa y que siento que siempre estará ahí a pesar de todo lo que nos diferencia.

Pero me da miedo estar dando por hechas muchas cosas y a la vez evitar darme cuenta de otras. Quiero dejar de quedarme con todo lo que me molesta de ella para no tener ningún conflicto. Y espero que esta vez todo vaya a mejor. De verdad que lo espero. Ojalá que cuando vuelva podamos hacer las cosas de otra manera para no volver a pasar por esto.

Vuelvo a la realidad cuando oigo la voz de Joan, que grita desde abajo.

—Laia, porfa, ¡ven conmigo un rato a la cala!
—¡Que ya voy, pesado!

Me río al escucharlos y me seco las lágrimas, que ni sabía que me recorrían la cara, antes de gritarles que voy con ellos. Creo que me vendrá bien para dejar de sobrepensar las cosas.

16

ANDER

—¡Sal de una puta vez! —grita Laia aporreando la puerta sin ningún tipo de piedad.
—Que ya voyyyyy.
—¡Eso me has dicho hace cinco minutos!
—¡Es que todavía no he terminado!
—Joan, ¡te has metido a ducharte hace cuarenta minutos! —le reprocha mientras sigue dando golpes, intentando abrirla sin éxito.
—Pues ya solo quedan otros cinco más —vacila Joan, sabiendo lo mucho que está sacando a Laia de quicio.
—Pienso matarte cuando salgas por la puerta.
—Eso si no la tiras antes.
—No me pongas a prueba, te doy dos minutos —le amenaza, transformando su voz en la de un pequeño demonio.

Menos mal que he preferido afeitarme y lavarme los dientes en la cocina, dando por hecho que no habría ningún baño libre y que iba a haber conflicto en algún momento. Y eso que hay dos baños y somos cinco personas. Cuando me encuentro con Laia esperando en la puerta, decido no aportar nada a su discusión para evitar que descargue toda su ira contra mí, así que paso rápidamente a su lado sin tan siquiera mirarla a los ojos. Ya lo solucionarán entre ellos. Y no quiero saber la forma.

Estamos terminando de prepararnos para esta noche, y yo por lo menos lo estoy haciendo más mental que físicamente, no porque no me apetezca, sino porque no recuerdo la última vez que fui a una fiesta. Estos meses han sido más raros de lo normal y siempre he preferido hacer algo más tranqui. Pero estoy más que listo para salir hoy y volver a ser el alma de la fiesta, como antes. Lo echo mucho de menos. Rebusco en la maleta por si descubro alguna prenda que no recuerde haber traído, y al final me decanto por unos Levi's oscuros y una camiseta blanca bastante básica; aunque no me convence del todo, no tengo más opciones, pues solo me he traído cosas para salir por el pueblo. Como, por lo que me ha contado Joan, parece que esta gente va bastante en serio, me pondré también una chaqueta de cuero que arregle un poco todo esto. Como últimos retoques, me calzo las únicas botas negras que he traído y un par de anillos. Antes de salir por la puerta, aprovecho para echarme bastante perfume. Espero ir en condiciones. Yo creo que sí.

Voy en busca de Joan escaleras abajo para ver cuánto le queda a su tío para llegar; se supone que está recogiendo mi coche del taller de un mecánico que conocen. Pero no le encuentro. Solo está Olivia, que parece que está lista; se mira en un espejo que hay en la entrada de la casa. Me deja sin palabras.

Lleva puesto un vestido que mezcla tonos de azul, de lo

que parece ser lino, bastante entallado hasta la cintura y que termina en una forma asimétrica. Tiene un escote precioso que deja ver los hombros.

—Qué guapo —me dice tímida cuando se da cuenta de que me he quedado en mitad de las escaleras parado y completamente embobado con ella.

—Gracias… Quiero decir: tú también —suelto, sabiendo que me gustaría decirle mucho más.

Pero me callo, no sé realmente por qué.

Me sonríe y se queda parada, en silencio, cosa que hace que me ponga aún más nervioso.

—¿Esos tacones son tuyos?

—No, me los ha dejado Laia. Bueno, y el vestido también. No sabía que iba a tener que arreglarme tanto y no he traído nada que haga el apaño.

—¿Y qué se ha puesto Laia?

—No lo sé, pero no va a tener ningún problema. Esta mujer se ha traído ropa para cualquier ocasión. Me ha enseñado mil opciones, hasta me ha costado decidir.

—Muy buena elección la tuya, entonces —me atrevo a decirle.

—¿Sí? La verdad es que me siento muy cómoda con él. Sorprendentemente cómoda.

Joan abre la puerta de la casa y, sin saludar, me lanza las llaves del coche; las cojo en el aire.

—Como nuevo.

—¡Y en tiempo récord! ¿Cómo lo ha hecho tu tío?

—Digamos que tiene algún favor pendiente con su amigo el mecánico.

—Creo que voy a llorar de la felicidad.

—Olivia, ¡estás preciosa! —dice Marc, que baja las escaleras como una flecha y hace que me aparte a un lado.

—Tú también vas genial, Marc, gracias por el halago —le dice Joan con cierta envidia, al ver que ha pasado un poco de él.

—Tú tampoco vas mal.

—Yo también te quiero, Martínez —termina diciendo Joan, que se tira al sofá dándose por rendido.

—Ahora os veo, chicos, me están llamando.

—Nos vamos ya mismo.

—Lo sé, no tardo nada.

Olivia se marcha y me quedo a solas con Marc. Este se mantiene en silencio y me lanza una sonrisa cómplice señalándome con la cabeza a la chica que acaba de subir las escaleras.

—No —le digo antes de que se atreva a decir nada relacionado con la mirada que me acaba de echar.

—No te lo crees ni tú.

—Joder. Que sí, muy guapa y todo lo que tú quieras —susurro para que Joan no nos oiga.

—Un pibón.

—Pero solo somos amigos.

—No lo pareció aquella noche. —Me recuerda el momento en el que estuvimos a puntos de comernos en su portal—. Y ahora casi que tampoco.

—Pareció lo que tú quieras. Pero la realidad es otra, y es muy diferente.

—Ya me lo contarás. Que te estás pillando, tontorrón.

—Vete a la mierda —le digo dedicándole una sonrisa de incomodidad absoluta.

—Hablando de mierda..., ¿cómo llevas lo de Escritura creativa?

—Lo llevo, que no es poco.

—¿Vas a hacerlo con las fotos de Olivia?

—Sí. También estoy experimentando con otras cosas. A ver si vuelvo a retomar viejas costumbres —aprovecho para decirle.

—¿Has vuelto a...?

—No. Pero si lo hago serás el primero en saberlo.

—Sé que lo harás. No sé cuándo estarás listo para ello, pero pasará tarde o temprano —me dice dándome una palmadita en el hombro.

Los dos sabemos de lo que estamos hablando y de lo mucho que significa para mí volver a darle vueltas al tema, aunque todavía no sepa si estoy preparado.

—Creo que es hora de irse, que vamos a llegar tarde —se queja Joan desde el sofá.

—Yo también lo creo, voy a avisar a estas —aprovecho para hacer una bomba de humo y no tener que dar más declaraciones a mi mejor amigo.

Me cruzo con Laia, que también va deslumbrante, y voy a por Olivia, que tiene que estar en su habitación. La llamo un par de veces, pero no me contesta, y al oír una conversación de fondo me acerco hasta la puerta del cuarto para hablar con ella. Hasta que oigo a la persona con la que está hablando.

—Solo te estoy siendo sincera, Olivia —escucho la voz de la que debe de ser Carla.

—Pero es que me veo guapa con él.

—Si te entiendo, pero creo que ni es adecuado ni te sienta bien.

—Ni que se me estuviesen viendo las tetas, Carla.

—Pero es demasiado atrevido para ti, *amore*.

—¿Tú crees?

Me acerco al pequeño espacio que ha quedado en la puerta y me fijo en Olivia. Están hablando por videollamada y Olivia muestra su reflejo en un espejo de la habitación mientras Carla opina desde la pantalla. Es la primera vez que le veo la cara a su amiga, y sé que está mal decirlo, pero, por muy guapa que sea, la cara de hija de puta no se la quita nadie.

—Querías mi opinión, ¿no?

—Sí.

—Pues simplemente te estoy diciendo que, si fuese tú, no se me pasaría por la cabeza presentarme así.

—Y sigo sin entenderlo.

—Porque se van a reír de ti tarde o temprano.

—Carla...

—Mira, seguro que tu amiga tiene algo que se asemeje más a algo que tú te pondrías.

—Creía que este era de mi estilo.

—Puede que lo sea, pero necesitas destacar de otro modo. No queremos que piensen que vas allí solo para llamar la atención, ¿no?

—Quizá tengas razón.

Estoy a punto de entrar. No sé cómo no la ha mandado a la mierda todavía. ¿Cómo le puede hablar así y quedarse tan tranquila? Cada vez que escucho algo de ella, me pone de los nervios.

—Ya lo sabes, todavía estás a tiempo de cambiarte. Ya me contarás qué tal va la noche, ¿okey?

—Sí… —contesta Olivia mientras le tiembla la voz.

—¿Y esa cara?

—No lo sé. Sabes que no soy mucho de fiestas.

Pero ¿no le ha dicho esta mañana a Joan que le apetecía un montón el plan?

—Ya…, pero necesitas soltarte un poco más, te lo digo siempre. Si te hace falta algún consejo, sabes que puedes llamarme sin problema.

—Si te soy sincera, ojalá no tenga que hacerlo.

—Seguro que no. Verás lo bien que lo pasas.

—Eso espero.

—No te voy a quitar más tiempo, que me tengo que ir yo también, ¡besitos!

—Chao.

—Chao —se despide su amiga antes de colgar la llamada.

Yo me quedo en silencio en la puerta. No sé si entrar o darle su espacio, pero no quiero ni que se plantee la opción de cambiarse de ropa. No es justo.

—Hola…

—Qué susto, Ander —dice limpiándose rápidamente las lágrimas mientras sigue de espaldas—. ¿Nos vamos ya?

—¿Por qué te ha dicho eso?

—¿Qué has escuchado?

—Lo suficiente para saber que esa tía es imbécil. Si hubieses estado dos minutos más con ella al teléfono, te juro que…

—Déjalo. De todas maneras, el vestido es algo incómodo. Voy a ver con qué puedo improvisar.

—Antes no me has dicho lo mismo.

—Vamos a llegar tarde.

—Por favor —le digo dándole la mano justo cuando se dirige al armario.

Olivia se para en seco, se fija en nuestras manos y nos quedamos en mitad de un silencio que parece ser eterno.

—¡Se nos va a hacer tarde! —grita Marc desde abajo.

—Vas preciosa. Por favor —le pido.

Solo espero su visto bueno. Aunque no esté del todo convencida, sé que se va a arrepentir si lo hace. No quiero que vuelva a cambiar nada de ella por complacer a su «amiga» ni por complacer a nadie.

—¡Ya vamos! —dice Olivia soltándome la mano.

Salimos a la calle bastante separados el uno del otro, viendo desde el porche a nuestros amigos, que nos esperan en la puerta de mi coche.

—¡MI COCHE! —grito de alegría mientras corro para echarme encima del capó y abrazarlo.

—¿Queréis que os dejemos a solas? —se queja Laia.

—No estaría mal —le digo con una sonrisa que hace que ponga los ojos en blanco.

Joan se sienta conmigo, delante, y pone en el móvil la ubicación de la finca a la que vamos. No está lejos de Calella, pero hay que subir una montaña, lo que alarga un poco el camino.

—Me muero de ganas de que conozcáis a mis amigos. Bueno, a los que van.

—¿No van todos?

—Qué va, la mayoría están estudiando fuera. Casi todos los invitados son compañeros del instituto y la universidad a la que va Nora. Ella os caerá genial, estoy seguro. Por más que se rodee de... digamos que otro tipo de gente, es una tía de puta madre.

—¿No serán pijos?

—No sé qué decirte —miento a Laia para que no empiece a entrar en pánico.

—De puta madre.

—Tengo mil ganas de conocerla. Por lo que has hablado de ella, parece una de los nuestros.

—Dios, sí. Patricia y Oliver también os van a encantar.

—A la primera pijotada que escuche...

—Laia, cuidado con la amabilidad que te caracteriza, por favor.

—No prometo nada.

Mientras tanto, miro a ver cómo está Olivia, que no ha abierto la boca desde que hemos salido. Cuando se da cuenta, me sonríe. Vuelvo a encontrarme con esos ojos acristalados. Necesito hablar con ella, que disfrute de la noche como se merece.

—Por cierto, un último aviso. Si escucháis algo raro sobre mí, no hagáis ni caso.

—¿Cómo? ¿Tan mala fama tienes? —pregunta Marc.

—No, pero mis amigos del alma suelen soltarse de más cuando les entra una gota de alcohol en el cuerpo.

—Vaya, que nos van a contar todas las cosas que has preferido callarte —afirma Laia.

—Joan, pensaba que entre amigos no había secretos... —se queja Ander.

—¡Que no les hagáis ni caso! —se enfada.

—Vale, vale, fiera.

No tardamos mucho en llegar. A lo largo de la carretera que nos lleva hasta el edificio, vamos viendo los coches aparcados. No me imaginaba que fuese a venir tanta gente. Esto parece una fiesta local, por favor. Veo que los demás están tan sorprendidos como yo. Incluso Joan.

—Madre mía.

—Y yo pensando que tu casa era un lujo.

—Oye, tampoco te quejes.

—No, no. Pero esto es… enorme —confieso.

Y es una realidad. Es de ese tipo de casas que han tenido que salir casi seguro en alguna película.

Cuando nos bajamos del coche, Laia se agarra sorprendentemente del brazo de Olivia y avanzan juntas hasta la entrada de la casa, donde ya podemos oír la música a todo volumen y vemos a un par de personas que caminan por uno de los pasillos que dan paso a un gran jardín. Tiene una piscina enorme y todo el mundo baila alrededor de ella.

Joan busca con la mirada a sus amigos hasta que una chica con el pelo oscuro y por los hombros se acerca de lo más eufórica a nosotros.

—Pero ¿a quién tenemos por aquí?

—Al alma de la fiesta, deberías saberlo ya —le dice Joan abrazándola—. Chicos, esta es Nora, una de mis mejores amigas de la infancia.

—Encantada —dice acercándose a cada uno de nosotros para saludarnos con dos besos.

También nos encontramos con los que parecen ser Patricia y Oliver. Por lo poco que nos ha contado en el coche, se nota de lejos que no encajan tanto en el ambiente como los demás, incluida Nora, así que no quiero ni imaginarme el cantazo que estaremos dando nosotros. Y eso que yo me había arreglado para la ocasión.

Me acerco a Liv y me apoyo en su hombro como muestra

de cariño. Todo se ha quedado muy tenso después de lo que ha pasado en la habitación y quiero que sepa que puede contar conmigo, aunque se limita a sonreír.

—Vosotros debéis de ser Ander y Olivia.

—Eso es.

—Encantada, Nora; Joan habla maravillas de ti —le dice Olivia cuando la saluda.

—Lo mismo digo. Por cierto, ¡qué bonita pareja hacéis!

—¡¿CÓMO?! —exclamo sin esperármelo.

—Ander y yo no somos…

—Qué va… Nada de eso.

¿Acabo de oír lo que creo que acabo de oír? ¿Dónde cojones ha escuchado eso? Miro a Olivia y su cara es un completo cuadro, igual que la mía, por lo que le quito el brazo del hombro rápidamente e intentamos recomponernos, muertos de la vergüenza y mucho más nerviosos de lo normal. Mierda.

Nora no se queda satisfecha con nuestra reacción y nos mira de lo más extrañada, esperando recibir otra respuesta por parte de alguno de los dos.

—¿Ah, no? Pensaba que Joan me había dicho…

—Lo único que Joan te está diciendo es que ya va siendo hora de ponerse como una puta cuba —la corta, y nos muestra una botella de alcohol.

—No importan los años que pasen, siempre seguirás igual —dice riendo Nora, y le da un beso en la mejilla.

—No pretendo cambiar nada —dice el muy idiota, echándose ya el que creo que es el segundo cubata de la noche.

Unas horas después, las copas están vacías. Voy perdiendo a casi todos los del grupo, ya que hemos ido dividiéndonos. Olivia y Laia se han ido al baño y no han vuelto. Y Joan, bueno... De vez en cuando le veo subido en los hombros de alguien o haciendo algún tipo de espectáculo. Está claro que hoy es su noche, hay que ver cómo es este tío.

Yo estoy apoyado en una columna, haciendo como que escucho a Marc, que está empeñado en ligar con alguna chica de la fiesta. Le da igual quién sea, con liarse con alguien le vale, por lo que yo, que no quiero darle mi opinión de todo lo que está soltando por la boca, decido no prestarle más atención de la cuenta. Respiro hondo. Por más que intento sumergirme en la música, las luces y el ambiente, que llega a ser algo agobiante, no puedo parar de darle vueltas a todo. Y no es por lo que he bebido, que en realidad no ha sido tanto, pero no dejo de buscar a alguien con la mirada. Alguien que acaba de salir de la casa con una copa en la mano recién servida.

Veo a Olivia a lo lejos. Creo que suena un tema de Black Eyed Peas algo antiguo y está bailando con Laia en mitad de un grupo bastante grande. Pero hay algo diferente en ella. No está como el resto. Se nota que tiene la cabeza en otra parte, y puedo hacerme una idea del motivo.

Al cabo de unos minutos abandona el grupo y vuelve a entrar en la casa. Dudo si debo seguirla o no, aunque no puedo evitarlo y voy tras ella.

Cuando paso, viene a mí un olor horrible a tabaco y no quiero ni imaginar a qué más. Intento avanzar en busca de Olivia, pero la cosa se me complica al tener que empujarme con cada uno de los invitados para conseguir subir a la segunda planta. Justo en la última estancia de la casa, que es una terraza que puede que mida prácticamente lo mismo que mi piso, veo a Olivia sentada en una tumbona. Está llorando.

—Liv, ¿necesitas hablar?

—Joder. Lo siento, de verdad.

—No tienes que disculparte por nada.

—Sí. Parece que he venido aquí para estar dando pena constantemente por todo y para dar el cantazo. No voy a amargarle la fiesta a nadie, solo necesito... un respiro —dice mientras intenta recomponerse.

Se seca las lágrimas y esboza una sonrisa algo forzada. Se levanta y coge la copa de vino que estaba a su lado, y va en dirección a la salida.

—¿Cuánto tiempo lleva haciéndote esto? —pregunto antes de que salga por la puerta.

—¿Cómo?

—Carla. ¿Siempre te ha tratado así?

—Es complicado.

—Ya lo veo. Y no debería ser así.

—Lo sé —me dice Olivia, algo cansada.

—¿Y por qué dejas que siga con toda esta mierda?

—Porque no es tan fácil, Ander.

—No estoy de acuerdo —me sincero con ella.

—Soy lo único que tiene aquí.

—Pero eso no le da ningún derecho a hacerte sentir como si no importases nada.

Estoy enfadado. Con Carla y con cómo ha encerrado a Olivia en una burbuja de la que no sabe salir. Pero creo que echándole cosas en cara no voy a llegar a ningún lado, porque puede que ella también sepa la realidad desde hace bastante tiempo.

—El problema está en que, si ella se va, yo no tendré a nadie ni aquí ni en casa. A nadie.

—Nos tienes a nosotros. Me tienes a mí.

—Pero eso sigue sin cambiar las cosas. Sé que ella no se va a ir, aunque quiera. Y, a la vez, sé que, si ella no está en mi vida, no voy a volver a ser feliz. Es mi mejor amiga.

—Liv, Carla no tiene nada que ver con lo que es una buena amistad. Una amiga de verdad no te ridiculiza, no te obliga a hacer cosas que no quieres y siempre va a querer lo mejor para ti aunque no estés a su lado. Y Dios sabe qué más cosas ha debido de hacer.

—Ni yo lo sé.

Olivia comienza a llorar. Lo que parecen simples sollozos terminan siendo un llanto desconsolado. Yo me limito a abrazarla con toda la fuerza que puedo, sin querer soltarla nunca. Sin saber qué voy a decir cuando se separe de mí. Noto cómo tiembla, cómo vuelvo a encontrarme con aquella mirada perdida de la noche del bar. Unos ojos cansados de luchar hasta con ella misma, que no quieren perder más brillo.

Nos quedamos durante un rato echados sobre las tumbonas. Desde arriba la música no se escucha tan fuerte y podemos estar más tranquilos. He mantenido la mirada al cielo sin decir ni una palabra, porque he pensado que así Olivia puede reflexionar sobre todo lo que ha pasado. Aunque de alguna forma también me ha venido bien a mí.

—Supongo que siempre ha hecho que fuese algo normal —dice bastante más calmada.

Me giro hacia ella. También está mirando al cielo.

—¿Desde el instituto?

—Al principio fue diferente. Éramos muy niñas, nos contábamos nuestras gilipolleces y con eso nos bastaba. No teníamos nada por lo que preocuparnos, dejando a un lado alguna que otra pelea del momento, que solucionábamos tarde o temprano. Pero después llegaron los chicos. Y con ellos una necesidad horrible de competir contra todo el mundo para que ella misma sintiese que la gente le bailaría el agua si resaltaba entre los demás. Y qué mejor que tener a alguien a quien le parece todo bien y que no ha destacado en su vida ni tenía intención de hacerlo. Alguien que no había estado todavía con ningún chico, y, si le daba por hacerlo, ya se encargaría ella misma de tirárselo antes.

—Así que es de ese tipo de gente.

—Supongo. Ella siempre ha dicho que no, que en realidad lo que siempre ha querido es que sea más espabilada y que aprenda así un poco más de ella. Que le daba pena verme tan perdida —dice cada vez más enfadada—. Así hasta ahora, ocho años después. E incluso ahora pienso que es capaz de cambiar, de verdad que lo creo, Ander.

—La gente así no cambia, Olivia.

—Pero es que esta no es la Carla que yo conocí hace años. En el fondo sé que me quiere, aunque no lo haga de la manera correcta, por eso no paro de intentarlo con ella. Merecerá la pena en algún momento.

—O puede que dejara de merecerla hace más tiempo de lo que tú realmente crees.

—Pero también sé que, si la echo de mi vida y me quedo con la duda de cómo hubiesen sido las cosas si hubiese actuado diferente, me arrepentiré para siempre.

—Te entiendo. Créeme.

—Lo que no quiero es seguir así. Y en cierta parte por eso vine aquí, porque sé que estoy empezando a darme cuenta de las cosas que quiero que cambien en mi vida.

—Aprovecha la ocasión, entonces. Cuando volvamos a Barcelona déjaselo claro. Pero esta vez de verdad. Que sepa que no habrá ninguna oportunidad más. Y puede que así veas si en realidad merece la pena o no tenerla cerca.

—Madre mía, qué difícil va a ser esto.

—Lo sé. Es una mierda.

—Me acojona que se joda todo.

—Para eso nos tienes a nosotros. Porque no vas a estar sola. Te prometo que esta vez nadie te va a soltar —le digo dándole la mano con fuerza—. Acuérdate de todas las historias que quedan al final del mar. Sabes que hay otra mucho mejor para ti, aunque te cueste nadar hasta llegar a ella.

Entiendo perfectamente a Olivia. Porque sé lo difícil que es entender lo mucho que puede llegar a cambiar alguien importante para ti y lo fácil que es que destruya todo lo que te rodea hasta dejarte sin nada. Porque bajas la guardia de tanto confiar. Porque no te lo esperas. Porque te limitas a querer con una venda puesta para no ver cómo sangras cuando esta persona te deja caer.

Martina era así. Y he tardado demasiado tiempo en darme cuenta. Aunque, en cierto modo, siempre lo supiera. Yo y todos a mi alrededor. Lo supe cuando me alejaba de las personas a las que más quería porque si no era un mal novio, cuando me hacía creer que todas las historias que me montaba en la cabeza eran simples celos, cuando me echaba en cara la mucha suerte que había tenido por cruzarme con alguien como ella, la misma que se encargó de que toda mi vida se convirtiera en un infierno del que no sabía escapar.

Me di cuenta cuando tuve que tirar a la basura todas las letras que le había dedicado durante todo ese tiempo y que nunca valoró. Lo supe cuando su voz se había incrustado tan dentro de mí que estaba consumiéndome poco a poco.

—Creo que necesito otra copa —dice Olivia, levantándose.

Pero esta vez espera a que yo haga lo mismo para marcharnos juntos de allí.

—Ya somos dos —le contesto, y sonrío.

17

OLIVIA

—La he cagado —me dice Joan superagobiado cuando me ve aparecer saliendo de la casa con Ander.

—¿Qué ha pasado?

—¿Estás bien? —dice Ander, que llega detrás de mí.

Joan inclina la cabeza para pedirme que nos apartemos un poco de la gente. Adivino en su cara que no quiere hablarlo con nadie más. Y creo que sé lo que puede ser. Espero estar equivocada.

—Ander, ¿nos dejas solos? —le digo sin intentar sonar borde, aunque creo que este también entiende lo que está pasando.

—Sí, claro. Cualquier cosa, aquí estoy.

—Gracias. De verdad.

No solo le agradezco lo que acaba de decir, también lo de antes. Por estar ahí para que soltara todo lo que no me había atrevido hasta ahora. Y por acompañarme cuando más rota he estado.

Joan y yo salimos hasta uno de los laterales de la casa, en la que hay algún que otro tío meando y varias personas liándose con algo más de intimidad.

—Lo he mandado todo a la mierda… No sé qué coño se me pasa por la puta cabeza…, soy imbécil.

—Para, Joan. Para y respira un momento —le digo al ver que está demasiado nervioso como para contarme nada.

Le cuesta hacer lo que le pido. Intenta arrancar varias veces la frase, pero se le hace imposible.

—Se lo he… dicho.

—¿Qué has dicho?

—Que me gusta. Le he dicho a Martínez que me gusta —dice apoyándose en la pared. Va muy pero que muy mal.

—¡¿CÓMO?! ¿Cuándo? ¿Dónde? —pregunto de lo más confundida.

—Antes. Ahí, delante de todos. ¿Por qué me habrá parecido tan buena idea?

—¿Y qué ha dicho él?

Me mira y niega con la cabeza. No para de llorar.

—Nada.

—¿Cómo no va a decir nada?

—Ni una puta palabra, Olivia. Se pensaba que era todo una coña y cuando me ha mirado ha visto que no tenía ninguna intención de vacilarle con el tema. Y creo que en ese momento también me he dado cuenta de lo que opinaba él.

—No des las cosas por hecho, Joan. Vas mal. Muy mal. Tal vez lo hayas malinterpretado todo.

Joan parece no escucharme y sigue lamentándose en silencio. Yo solo puedo dejar que termine desahogándose cuando quiera. Y cuando sea capaz de hacerlo.

—No sé qué voy a hacer cuando vuelva a verle. No solo acabo de perder a alguien que me hacía sentirme especial, sino que acabo de perder al que se estaba convirtiendo también en mi mejor amigo.

—No le has perdido. Te lo prometo.

—No estés tan segura.

—Conoces a Marc mucho más que yo, pero estoy convencida de que mañana vais a ver las cosas de otra manera, Joan.

—¿Después de esto? No lo creo

No termino de creerme que todo haya pasado tal cual me lo ha contado. No porque no le crea, sino porque puede que las emociones le hayan jugado una mala pasada y se haya puesto en lo peor. Porque de verdad que confío en que Marc no actuaría así. Sé que se pondría en la situación de Joan e intentaría explicarle cómo se siente, a pesar de que suela ser una persona algo callada e incluso fría. Le quiere. Y sabe que, si se lo ha contado, es importante para él. Y no sería capaz de dejarle ahí, en mitad de todo el mundo, con mil dudas en la cabeza.

Además, siempre he visto algo en él. No quise decírselo a Joan cuando por fin conocí a Marc, no sé si para que él no se montase una película por mi culpa o para no montármela yo misma. Pero se notaba que con Joan ha tenido siempre una conexión especial, muy diferente a la que tiene con Ander, que llevan siendo amigos muchísimos años. Salta esa chispa cada vez que están cerca el uno del otro, y creo que todos nos hemos dado cuenta de eso. Solo que Joan ha preferido no creérselo por si termina haciéndose daño. Y tal vez Marc no esté listo todavía para entenderlo, por más que todos lo veamos.

—No has hecho nada malo. Es lo más natural del mundo

y solo puede haber dos opciones: que sea mutuo y que te alegres para toda la vida por haber dado ese paso o que te des cuenta de que no siente lo mismo por ti y que te alegres igualmente por haberte quitado ese peso de encima.

—O que deje de hablarme para siempre porque se avergüence de mí.

—Nadie se avergonzaría de ti. Nunca. Y, si pasa, tranquilo, que entonces sabrás que no merecía mucho la pena.

—No quiero que nada cambie entre nosotros. Me da miedo perder todo lo que tengo con él.

—Te entiendo.

«Mucho más de lo que crees», pienso.

—¿Cómo te ha ido a ti la noche? Te he notado bastante ausente.

—No tiene mucha importancia.

—Pero tú se la has dado.

—Porque tengo miedo. Mucho. Pero ya no puedo hacer nada.

No hace falta que diga nada más. Sabe a la perfección lo que estoy queriendo decir y me abraza cuando zanjamos el tema.

Le doy la mano y le invito a que volvamos a la piscina con todos los demás para intentar que así pase la noche un poco más rápido. Mañana amanecerán las cosas de otra manera. Eso es lo que me he repetido a mí misma una y otra vez durante mucho tiempo.

«Ahora sabe… si se acabó que se acabe… su corazón bajo llave… nadie se muere de amor, nunca es tan grave…», escucho cuando llegamos a la multitud. Creo que quiero vomitar. No sé si soy capaz de aguantar todas las emociones que siento ahora mismo. Muchas llevan tiempo encerradas aquí dentro y acaban de salir sin avisar.

Joan me pide que le deje un rato a solas, y se lo agradezco, porque en el fondo yo también lo necesito. No sé muy bien por qué, pero lo necesito. Tengo que pensarlo todo otra vez y llorar las veces que haga falta. Estoy cansada de seguir fingiendo que todo está bien cuando nunca lo ha estado del todo. Y porque ahora sé que nada cambiará si no soy yo quien decide hacerlo. «Ella bailaba... mientras lloraba... si la ves no le preguntes por él, no digas nada...», sigo escuchando de fondo. Me cuelo entre las personas con las que he estado antes junto a Laia, sin importar lo mal que me están mirando por mi aspecto. Creo que tengo el rímel algo corrido. Y empiezo a bailar. Sintiendo de más cada palabra de la canción, noto cada centímetro de este vestido del que me he avergonzado toda la noche. «Ella bailaba... mientras lloraba... si la ves y te pregunta por él, no digas nada...». Cuento los segundos, que van haciéndose más lentos. Sé que cuando termine volveré a sentir un vacío que me va a recordar toda la vida que no voy a encontrar a nadie que quiera conocer mis rincones, que estoy a punto de dejar ir a alguien me ha ayudado a saber quién soy y a la vez a que dejase de serlo. «Otro amor que se fue, otro amor que no fue, otro adiós, otra piel. Ya no llores por él».

Cuando la luz que entra por la ventana me despierta, me giro hacia el otro lado de la cama. No quiero afrontar el día que me espera.

Desbloqueo el móvil y miro la bandeja de mensajes. Mi madre me ha escrito diciéndome lo muy guapa que estaba a una foto que le envié anoche con Laia y Joan. Sonrío al leerlo. También hay más de novecientos mensajes del grupo de la universidad, el cual no pienso abrir. Por mucho que me guste la carrera, no voy a sumarme más problemas. Veo el chat de mi abuelo y me meto en él. Me ha enviado algunas fotos que hice con la primera cámara que me regalaron cuando cumplí los diez años. Todavía la recuerdo, era de un color rosa fucsia que no pasaba para nada desapercibido; me la llevaba a todas partes. Supongo que desde siempre he querido inmortalizar cada momento. Algunas son bastante bonitas y otras me hacen reír en voz alta porque se ve solo la mitad de la imagen, pues mi dedo siempre se colaba delante del objetivo. A medida que avanzo en el carrusel de fotos, van pasando los años. Y me paro en la última que me ha mandado. En la fecha que se encuentra en la esquina inferior de la imagen puedo ver que se hizo en 2017. Es la foto que tengo con Carla enmarcada en nuestro piso. Le respondo a mi abuelo con tres emojis de corazones y bloqueo el móvil.

Salgo al jardín para esperar a que los demás se despierten, está todo tan tranquilo… Parece mentira, teniendo en cuenta que hace apenas unas horas tenía los oídos taponados por culpa del volumen de la música. Aprovecho ahora para apuntar en una libreta pensamientos sueltos que se me van ocurriendo, y doy gracias a que solo se oyen pájaros y los rugidos del mar en vez de a Laia peleándose con cualquiera de la casa.

Ander aparece en el jardín con una taza de lo que parece ser café.

—Pensaba que no te gustaba el café.

—Hay que reponer fuerzas. Menos mal que Marc se propuso como conductor para la vuelta. Una copa nunca viene mal.

—¿Solo una?

—¿Es que estuviste vigilándome, Liv?

—No tuve que hacerlo para darme cuenta de cómo caminabas.

—No seas exagerada.

—Te caíste tres veces bajando las escaleras. Y la que llevaba tacones era yo.

—Perdona, pero mis botas tienen algo de tacón.

—Eres toda una víctima de la moda —le digo vacilándole.

Me había fijado durante toda la noche en cómo iba, en lo bien que le queda cualquier cosa que se ponga. Por no mencionar mi debilidad por la manera que tiene de peinarse cada dos por tres, aunque el resultado siga siendo un pelo de lo más desordenado. Y le queda perfecto así.

—Oye.

—Dime.

—¿Te apetece salir a dar una vuelta? Creo que estos van a tardar bastante en levantarse hoy y no me gustaría desperdiciar el buen día que hace.

—¿Los dos juntos?

—O te puedes esperar a que se despierte Laia y que quiera saber a fondo todo lo que pasó anoche con estos dos. Y te aviso de que los interrogatorios de Laia nunca salen bien.

La verdad es que encontrarme en esa situación es lo último que me apetece ahora mismo. Supongo que Ander estaba también delante cuando pasó todo lo de Joan.

—¿Marc te dijo algo ayer?

Ander se ríe.

—Soy una tumba. Un buen amigo nunca revela ese tipo de secretos.

—Espero que tu amigo no sea un capullo con Joan —digo recordando cómo se sintió.

—Yo también. ¿Vienes o no?

—Vamos.

Nos montamos en el coche y, antes de arrancar, me da su móvil.

—¿Quieres que busque algo?

—Quiero que pongas alguna canción que te guste.

—Ah, perfecto.

Soy de esas personas que no pueden hacer nada sin música y que tiene una *playlist* perfecta para cada momento del día. Pero ahora mismo no se me ocurre ninguna para esta ocasión. Bueno, se me ocurre alguna que otra, pero dejémoslo en que se pueden interpretar de muchas maneras.

—¿Cuánto vas a tardar? —pregunta entre risas cuando llevamos ya un par de kilómetros.

—Dame un momento. Estoy indecisa.

—Nadie va a puntuar la canción que elijas, ¿eh?

—Dime tú una.

—¿Yo?

—Sí. Así me das más tiempo para pensar.

—Me mola un montón la banda de Cigarettes After Sex. Pon cualquiera de sus *singles*.

—Los conozco. Estás hecho todo un intenso.

—Todavía estoy esperando la tuya. Añádela a la cola —dice, y me sonríe algo irónico.

No tardamos mucho en salirnos de la carretera. Después

de escuchar «Cry», decido ponerle «Is It Over Now?», de Taylor Swift, al verla entre las canciones que tengo guardadas en mi *playlist* llamada «Para escuchar en el coche». Creo que no podía haber elegido otra mejor.

Llegamos a una cala alejada de Calella y, tras aparcar, cogemos las cosas y nos sentamos sobre la arena, al lado de unas rocas.

—Quiero venir aquí más a menudo. Podríamos hacer escapadas de ir y volver en el día de vez en cuando.

—No es mala idea. Claro, si hacemos el trayecto con un coche que no se avería a la mitad.

—Cuidadito, Liv, que te vuelves andando a Barcelona —me asegura con un tono de lo más irónico.

Él y su coche tienen una relación de lo más especial, de eso no hay duda.

—Pues sí. Hay que hacerlo más. Sobre todo ahora que no voy a tener muchos planes por allí.

—¿Sabes qué vas a hacer?

—No. Quiero esperarme para ver cómo se toma Carla la charla que todavía no he elaborado en mi cabeza.

—Ya te lo digo yo. Bien no se lo va a tomar.

—Lo sé. Pero pienso en mudarme de nuevo en estas fechas y me dan hasta taquicardias.

—A lo mejor no hace falta. El año pasado Marc y yo estuvimos viviendo con un tío que, entre otras muchas cosas, hacía que la cocina pareciese un campo de concentración todos los días. Y sobrevivimos.

—Creo que podré soportar lo que queda del año con ella, entonces.

Hablar de ella de esa manera en voz alta hace que todo

me duela mucho más. Nunca me habría imaginado verla así. Cada vez más lejana a mí. Y Ander se da cuenta.

—Es normal que te sientas rara.

—Rara es poco.

—Con el tiempo las cosas se van calmando cada vez más, aunque parezca imposible.

—¿A ti te pasó con... Martina?

—Sí. Me pasó. E incluso la última vez que quedé con ella pensé que iba a recaer en una promesa que sabía que no iba a cumplir. Pero prefería creerme una mentira a atreverme al cambio. Y eso era lo que hacía que nunca saliese del bucle.

—Parece mentira lo fácil que se ve desde fuera. Pero siento que, cuando estás en esa situación, todo se siente de otra manera. No sé explicarlo.

—Porque vas a ciegas y prefieres no ver lo mal que está todo para terminar eligiendo la opción en la que todo seguirá igual, pero no perderás algo que piensas que es bueno para ti.

Me quedo pensativa. Tiene razón. Y me da vergüenza no haberme dado cuenta mucho antes.

—Oye —dice dándome un pequeño codazo—. Reconocerlo es el primer paso, el primero de muchos. Y cuando menos te lo esperes, estarás hablando del dolor en pasado.

—Suena bien.

—Pues empieza por ahí.

Nos sonreímos. Estamos muy juntos. Más de lo que deberíamos. Y vuelve a aparecer la puta tensión que hace que todo mi alrededor se descoloque. Siento unas ganas exageradas de besarle. A nuestros labios los separan escasos centímetros. Solo quiero terminar de sumergirme en sus ojos para refugiarme de alguna manera en alguna parte.

—Creo que deberíamos ir marchándonos —le digo separando la cara de la suya antes de que pase algo que me haga arrepentirme—. Hoy nuestros amigos también nos necesitan en casa.

Es la segunda vez que le hago esto. Soy imbécil, pero no quiero que pase nada en un momento así. En realidad no sé lo que siento y no me gustaría que todo quedara en un simple calentón que me ayudara a dejar de pensar en lo muy cabrona que ha sido mi mejor amiga. No se merece esto. Y yo tampoco, aunque me contradiga con lo que le dije a Joan ayer acerca de atreverse a confesar todo lo que siente. Creo que este no es un buen momento, aunque mi cuerpo diga lo contrario. Debo ser racional, como tantas veces en mi vida, aunque creo que esta merecerá la pena de verdad.

Después de un viaje de lo más incómodo, vemos a Laia, que sigue trabajando en el cuadro que empezó hace unos días en el salón.

—¿Cómo lo llevas?

—Dame un segundo y... —me dice mientras le acaricio el hombro—. Terminado. Por un momento pensaba que no me iba a dar tiempo de hacerlo, pero me he picado con él y he tenido que acelerar el proceso.

—¡Qué rápido! ¡Quiero verlo!

Me acerco hacia el caballete para ver el resultado, ya que la ubicación de Laia impide verlo al pasar por la habitación, pero me lanza una mirada asesina y solo con un movimiento de cabeza entiendo que debo quedarme parada donde estoy.

—No seas tan rápida.

—Andaaa, ¿por qué no?

—Porque quiero enseñároslo a todos a la vez. Esta noche. Le he propuesto a Joan que cenemos todos juntos en la terraza como cena de despedida. Se me ha ocurrido que podemos comprar hasta velas de ambiente.

—Qué romántica eres cuando quieres... —dice Ander.

—No puedo decir lo mismo de ti —contesta con una sonrisa bastante falsa.

—Haré el esfuerzo de esperar entonces. Por cierto, hablando de Joan, ¿dónde está? —pregunto, al ver que no se oye a nadie más por la casa.

—Salió hace un rato. No veas cómo está la cosa...

Ay, madre.


Tras comprobar que no nos queda nada de la comida que compramos con el bote que pusimos entre todos para estos días, busco el teléfono de una pizzería del pueblo que parece estar abierta. Ya he acabado de hacer la maleta y, aparte de terminar de organizar un poco la habitación, no me queda mucho más que hacer, así que voy a ayudar a Laia y a Marc, que están poniendo una mesa que han sacado a la terraza. Todo está bastante... callado. Demasiado, diría yo.

Justo cuando sube Ander con las pizzas que habíamos pedido hace un rato, aparece Joan, que se sienta a mi lado sin mediar palabra. Ni siquiera ha mirado a Marc, aunque este ha intentado que hubiese algún tipo de contacto entre ellos.

—Joder. Hacía tiempo que no me comía una pizza así —dice Ander mientras dobla la porción que tiene en la mano para darle un bocado aún más grande.

Nadie comenta nada más durante toda la cena. Laia busca en mí respuestas a las mil dudas que seguro que tendrá debido al ambiente que hay ahora mismo, y a Ander no se le ocurre otra cosa mejor que soltar una risita nerviosa por la situación en la que estamos, por lo que le doy una pequeña patada en la espinilla para frenarle antes de que se dé cuenta nadie más.

—Parece mentira lo rápido que han pasado los días, ¿eh? —comenta Laia, que se nota que acaba de decir lo primero que se le ha pasado por la cabeza.

—Y que pasado mañana volvamos a clase.

—Me pasaré toda la mañana pensando en el baño del otro día —digo.

—O en los atardeceres que se ven desde aquí. Son increíbles.

—Y las pedazo de fiestas que se montan tus colegas —dice Ander, que se dirige a Joan.

A pesar de que este no parece opinar lo mismo.

—Creo que tenemos conceptos muy diferentes de lo que es una pedazo de fiesta —contesta.

—Yo creo que nos lo pasamos bien —añade Marc, que no ha dicho nada en toda la cena.

—¿Ah, sí? Yo me lo pasé de puta madre cuando me dejaste tirado delante de todo el mundo.

—No te dejé tirado.

—Qué fuerte me parece —se cabrea, mientras sigue sin dirigirle la mirada.

—Joan, no era el momento.

—¿Tan borracho ibas?

—No. El que iba mal eras tú —dice de lo más cortante.

Nos quedamos todos callados sin saber cómo ayudar a ninguno de los dos. Es una situación algo complicada y ninguno de los dos se ha atrevido a hablar del tema en todo el día. Hasta ahora. Aunque tampoco lo están haciendo de la mejor manera.

Laia se levanta y, tras unos segundos, saca a la terraza el caballete con el lienzo tapado con una manta.

—Bueno..., como todos sabéis, durante estos días he estado bastante inspirada con los materiales que me prestó el abuelo de Joan, que, por cierto, dale las gracias de mi parte, y por fin hoy lo he terminado —dice algo nerviosa mientras se prepara para destapar su obra—. Y no tengo mucho más que decir, que espero que os guste. Y, si no, no os atreváis a decírmelo.

Cuando aparta la manta del cuadro, nos quedamos fascinados. Lo que parecían unas simples olas acompañadas de los tonos anaranjados de un atardecer ha terminado convirtiéndose en todo un mar que parece no acabarse, con cinco siluetas que se fusionan con el agua y hacen un gran contraste por el sol que aparece a lo lejos. Parecen dos chicas y tres chicos. Parecemos nosotros.

—No te creo.

—Laia...

—Qué fuerte —digo acercándome un poco más para ver el cuadro más de cerca—. Eres una artistaza, de verdad. Creo que quiero llorar.

—¡Me encanta!

—Ahora nunca sabré si lo decís en serio o para que no os mande a la mierda. Pero gracias, de verdad —dice con algo de vergüenza—. No sabéis lo que significa para mí que vosotros digáis eso.

—Y nos quedamos cortos —asegura Ander dándole un abrazo—. Esto se va directamente al salón del piso, ¿verdad?

—Pues a lo mejor.

—Ahora voy a querer ir a vuestra casa todos los días para verlo como si fuese un museo —digo mientras me río.

—Ojalá que sea así —me dice Laia.

Pasamos casi una hora halagando la obra de Laia. Estudió Bachiller Artístico y aprovechó la ocasión para contarnos la técnica que había utilizado y qué cuadros había tenido como inspiración. Y aunque sé que a ella no le estaba gustando ser el tema de conversación durante tanto tiempo, queríamos que supiese lo muy orgullosa que tiene que estar de ella misma. Ha sabido inmortalizar un recuerdo de una época que no vamos a olvidar nunca. O eso espero.

—Por cierto, Olivia —me dice Laia.

—¿Sí? —respondo con la boca un poco llena por culpa de mi última porción de pizza.

—Me gustaría pedirte perdón.

—¿Perdón por qué?

—Por cómo me he portado contigo, sobre todo al principio. Fui demasiado agresiva por miedo de que jodieses la relación que acababa de empezar con toda esta gente. Y supongo que también me morí de envidia al ver lo bien que ibas a encajar con ellos nada más conocerlos. En cierto modo, empecé el cuadro un poco por eso, porque algo dentro de mí me pedía que canalizase todos mis pensamientos intrusivos y los convirtiera en algo bonito, o que por lo menos lo intentara.

—Pues quiero que sepas que lo has hecho de maravilla.

—Fue gracias a ti. Cuando hablaste tan bien de lo que estaba pintando empecé a entender que no eras como las chicas con las que me he encontrado toda la vida. No me juzgaste, que justo fue lo que hice contigo. Y al final has conseguido que me sienta validada por primera vez. Quiero que sepas que lo siento mucho. De verdad.

—No tienes por qué pedir perdón —le aseguro sin pensármelo dos veces—. Ya lo hiciste anoche y durante estos días cuando has notado que no estaba en mi mejor momento y cuando veías que necesitaba a una amiga de verdad. Sin preguntarme por nada has estado ahí, para bailar o para simplemente ayudar a que me despejara un momento. Así que, sí, disculpas más que aceptadas.

—No sabes el peso que me quitas de encima.

Laia frena en seco cuando termina la frase y rompe a llorar. Me acerco a ella y me pongo de rodillas para estar a su lado.

—De verdad que es agua pasada, Laia.

—No es eso, Olivia.

—¿Qué es, entonces?

—No sé cómo he podido tratarte como lo hicieron conmigo en el instituto. De verdad que no lo entiendo. Te juzgué como si fueras una de esas tías que te miran de arriba abajo para luego insultarte con su grupo, alto, para que te des cuenta. Y al final he sido yo quien se ha portado como si no me importase lo que tú sintieses.

Al escucharla comienzo a recordar todos esos años en el instituto. La manera en que he maquillado algunas situaciones para no darme cuenta de cómo eran las personas con las que me juntaba, para no darme cuenta de que yo me estaba convirtiendo en una de ellas.

—Yo fui una de esas chicas. De esas que escuchan cómo sus amigas critican la manera de vestir de otros y las cosas que les gusta hacer. De esas que ven cómo su entorno se ríe hasta de las personas con las que salen y que aprovecha para ridiculizarlas por cualquier cosa, porque se supone que no merecen las cosas buenas que les pasan. Porque eso solo les ocurre a las chicas de siempre. Y puede que yo ahora necesite un perdón que no creo que llegue a perdonarme nunca por permitir que todo aquello ocurriese. Porque hasta ahora no me había dado cuenta.

Laia me mira abrumada. Y mi cabeza va a mil por hora. Hasta este momento no me había parado a pensar en todas las consecuencias que ha podido tener en mí haber escuchado a una persona a la que solo le importaba su propio brillo, en todo lo malo que he podido llegar a hacer por obligarme a ser una copia suya.

Pero por primera vez siento que es el momento perfecto para pasar página de una vez. No quiero sentirme como Laia toda la vida e ir con miedo de cruzarme con personas que hagan que me marchite, y tampoco quedarme con todo el odio que me he ganado de alguna manera que no quiero repetir.

—Así que, por favor, ya has reconocido lo que hiciste mal, pero ahora tienes que darte otra oportunidad. Por ti y por mí. Para que la Laia del instituto se sienta orgullosa de que hayas podido escapar de allí para convertirte en una mujer que sabe lo que quiere y que ha terminado con personas que son igual de buenas que ella. Porque creo que las dos nos merecemos esa oportunidad de alguna manera, para empezar de nuevo e intentar cambiar todas esas cosas que en su día no quisimos ver —termino diciendo para limpiarme las lágrimas justo cuando lo hago.

Laia me mira sin saber muy bien qué decir.

—Hecho. Prométeme que lo harás tú también. Por las dos.
—Por las dos.

Estamos llorando como dos tontas. Pero, joder, qué bien me siento haciéndolo.

18

ANDER

Al terminar la cena, Marc y yo nos hemos marchado de la terraza para empezar a hacer las maletas. He hecho la mía en cinco minutos, gracias a que tampoco traje mucha cosa y a que lo tenía todo bastante bien ordenado, y he aprovechado para ayudar a Joan a buscar lo que había traído con él y que por algún motivo (él está seguro de que ni él ni su gran desorden tienen nada que ver) han ido desapareciendo por toda la casa. Para ser más exactos, he encontrado la camiseta con la que vino el primer día tirada debajo del sofá, un bañador que lleva varias noches tendido en una cuerda del jardín y unos pantalones dentro del armario de la habitación en la que ha dormido Olivia. Ha sido una especie de yincana que no ha organizado nadie y en la que no sabía que iba a tener que participar.

Aunque haya estado bastante entretenido vacilando a Joan cada dos por tres por los sitios en los que he ido encontrando sus cosas, sé que él no ha tenido el mismo humor que yo. Le ha faltado ese carisma que tanto le caracteriza. Lleva todo el día de lo más distante, y sabemos por qué. Después del roce que ha tenido con Marc durante la cena, el tema parece estar aún más tenso.

—Oye, ¿todo bien? —le pregunto mientras doblo una de sus camisas en su habitación.

—Define «bien».

—Te veo rayado por…, bueno, por lo de ayer —digo nervioso, sin querer decir nada que pueda sentarle mal.

—Por Marc, puedes decirlo.

—Ya me entiendes.

—Sí. Estoy rayado, pero se me pasará. No me queda otra —pronuncia haciendo una mueca que muestra lo cansado que está de darle vueltas al tema.

—Tranquilo, que no va a pasarle nada a vuestra relación, si es lo que te preocupa. Ya sabes cómo es Marc y, aunque parezca que no, le importa mucho cómo te sientes ahora mismo.

—No lo parece, pero supongo que tendría que haberme dado cuenta de que me estaba montando un peliculón.

—No lo veas de ese modo…

—Ander, te agradezco que estés hablando de esto conmigo, pero no puedo seguir creyendo que las cosas van a salir como me he imaginado, porque la hostia ya me la he dado. Y duele que te cagas. Pero en algún momento se me pasará —termina diciendo justo al cerrar la cremallera de su maleta.

No creo que Joan sea así. En el tiempo que llevamos viviendo juntos ha visto el lado positivo de todos los problemas que hemos tenido cada uno de nosotros. Las conversaciones que he tenido con él sobre la ruptura me han ayudado incluso más que muchas de las horas que he pasado con la psicóloga, y mira que empezar con las sesiones fue lo que prácticamente me salvó. Ahora no sé cómo devolvérselo. No es justo que piense que abrirse con Marc termine siendo el detonante para que su amistad se marchite, aunque tenga motivos para pensarlo por el modo en el que este reaccionó. Pero aún creo que debe de haber esperanza de que alguno de los dos empiece a ver las cosas de una manera lógica.

Y solo me queda poder hablar con mi mejor amigo para intentar que eso pase lo antes posible.

—Marc —susurro pensando que ya está acostado, debido a que las luces de la habitación están apagadas.

—Qué —contesta sin darse la vuelta.

Está mirando a la pared.

—¿Podemos hablar un momento?

Marc se incorpora y enciende la luz del dormitorio. Por el rojo de sus ojos, doy más que por hecho que ha estado llorando, cosa que hace que me desconcierte aún más.

—¿Quieres recordarme tú también lo gilipollas que fui ayer?

Me sorprende que lo reconozca así, sin más, sin ningún tipo de esfuerzo. Por lo menos, esto es todo un avance.

—No. Seguro que has tenido bastante contigo mismo durante el día. Solo vengo a charlar, a entender, si quieres ayudarme a hacerlo, muchas cosas que siguen sin cuadrar.

—No tienen por qué hacerlo. Las cosas han pasado así y ya. No hay más.

—Pero tú no eres así. No con Joan.

—Eso es lo que me jode —dice para después respirar hondo.

—¿Por qué?

—No quiero hacerle daño.

—Creo que el daño ya está hecho —digo dándome cuenta de lo mal que ha sonado.

—Menos mal que no me ibas a echar nada en cara... —se queja, con toda la razón del mundo.

—No lo he dicho por eso, sino porque ahora solo queda remediar tu reacción de ayer, por la que no te culpo tampoco. Entiendo que de algún modo no supieras reaccionar.

—Algo me dijo que huyera de ahí cuanto antes, y no lo pensé dos veces. Me agobié al sentirme rodeado de tanta gente.

—¿Por algún motivo en especial? —pregunto sin querer sonar demasiado directo.

Mi última intención es incomodarle o presionarle para que hable del tema. Por más que yo lo tenga claro, solo quiero que él mismo pueda desenredar ese nudo que tiene en la cabeza, que es igual que el que creo que se le va formando en la garganta a medida que termina cada frase.

Marc intenta frenarse un par de veces, pero acaba llevándose las manos al rostro para que no pueda verle llorar. Yo me siento con él en la cama y apoyo la mano en su muslo.

—No sé qué cojones me pasa —se sincera, respirando cada vez más fuerte.

—En el fondo lo sabes. Pero puede que todavía no estuvieras listo para darte cuenta.

Marc se toma un momento y me mira fijamente, sabiendo que puede que se arrepienta de cualquier cosa que diga.

—No sé qué quiero, Ander.

—Pero entiendes de sobra que no deberías sentirte así simplemente porque no sabes si te gusta una persona, y eso es lo que más te agobia.

—Ya, pero no es tan fácil. No lo ha sido nunca.

Vuelve a hacer una pausa y da un suspiro.

Creo que ni él mismo se esperaba decir aquello en voz alta. Le tiene que suponer todo un esfuerzo.

—No recuerdo mi vida sin tener que esconder cierta parte de mí que nunca he sabido explicar, porque cada vez que he pensado en intentarlo he terminado huyendo.

—¿Huyendo de qué?

La única luz que alumbra desde fuera ilumina cierta zona de la habitación. Marc se gira y fija el reflejo de la luna en una de las ventanas.

Hasta que se vuelve hacia mí.

—De mi familia, que nunca me ha dado pie a decir cómo me sentía; de mi entorno, que sabía de sobra que solo iban a vacilarme con el tema; incluso de mí mismo, porque he distorsionado la realidad durante muchos años. Y a veces sigo sin saber qué es lo que debo hacer, qué es lo que de verdad está bien.

—Joder. Lo siento mucho, Marc. Es una mierda pensar que hay gente que sigue sin normalizar algo que para el resto del mundo es tan... humano.

—Se supone que para ellos también. Se les llena la boca cuando hablan de que debemos dejar que cada uno haga lo que quiera con su vida, pero solo si eso no incluye a su hijo, a su compañero de mesa o a un amigo de siempre. Cuando eso pasa, las cosas pueden llegar a cambiar y volverse bastante más complicadas, porque dan por hecho lo que debes ser. Lo que debes sentir.

—Y luego se sorprenderán, no me jodas... Pero eso sigue sin justificar que tengas que seguir ocultándolo. Las personas que de verdad te quieren van a estar ahí sin ningún «pero» de por medio.

—Eso espero. Pero bueno, ya hace mucho tiempo de todo eso.

—Eso no importa. Estás hecho un lío por algo que nunca tuvo que ser complicado, y creo que no hay nadie mejor que tú mismo para ayudarte a resolver esa duda.

Marc vuelve a desviar la mirada y parece pensar en lo que acabo de decirle.

—Siempre he tenido conexión con las chicas, y creo que eso mismo ha sido lo que me ha frenado de alguna manera a la hora de pensar que a lo mejor también podía estar con un chico. Aunque en el fondo lo sabía.

—¿Ves? Tú solito —le digo, y él dibuja una pequeña sonrisa—. Eso siempre se sabe, aunque haya situaciones en las que cueste verlo.

—¿Y qué se supone que tengo que hacer? ¿Gritarlo a los cuatro vientos para que todo el mundo se entere y que no me jodan con ningún comentario por si acabo estando con un tío?

—No tienes por qué hacerlo.

—¿Qué me sugieres entonces?

—Yo no he tenido que decirle nunca a nadie que soy hetero —reflexiono para después hacer un parón y ordenar mis ideas—. Y si contarlo te va a ayudar a aceptarlo de alguna forma, de puta madre. Pero si es simplemente por satisfacer a los demás, puedes ahorrártelo. Es hora de que empieces a vivir la vida que te has merecido siempre. Y querer sin miedo a hacerlo para que no pierda el sentido.

—No sé si te lo han dicho alguna vez, pero algún día te darán un premio por hablar así de bien. Te quiero, Ander.

—Yo más, Martínez —bromeo llamándole igual que Joan. A él parece hacerle la misma gracia que a mí, por lo que recibo un pequeño puñetazo en el hombro.

—¿Vas a hablar del tema con él? —le digo refiriéndome a Joan.

—Por ahora no.

—Pero sabes que él quiere hacerlo.

—Y le entiendo. Hemos podido hablar de todo y en el momento en el que más se ha abierto conmigo no he estado ahí para él. Eso es, sin duda, lo que más me ha dolido y lo que me ha hecho darme cuenta de que no puedo perder lo que quiero por ningún trauma de mi infancia. No más de lo que ya lo he hecho.

—Si piensas que Joan va a durar mucho más haciéndose el duro sin dirigirte la palabra, lo llevas claro. Aunque no hayan pasado ni veinticuatro horas, te echa de menos.

Le jode escuchar eso. Lo sé.

—No quiero perderle.

—Ni él a ti.

—Pero es demasiado pronto. Y lo último que quiero es que Joan sea un experimento o terminar haciéndole ilusiones. Tengo claro lo que siento por él, pero no tanto si estoy listo para ello. Y me da miedo que él no esté para entonces.

—Eso no estará en tu mano. Por primera vez, te toca pensar en ti, pero, por favor, cuéntale cómo te sientes para que te comprenda y para que deje de poner esa cara de intenso, que no le pega nada y el pobre lo está pasando mal.

—¿A que no? Parece que lleva todo el día estreñido —dice entre risas—. Lo haré.

—Este es mi chico.

—Espero que tú también le digas a Olivia cómo te sientes. ¿O todavía no te has dado cuenta?

—¿Cuenta de qué? —pregunto nervioso, intentando hacer ver que no sé de qué me habla.

—De que te estás pillando.

Su respuesta me sorprende.

Comienzo a mirar hacia cualquier objeto de la habitación para que no se dé cuenta de que acabo de ponerme rojísimo.

—Y, si te sirve de consuelo, creo que ella también.

—No digas tonterías, Marc.

—No estoy diciendo ninguna tontería.

—Solo somos amigos.

—Por ahora.

—La he ayudado con el tema de su amiga y ya. Por más que me pique, creo que ahora tiene cosas más importantes en las que centrarse.

—Ambas cosas son compatibles. Cuando nos encontramos a esta chica en el bar tenía la mirada completamente perdida. A ver, yo no sé qué le habrá hecho esa amiga suya, pero la tía estaba en la mierda, se le veía desde lejos, por más que intentase ocultarlo. Y cada día desde que te conoce la veo más feliz, sobre todo cuando te ve aparecer por las mañanas sin camiseta y con el pantalón del pijama...

—¡¿Quieres parar, capullo?! —me quejo.

Aunque me ha hecho mucha gracia que lo haya dicho así, puede que yo también me haya dado cuenta.

—No estoy diciendo nada que sea mentira, por no hablar de ti en la fiesta. No tenías ojos para otra persona. Se os está yendo de las manos a los dos, cosa que me parece genial.

No sabía que Marc sería capaz de sacarme los colores, pero veo que lo está disfrutando.

—Me gusta, sí. Y aunque he intentado no darle mucha importancia, creo que la manera en la que nos miramos en aquel bar dejó muchas cosas claras, a pesar de que en ese momento no significaran mucho.

Y ahora no puedo parar de pensar en aquella noche y en que esa conexión se repite cada vez que nos quedamos solos o cuando nuestras manos se rozan, cuando nuestras miradas se fusionan.

—Pues de puta madre, ¿no?

—Sí, bueno. Ya veré cómo avanza la cosa. Yo también quiero estar seguro de no hacerle daño a nadie. Sobre todo después de…, ya sabes —digo refiriéndome a mi ex.

—Esta vez no va a pasar. Ya lo verás.

—Espero que no. Lo que me faltaba ya.

Ambos nos reímos con solo imaginar a la versión malvada de Olivia. Miro a Marc y no puedo más que dar gracias por tenerlo en mi vida. Da igual los años que pasen, sé que siempre voy a poder contar con él para lo que necesite. Y también que estamos consiguiendo ser nuestra mejor versión con la ayuda del otro.

Salgo de la habitación y voy hacia las escaleras para coger un vaso de agua de la cocina. Al pasar por la terraza, veo a Olivia sentada y charlando con Joan y Laia. Sonrío al verla.

Me vuelvo a acordar de aquella noche en ese bar, de cómo estuvimos a punto de besarnos y de lo mucho que me arrepiento de que no llegase a pasar. De las ganas que tengo de volver a ver un atardecer con ella.

Recuerdo todas las páginas de mi libreta que hablan de ella. Nunca había dedicado tantas letras a una misma persona.

Y eso dice mucho.

## 19

## OLIVIA

—Supongo que ya se ha acabado todo. Mañana vuelta a la realidad —refunfuña Laia mientras se fuma un cigarro.

Joan y yo estamos con ella en la terraza, bastante adormilados. Cuando lo dice en voz alta, hace que todo se torne real y que vuelva a mi cabeza lo que dejé en pausa antes de irme. Incluso las lavadoras que tendré que poner, y eso que solo hemos estado aquí una semana, aunque tenga la sensación de que llevamos meses en Calella. La vida aquí se ha convertido en algo cotidiano. Por lo menos para mí.

Debido a que la nostalgia me pega fuerte después de recapitular todas las charlas que he tenido con Joan estos días junto al mar (a las que también se unió Laia cuando dejó de intentar asesinarme con la mirada cada vez que se cruzaba conmigo por tenerme como a una amenaza), me va a hacer gracia volver a clase con él y continuar como si nada. Y me hace feliz ver lo mucho que nos hemos unido después de estos días. Para mí este chico ha sido un rayito de luz en una ciudad que solo me ha recibido con lluvia.

—¿En qué piensas? —me pregunta Laia cuando ve que llevo un rato sin hacerles caso a ninguno de los dos.

—Si te lo dijera te reirías de mí y me dirías que soy una dramas, así que mejor me lo ahorro.

—Piensas bien. De hecho, me basta con imaginármelo —bromea—. Pero está todo bien, ¿no?

—Sí, sí. Y espero que esté todo mejor dentro de un tiempo.

—Yo también, porque, si no, te juro que iré a tu casa para cargarme a esa pedazo de...

—Lo sé. Cuento con tu seguridad —la freno antes de que empiece a desahogarse.

—¿Te haces una idea de cómo va a reaccionar a todo lo que has estado pensando durante estos días?

—Puedo hacerlo, pero estoy segura de que en algo me equivocaría; es muy espontánea, tal vez le dé absolutamente igual, o se ponga hecha una auténtica furia por darle a entender que se ha comportado como una mierda, o puede que me pida perdón nada más entre por la puerta para después irse a su habitación y olvidarse de lo que hayamos hablado. Han sido muchos años de relación y han dado para mucho.

—En el fondo, creo que hasta me gustaría conocerla. Tiene que ser todo un espectáculo.

—Ya te digo yo que no. A mí me bastó cuando la vi apartando a Olivia de un tío con el que estaba hablando sin importarle lo que quisiera hacer ella —le dice Joan a Laia recordando la noche de su cumpleaños.

—Pero ¿es que nadie la ha mandado nunca a la mierda?

—No. O puede que sí, pero o yo no me daba cuenta o no le daba importancia cuando pasaba. Supongo que fui la excepción que quiso justificar cada cosa que hacía. Y ahora lo entiendo, porque algo dentro de mí siempre me decía que conmigo no se comportaría como con los demás porque éramos amigas de verdad. Y por eso mismo, aunque intentase evitarlo, terminaba perdonándole esos mismos comportamientos, que al final acababa teniendo también conmigo.

—¿Como por ejemplo? —pregunta Joan curioso.

—A lo mejor no quiere hablar del tema —le dice Laia.

—Tranquila, está todo bien.

Creo que necesito decir en voz alta ciertas cosas para que por fin se conviertan en una realidad. Para dejar de maquillar esas situaciones después de tanto tiempo.

—Durante el instituto estuve pillada de Aarón, un chico que estuvo en clase con nosotras. Tardé cuatro años en contárselo a Carla. Por más que me preguntase, no era capaz de abrirme con ella de esa manera; aunque estuviera acostumbrada a que ella me contase todos sus ligues, hacerlo yo era mucho más complicado, no sabía muy bien por qué. Me daba miedo exteriorizarlo y que se enterase de alguna forma, y que así me dijese de paso que él no sentía nada por mí. Y eso para una chica que no había estado con nadie nunca era todo un dramón —digo riéndome de lo muy ridícula que sueno al contarlo, aunque también recuerdo lo mucho que me importó en su momento—. Sobre todo si, a los meses de habérselo contado a tu mejor amiga, te enteras de que se ha liado con él.

—¿¡QUÉ?! —gritan los dos a la vez.

—No me lo puedo creer.

—¿Y te lo dijo?

—Sí. Bastante borracha, además. Se le escapó. Se extrañó al verme llorar y me soltó que, como no había tenido nada todavía conmigo, pensaba que no me iba a molestar —confieso mientras veo que los dos están perplejos—. Ah, me dijo eso y también que se le había escapado lo muy colada que estaba yo por él.

—Qué fuerte, Olivia, no sé cómo se lo pudiste perdonar —dice Joan mientras Laia me mira con algo de pena.

A mí me duele un poco de más recordarlo todo otra vez. Da igual los años que han pasado desde entonces, que me fallase de esa manera me jodió muchísimo.

—Yo ahora mismo tampoco. Pero era débil, sentía que todas las parejas del instituto iban a terminar casándose, y las que no, por lo menos habían tenido su historia de amor. Una que yo también quise tener, pero que nunca encontré. Y después de lo que hizo Carla me cerré por completo a conocer a nadie. Me limité a asentir a todas esas historias que pasaban por delante de mis narices, que me recordaban lo muy sola que iba a quedarme si Carla también se marchaba. No sé, ahora no tiene tanto sentido…

—Sí que lo tiene. No entendías por qué nadie podía quererte tanto como tú lo hacías con los demás. Y era porque querías a la gente equivocada, que prefería tenerte a un lado de su historia para que así no estorbases —dice Laia.

—Y puede… que Carla fuese tu amor de instituto. De esos que te enseñan cómo no tienen que quererte, pero aun así seguiste intentando que no se acabara, porque a todos nos gusta tener algo estable a lo que aferrarnos, aunque ese algo esté completamente marchito —añade Joan.

—Dicho así, parece sencillo.

—Lo será dentro de un tiempo. Pero, por favor, utiliza lo poco que hayas aprendido en Barcelona para cambiar el chip. Hazlo por tu yo de hace años, que sabía de sobra que se merecía a alguien mejor que no le limitara a nada. Tienes que hacerlo desde el principio.

Ahora parece que todo lo que vivimos fue algo que imaginé en mi cabeza, que nunca existió, porque creía que esa necesidad por tenerme constantemente a su lado era algo más que un comodín para cuando le faltase todo lo demás. De verdad que lo creía. Hasta me sentía como una gilipollas por no entender por qué hacía según qué comentarios si se suponía que éramos las mejores amigas, por qué cancelar los planes media hora antes de hacerlos porque había conseguido alguno mejor sin mí, por qué tenía la manía de que no hiciera ningún cambio en mi vida sin que ella lo supiera antes.

Aunque no lo entendía, significó mucho para mí. Tanto que siempre revisaba al milímetro cada maldita foto que me hacía, porque, si no, Carla me avisaría para que no la subiera. Tanto que fui alejándome de todos los que fueron mis amigos en algún momento para que ella no pensase que quería reemplazarla. Tanto que me acostumbré a ser «la amiga de» en lugar de una chica con sueños. Ya había dejado de querer cumplirlos

Me da pena reconocerlo, pero era una realidad. Puede que en algún momento nos hiciéramos bien; ni siquiera lo recuerdo.

Después de hablar sobre las amistades de Laia en bachillerato, que tampoco fueron las más ideales, decidimos poner fin a la noche para ir recogiendo todas nuestras cosas.

Antes de que Joan se meta en su cuarto, he intentado hablar con él por ese momento incómodo que ha tenido con

Marc durante la cena, aunque no parece querer hablar del tema, solo quiere acabar de una vez el día para ver las cosas mañana de otro color. Sé de sobra que pasará, pero esta noche prefiero no presionarle.

Me acuesto en la cama después de terminar la maleta, me percato de la poca batería que tiene mi móvil y busco mi cargador para conectarlo. De hecho, me extraña no haberlo visto mientras ordenaba todas mis cosas. En la habitación no puede estar. Después de mirar durante unos quince minutos por todas las habitaciones, salgo al jardín, que es el único sitio en el que no he buscado, y lo pongo prácticamente patas arriba. He mirado, por si acaso, hasta dentro de un macetero, que tenía de todo menos mi cargador. Entonces, al ver la bolsa de rejilla que he llevado conmigo todas las veces que he bajado a la cala, veo relucir un cable blanco por uno de sus extremos. Bingo.

Cojo la bolsa para subirla al cuarto y guardarla en la maleta, pero, antes de volver dentro, desando mis pasos al ver una libreta sobre la mesita que hay en mitad del jardín. Pese a que me acerco a ella creyendo que es la mía, cuando la abro veo lo mucho que me equivoco. Es la que tenía Ander el día que hablamos sobre su proyecto de la universidad mientras veíamos el atardecer.

Paso las páginas para estar segura de que es la suya y termino leyendo de más, por cotillear, aunque no hay quien entienda lo que escribe. Hay algunos garabatos que parecen ser dibujos que terminan frases que están a medio empezar, algunas páginas a medias y borradores de otros trabajos que creo que son de la universidad. También veo restos de hojas arrancadas. Muchas hojas, diría yo.

Al pasarlas todas, me encuentro con algunos textos que parecen estar por fin acabados, con muchos tachones y palabras escritas por encima, pero algo más extensos que los que he visto hasta el momento. Así que decido leer uno.

*Vuelvo a creer*
*que tengo un hogar*
*al que no pertenezco.*
*Vuelvo a guardar en cajas*
*recuerdos que no quiero*
*dejar olvidados aquí.*
*Quito nuestras fotos*
*para evitar así caer*
*en tu recuerdo.*
*Dejo las llaves en la mesa*
*del recibidor.*
*Para que así no quiera volver a entrar.*

*Porque te quiero,*
*y me arrepiento.*
*Vuelves,*
*y me rompo.*
*Me mientes,*
*y termino olvidando.*

*Todavía me pregunto cómo supiste*
*hacer para que me siguiera quedando.*
*Pero lo que sí sé es que a mí*
*todo se me queda grande*
*desde hace años,*

*que no me reconozco,*
*que no me veo,*
*que no me quiero,*
*que he dejado de confiar*
*en todas estas letras que pensaba*
*que algún día tendrían sentido.*

*Pero he pensado tantas veces en*
*el dolor que me habéis dejado,*
*que creo que he dejado de sentirlo.*

Cierro la libreta de golpe y la abro de nuevo para volver a leer el poema. Me ha dejado a cuadros y con lágrimas en los ojos.

Creía que me podía hacer una idea de lo mal que lo ha pasado Ander estos últimos meses por culpa de la ruptura con su ex, pero lo que no me imaginaba era que se sentía tan vacío desde entonces. O a lo mejor todo viene de mucho antes. Aun así, me ha parecido precioso, como esas pelis que al terminarlas te dejan un vacío en el pecho que no sabes cómo volver a llenar, pero que son lo que necesitas ver exactamente.

Aun así, me siento fatal por haberlo leído sin que él lo sepa, no debería haberlo hecho. Si no me quiso enseñar nada de lo que escribía aquel día, cuando tenía la libreta en la mano, no creo que le guste verme a escondidas husmeando en sus cosas.

Se la daré y actuaré como si no hubiese leído nada. Pero vuelvo a ojearla una vez más antes de cerrarlo. Hay decenas de textos que también están terminados. Y me encuentro con otro que está escrito al final del cuaderno.

Solo me hace falta leer el título para saber de qué poema se trata. «Corazón de piedra».

El poema que escuché la noche que conocí a Ander.

Aquel poema que hizo que algo se despertara dentro de mí.

El poema que se suponía que había escrito Marc.

—¡¿Qué haces con eso?! —me sorprende Ander quitándome la libreta antes de que yo pueda responder.

Aunque no le hace falta que diga nada, sabe que lo he leído, lo noto en sus ojos, como prácticamente todo lo que siente desde que le conocí.

No contesto. Creo que él tiene mucho más que decir.

## 20

## ANDER

—No deberías haberlo cogido.

Estoy muy cabreado. No por lo que haya podido llegar a leer Olivia, o puede que sí que sea ese uno de los motivos, no lo tengo claro, pero me agobia sentirme tan expuesto con ella. Sobre todo, después de haberle contado durante estos días parte de mi historia. Ahora solo le queda hilarlo todo para que la sepa al completo, y no sé si quiero que eso pase. No quiero volver a sentirme vulnerable.

—Tienes razón, perdona. Es que pensaba que el cuaderno era mío y cuando lo abrí vi un montón de páginas arrancadas y desordenadas que me llamaron la atención… —me dice de lo más nerviosa, mientras no para de gesticular con las manos, intentando encontrar alguna justificación más—. Pero que no he leído nada, te lo prometo…

—¿Segura?

—O casi nada.

—Necesito que seas más específica.

—Unos… ¿cuatro poemas enteros?

—¡Joder! —me quejo llevándome las manos a la cabeza. No sé qué narices le voy a decir ahora. No quiero saber qué clase de cosas ha leído, porque, sinceramente, hay de todo tipo, y más de una con un nombre y apellido escrito entre líneas. Eso hace que las piernas ahora no paren de temblarme.

—¿Y qué pasa si los he leído? Me ha encantado lo que había ahí dentro. —Señala la libreta—. Dice mucho de ti en todos los sentidos.

—Por eso mismo. Me incomoda que lo hayas hecho.

—No entiendo cómo a alguien como tú le puede dar vergüenza esto. ¡Y encima con el talento que tienes!

En realidad, tiene toda la razón del mundo. Hace unos años no me hubiese dado vergüenza, y mucho menos me hubiese imaginado que en un futuro no me atrevería a hablar de las cosas que escribo.

Aunque parece que ella intenta animarme, yo solo rezo para que no me esté vacilando.

—No hace falta que digas eso.

—Sí que la hace. Si no, el chico que escribió el poema del micro abierto no se habría avergonzado de recitarlo.

—Dios —digo, completamente en blanco.

—No comprendo por qué no me has contado nada.

—Porque no me apeteció, Olivia. No nos conocíamos.

—Pero ahora sí. No evitaste contármelo, dijiste que no te gustaba escribir, directamente. Y por lo que veo sí te gusta; de hecho, te gusta mucho.

Olivia me mira intentando entenderme. Sé que quiere hacerlo, pero ni yo sé cómo darle alguna explicación que le valga para quedarse tranquila. Era una tontería que no tendría por qué haberme guardado cuando me dijo lo mucho que le había gustado escuchar aquel poema, pero fui incapaz.

—No creí que fuera tan necesario. ¿Cómo iba a saber yo

que ibas a ponerle tanto empeño a esa mierda que escribí ese día? Además, me dijiste que la poesía no era lo tuyo —digo encogiéndome de hombros.

—Lloré con una persona completamente desconocida. Creo que sí pudiste notar que me había gustado, porque, por lo menos para mí, fue muy bueno.

No sé qué más decirle. En el fondo, escuchar esas palabras hace que me tranquilice de alguna forma; aun así, necesito dejar el tema.

—Gracias, entonces. ¿Contenta?

—Lo estaría si hubiésemos podido hablar de esto mucho antes. Me hace ilusión saber que te gusta escribir, aunque no entiendo entonces por qué te ha costado tanto hacer ese trabajo.

—Porque llevo años sin escribir. Esa noche fue la excepción, además de estos días.

Reconocerlo me produce un cosquilleo interno que hacía tiempo que no sentía. Pensaba que nunca más podría decir que había vuelto a retomar lo de escribir, y la verdad es que lo he hecho sin darme apenas cuenta. Solo he necesitado alejarme de todos los obstáculos que me lo impedían.

Uno de ellos ha sido la carrera. Ha sido una completa putada tener que enfrentarme a estos dos cursos, teniendo en cuenta las muchas ganas que tenía de empezarlos. Cada vez que debía mostrar cierta parte de mí para algún proyecto, me suponía tirarme noches sin dormir, porque no era capaz de poner ni un granito de mí. Hasta para un puñetero artículo de opinión.

Y lo que más me frustraba era no comprender por qué. Puede que lo de la poesía llegara a entenderlo, a lo mejor no era para mí y me había encabezonado en ella, pero me daba miedo pensar que era la escritura en general lo que no era lo mío, que todo lo que la carrera despertó en mí en un principio había sido una simple ilusión pasajera, que me había equivocado por completo, dándoles así la razón a numerosos comentarios que dejaron marca en mí, tanto que terminaron convirtiéndose en un completo bloqueo.

—¿Y qué ha cambiado en estos días para que vuelvas a escribir?

«Que te he conocido a ti», pienso. Ha sido gracias a todas esas conversaciones en las que solo éramos ella y yo, en las que sabía que podía contarle lo que estaba pasando y, por primera vez en mi puñetera vida, no me iba a sentir juzgado porque sabía que ella estaba atravesando algo bastante parecido. Por lo menos a mí, me hizo pensar que ninguno de los dos iba a volver a sentirse solo. Porque había encontrado a otra persona que me entendía. Pero no voy a decirle todo eso. No soy capaz.

—He visto las cosas con perspectiva y creo que estar lejos de todo lo que me frenaba me ha ayudado bastante a volver a conectar conmigo mismo.

—«He pensado tantas veces en el dolor que me habéis dejado que creo que he dejado de sentirlo» —dice mientras dirige la mirada hacia mi cuaderno, que sigo teniendo entre las manos—. Me entristece que te sintieras así.

—Y a mí que hayas tenido que leer eso —me avergüenzo.

—Te querías alejar de algo más que de Martina, ¿verdad?

Su pregunta hace que todo se me venga abajo. Martina fue la gota que hizo que mi mundo se derrumbase, pero sé de sobra que aquello comenzó mucho antes.

—De lo que me ha alejado de mí mismo.

—Como ella. Y como tu padre.

Creo que soy incapaz de pronunciar ninguna palabra más sobre él. Por lo menos, si no quiero ponerme a llorar delante de ella mientras lo hago.

—Sí. Quería alejarme de los dos.

—¿Hay algo que no me hayas contado de tu padre?

—No. Te lo dije aquel día, en el espigón. Que ha sido una mierda de padre y que nunca se interesó por nada que pudiese gustarme.

—Como escribir.

—Exacto. Como escribir. Nunca le gustó, para él era una pérdida de tiempo que me tenía en otro mundo, pero la manera en la que me contestaba cuando le enseñaba alguna historia me daba a entender que hasta le avergonzaba. Creo que no llegaría a tener ni once años, solo era un niño que quería plasmar las aventuras que se le pasaban por la cabeza. Pero se ve que él nunca le encontró el sentido. Juraría que hasta llegó a tirarme algún cuaderno que rebosaba de pequeñas historias mientras yo estaba en el colegio. Aunque nunca lo supe con certeza, eso hizo que empezase a llevármelos a clase durante toda mi adolescencia. No quería que me arrebatara lo único que hacía que me sintiese especial.

—No me lo puedo creer.

—Así fue.

—No tiene sentido que un padre no deje a su hijo explorar su propio camino. Me da igual que tus ideas no tuvieran ningún norte, eso deberías haberlo descubierto tú, no él.

—Lo sé. Pero no quiso escuchar. Recuerdo haberle enseñado alguna a una profesora del colegio que siempre me decía que no hiciese caso a las tonterías que decía mi padre, que tenía mucho talento y que nunca dejase de jugar con las hojas de mis cuadernos.

—Hiciste bien haciéndole caso a ella.

—Sí, hasta que llegó Martina. Cuando estaba en bachillerato comencé a escribir poemas que me gustaban, pero, según ella, las letras que le dedicaba no significaron nunca nada y lo único que hacía era avergonzarse de mí. Quería que dejase de hacer gilipolleces y que le prestara más atención a ella.

Me tiembla la voz cuando pronuncio esas palabras después de tanto tiempo sin parar de repetirse en mi cabeza.

Por un segundo me había olvidado de cómo era su voz, de la manera tan despectiva en la que me hablaba cada vez que a mí me nacía escribir sobre ella.

Nunca le gustó. Al principio de la relación hacía como que no se daba cuenta de que escribía. Cuando le enseñaba las notas de mi móvil en las que tenía apuntados algunos versos, hacía lo imposible por cambiar de tema para no tener que opinar sobre ellos. Y si le preguntaba, me decía directamente que me hacía parecer débil y que escribir sobre las cosas que sentía hacía que me creyese mis propias películas, que terminarían afectando a nuestra relación. Películas que terminaron convirtiéndose en una realidad que nunca hizo por ocultar, pero que yo intenté no ver.

Lo último que escribí fue aquella noche del festival, la noche en la que me engañó, en la que me sentí culpable por no haberme dado cuenta antes del tipo de persona con la que estaba. Lo hice porque necesitaba desahogarme de alguna manera, porque no terminaba de creerme que toda esa intuición que me decía que algo iba mal hubiera acertado en todo.

Porque sabía que estaba pisando fondo. Eso y quedarme a la vez sin la persona que creía que estaría para sujetarme me asustó.

—Lo que escuchaste en el bar fue lo que escribí justo cuando corté con Martina.

—Corazón de piedra.

—Justo ese —murmuro.

—¿Y qué sientes ahora que ha pasado el tiempo?

—Ahora lo único que me duele es recordar lo muy imbécil que fui al dejar de pensar en mí por el simple hecho de que ella se quedase.

—Yo lo llamaría más bien ser valiente —afirma decidida.

—¿Por qué?

—Porque al final supiste salir de ahí. Y, por lo que veo, has retomado todo lo que dejaste cuando estabas con ella, que es más importante todavía.

—Si lo miras con esa perspectiva, puede que tengas razón, Liv.

Olivia para un momento y me sonríe, satisfecha al oír mi respuesta. Pero está pensando en algo más.

—¿Te gustaría publicar algo de lo que escribes?

—No creo que merezca la pena.

—Yo creo que sí. Aunque puede que no quieras hacerlo, no tienes por qué.

—Sí, me encantaría hacerlo —digo completamente arrepentido después de haberme negado—. Pero no sé cómo.

—Puedo ayudarte en eso.

—¿Cómo dices?

—¿Recuerdas que he mencionado varias veces durante estos días que mi abuelo trabajó en una editorial?

—¿Sí?

—Seguro que, si le enseño alguno de estos textos, podría pasárselos a algún editor que trabaje en no ficción.

—Qué va, no quiero que le pongas en ese compromiso solo porque soy amigo tuyo.

—Eres más que eso. Y no va a suponer ningún compromiso. Sé de sobra que le vas a encantar, a él y a todos.

«Y tú para mí también eres más que una amiga». Algún día me equivocaré y diré en voz alta más de una locura que pienso sin darme cuenta.

Me hace ilusión ver que está interesada en lo que hago. Era algo que no había experimentado nunca con alguien a quien le tengo aprecio.

—No me creo que vayas a hacer eso por mí.

—Es lo mínimo que puedo hacer, sobre todo, después de todos estos días. Y de aquella noche.

Sé perfectamente a qué noche se refiere, pero, cuanto más lo pienso, más me extraña que me dé las gracias si no se acuerda de gran parte de lo que pasó. O eso me dio a entender cuando volvimos a encontrarnos. Lo que tengo claro es que ella tampoco esperaba mencionar nuestro encuentro en el bar.

—¿Aquella noche?

—Sí.

—Creo que nos estamos refiriendo a noches distintas.

—Yo creo que no.

—¿No dijiste que no recordabas casi nada de lo que pasó? —pregunto extrañado.

Noto a Olivia mucho más alterada que de costumbre. Y eso que siempre que hablamos surge una tensión impresionante por ambas partes. Pero esta vez no son ese tipo de nervios.

—Puede que no fuera del todo sincera contigo. Bebí mucho, eso sí que es verdad. Pero no llegué a olvidarme de lo que pasó.

—¿Qué recuerdas exactamente?

—Todo. Lo recuerdo todo.

Pienso enseguida en el momento en que estuvimos a punto de besarnos. En cómo se apartó de mí y pude ver en su mirada todo el caos que la rodeaba.

—Incluso lo que pasó en tu portal.

—Sí... Me acuerdo de eso y de que recomiendas a toda costa leer *Cartas a Theo*, de lo mucho que crees en las primeras conexiones, de que te chirría la concepción que tiene la gente sobre el destino, e incluso recuerdo la gracia que te hizo que perdiera ese vuelo a París el año pasado —dice cada vez más avergonzada, pero, a la vez, se la ve aliviada.

En efecto, se acuerda de todo. Cojonudo.

—¿Y por qué no me dijiste nada? —pregunto extrañado.

—Supongo que me dio pánico que pudiéramos hablar de lo que estuvo a punto de pasar entre nosotros. Fui demasiado impulsiva y me arrepentí de hacer las cosas tan a la ligera. Siento si algo de lo que pasó pudo incomodarte.

—No hiciste nada para incomodarme.

—Pero aun así no actué como debía porque no sabía cómo manejar la situación. Sentir que debía hacer aquello era algo que no me había pasado hasta ese momento.

Supongo que está refiriéndose entre líneas a que íbamos a besarnos. Parece que no se atreve a decirlo, así que intento ayudarla yo.

—Si estuvimos a punto de besarnos fue porque los dos queríamos hacerlo. Aunque no estuviéramos en el mejor momento para que eso ocurriese, era algo que los dos sentíamos.

Olivia se queda callada. Y yo también. Empieza a hacer frío y, aunque Olivia lleva un jersey puesto, mi camiseta de manga corta hace que me haya cruzado de brazos un par de veces. Pero ahora mismo no parece importarme mucho la temperatura que haga.

—Estaba confundida.

—Lo sé. Seguirás estándolo, pero te prometo que terminarás acostumbrándote. Lo peor es el principio —digo intentando tranquilizarla, aunque parece que no lo hago.

—No quiero que mi vida siga siendo un «qué hubiera pasado si». Estoy harta de quedarme llena de dudas que lo único que consiguen es hundirme.

—Puede que todo eso cambie a partir de ahora.

Vuelvo a sentir ese silencio que con ella nunca llega a ser incómodo. Un silencio que hace que todo nuestro alrededor se paralice y que nos permite centrarnos en lo que está pasando entre nosotros.

Lo que no soy capaz de encontrar son esos ojos acristalados a los que casi que me había acostumbrado. Ahora tengo enfrente a una mujer que no sé si sigue estando rodeada de miedos, pero tiene claro que va a cambiar todo lo que alguna vez la ha frenado. Y puede que me preocupe no saber si yo estaré a su altura.

Liv se acerca cada vez más a mí. Estoy sentado en la mesita del jardín y se aproxima hasta llegar a mis manos, para rozarme con el puño de jersey hasta apoyarse en mis muslos. Solo nos separan unos centímetros, que parece que van a desaparecer en cuestión de segundos. Ahora soy yo quien tiene miedo. No sé si estoy preparado para sentirme tan vulnerable con ella. No sé si lo quiero hacer para volver a sentir el calor que alguien se llevó de mí.

Pero terminamos besándonos. Y me agarro a ella con fuerza pensando en las ganas con las que me quedé aquel día. Dejo a un lado todos los rastros de otras personas que no sé si llegaré a olvidar. Muerdo unos labios que me recuerdan que merezco a alguien que me quiera de verdad. Alguien que no me haga sentir que pertenezco a un segundo plano, a una broma, y mucho menos que doy vergüenza. Alguien que me haga saber que tengo un lugar seguro en el que refugiarme mientras dure la tormenta. Pero aún no sé si ha dejado de llover.

Olivia se engancha a mi camiseta y parece querer arrancármela, pero, en vez de excitarme, como me ha pasado siempre que he pensado en ella, algo me dice que no debe pasar nada más. Que todo debe quedar aquí. Siento un pánico que no sé controlar y le quito la mano sabiendo que no quiero arrepentirme de nada de lo que pase.

—Perdón, perdón, perdón —dice agitada mientras intenta recomponerse sin comprender qué acaba de pasar.

—No, no...

—Me he dejado llevar.

—Y yo te he dado a entender que podías hacerlo. Ha sido culpa mía.

—¿Te arrepientes? —pregunta bastante confusa después de escucharme.

—En absoluto. Quería hacerlo. —«Y volvería a hacerlo sin pensármelo dos veces», pienso—. Pero no quiero que la cosa vaya a más y arrepentirme después. Contigo no.

—Puede ser que haya entendido las cosas de otra manera.

—Me gustas, Olivia —digo sin creer que lo haya hecho—. Pero necesito un poco más de tiempo para estar seguro de que no me estoy obligando a tapar una herida sin saber si ha cicatrizado del todo. Porque lo que sí sé es que contigo quiero que todo sea distinto.

—Supongo que lo entiendo.

—Tengo miedo de estar contigo para evitar sentirme solo.

—Sé lo que se siente. Y sé la putada que es.

Aunque Olivia parezca no ofenderse, no puedo evitar sentirme mal por como acabo de hacer las cosas.

—Perdón por ser así de imbécil.

—Solo espero que ese momento llegue. Desde esa noche confío en que ocurra. Y después de todo lo que hemos vivido, estoy segura de que ambos sabremos cuándo es el momento perfecto.

Ojalá sea así. Las lágrimas que me corren por la cara demuestran que me jode no poder hacer las cosas de otra manera. Me he acostumbrado a ir con pies de plomo para no seguir cayéndome constantemente. Y no sé si Olivia seguirá ahí para cuando esté listo.

Ella me mira y me sonríe. Tiene la sonrisa más bonita que he visto en mi vida.

Eso lo hace todo aún más complicado.

También me obliga a seguir intentándolo.

—Espero que volvamos a encontrarnos otra vez, Liv.

—Solo falta que terminemos de escribir el final de las historias que nos quedaron por cerrar.

## 21

## OLIVIA

Lo primero que veo al despertarme es a Joan, que está proporcionándome unos buenos almohadazos hasta que consigue hacer que reaccione. Aunque intento esconderme entre las sábanas para que no pueda sacarme de la cama, las quejas de Laia desde el fondo del pasillo hacen que me espabile del todo. Su humor no entiende de horarios. Es siempre el mismo.

—Ya voy, Joan. Lo he pillado.

Mi cara de pocos amigos hace que se ría al ver mi aspecto.

—Si vas a empezar así el día, lo mejor es que te vayas con Laia para que juntas consigáis que arda el mundo.

—Tranquilo, que yo me quedo aquí. Ella sola es capaz de quemarlo.

—Me temo que eso tampoco es una opción —dice dándoles un tirón a las sábanas que hace que esté a punto de caerme de la cama—. Nos vamos en cuarenta minutos.

—Me sobrarán diez.

En medio de nuestra charla mañanera, Ander cruza el pasillo y pasa por la habitación.

—Buenos días —dice sin pararse, para después bajar las escaleras.

—Buenos días —contesto casi para mí al recordar todo lo que pasó anoche.

—Oye, ¿qué tal con este?

—¿Con Ander?

—Sí. Os oí hablar ayer. Parecía que teníais una conversación bastante intensa.

—No te puedes hacer una idea.

—¿Follasteis? —dice haciendo que abra mucho los ojos.

—¡NO! —exclamo mientras intento taparle la boca.

Solo espero que Ander no le haya oído, porque, si no, juro que mato a Joan.

—¿Qué pasa?

—Que me gustaría que no se uniera a la conversación nadie más. Hazme el favor de bajar la voz si vas a hablar de eso…

—Perfecto. Pero ¿sí o no?

—¡Ya te he dicho que no! Solo nos besamos.

—¿¡Os besasteis!? —dice volviendo a elevar el tono.

—¡Que bajes la voz! —le obligo poniéndome cada vez más roja.

—Sabía que iba a pasar. Habéis tardado un poco más de lo esperado, pero os lo perdono porque sois vosotros.

—Pues por ahora se va a quedar todo ahí.

—¿No te gustó?

—Necesita más tiempo. Y yo creo que también. Tengo que aprender a estar sola.

—No os entiendo.

—¿Podéis dejar la charlita y ayudarme a limpiar? —pregunta enfadada Laia, que acaba de aparecer por la puerta.

Mejor, así me ahorro más explicaciones. Aunque gracias a nuestra conversación he recordado cada una de las palabras que nos dijimos anoche. Antes de venir no habría pensado que fuéramos a terminar el viaje así. Bueno, sí que lo había imaginado, pero no lo veía posible.

Llevo las maletas al coche con Marc mientras los demás le dan un último repaso a la casa. Me muero de ganas de preguntarle por Joan, pero decido no hacerlo. Supongo que ya me enteraré si solucionan lo que ha pasado entre ellos. Por lo menos parece que las cosas hoy están mucho más tranquilas que anoche.

Cuando salen todos los demás, les pido que se pongan enfrente de la casa para hacerles una foto juntos y así inmortalizar el momento.

—No pretenderás hacer la foto sin salir tú, ¿no? —dice Ander extrañado cuando ve que me alejo de ellos con la cámara.

Es la primera vez que hablamos cara a cara. Es algo bastante extraño, pero intento llevarlo con la mayor naturalidad posible.

—¿Cómo quieres que haga la foto entonces?

—Veo que tanto carrete hace que te olvides de que vivimos en tiempos modernos —dice acercándose a mí y cogiendo la cámara—. Posa.

Sonrío al ver que la gira y enfoca el objetivo a modo de selfi para que así salgamos todos. La verdad es que no sé cómo no se me había ocurrido. Me apoyo en su hombro durante unos segundos hasta que recuerdo cómo me agarré a él anoche y, al bajar la mano, rozo la suya con la mía.

Ander suelta una pequeña carcajada, cosa que hace que

me quiera tirar desde un precipicio para desaparecer de la vergüenza.

—¡Sonreíd!

El *flash* salta y Ander me devuelve mi cámara, que guardo en la chaqueta de cuero que llevo puesta, y nos montamos todos en el coche para poner rumbo a casa. Pienso en lo importante que será para mí esa foto dentro de unos años. O puede que lo sea justo cuando revele el carrete. Estoy deseando hacerlo.


No llevamos ni quince minutos de trayecto, pero Marc ya se ha dormido en el hombro de Laia, que parece querer abrir la puerta del coche en marcha para que se caiga. Mientras tanto, yo miro por la ventana todas las nubes que hay en el cielo. Me sorprende el gran contraste de tiempo que hace si me pongo a compararlo con la noche en la que salimos de Barcelona.

En cuestión de una semana, toda mi vida se ha puesto patas arriba, y el volver hace que me asuste empezar una nueva realidad para la que no sé si de verdad estoy lista.

Pero quiero ser por primera vez una mejor versión de mí misma y que esa sea mi única prioridad. Nada más. Me lo merezco.

—Te veo entretenida.

—Bueno. Estoy pensando.

—¿En qué?

—En todo lo que va a cambiar a partir de ahora.

—Es normal que te asuste, pero espero que tengas bien claro que vas a llamarme cada vez que sientas que la situación empieza a superarte. Vamos a estar aquí para lo que necesites.

—Y es un alivio saber que vais a estar. Ahora solo me falta saber si también voy a estar preparada para hacerlo sola.

—Lo estás —afirma, haciendo que sonría.

Cuando llegamos a la puerta de mi apartamento, todos se bajan del coche para despedirse. Abrazo a Marc y a Laia, y busco a Joan, que está sacando mi maleta del maletero.

—Nos vemos mañana en clase.

—Espero verte allí a las nueve de la mañana y que no te escaquees.

—Prometo que mañana no faltaré a primera. Será la excepción. —Se ríe y me abraza.

Ander es el último en acercarse a mí mientras los demás se van metiendo en el coche.

—Que vaya todo bien.

—Espero volver a verte pronto —dice con las manos metidas en los bolsillos de los vaqueros.

—Y yo... Supongo que ya sabemos lo que nos toca hacer hasta que eso pase.

Nos abrazamos, algo incómodos, y veo cómo abre la puerta; me fijo en cada rasgo de su rostro mientras se va metiendo lentamente en el coche. No me puedo creer lo atractivo que es hasta estando algo triste. Si nadie me estuviese viendo ahora mismo, me pondría a llorar.

«Por favor, que no se arruine lo que sea que haya entre nosotros», me digo a mí misma.

Me quedo en la puerta hasta que veo cómo se alejan. Supongo que he vuelto.

Subo las escaleras bastante nerviosa sin saber si me encontraré con alguien cuando entre en casa, meto la llave y abro la puerta. Pensaría que no hay nadie en el piso si no fuese porque estoy escuchando una canción de Gracie Abrams que sale de un móvil que está en la cocina, algo que no escucharía ni en sus peores sueños la persona que acaba de aparecer en mitad del salón.

—¡Amor! ¡Ya has vuelto! —dice Carla, que se acerca a mí para darme un abrazo apretado al cual prácticamente no respondo.

Dejo que me estreche mientras mis brazos caen casi muertos. No me esperaba para nada este recibimiento.

Está algo cambiada desde la última vez que nos vimos. Juraría que es la primera vez que le veo las ojeras marcadas y me da la sensación de que lleva días sin salir de casa. No la había visto nunca así, aunque no le presto mucha atención debido a lo desconcertada que estoy.

—No sabía que te gustaba Gracie —le digo refiriéndome a la artista de la canción que suena.

—Ah, ni idea de quién es. Sé que te encanta y quería que volvieses de la mejor manera posible —me explica, pareciendo de lo más satisfecha.

Que justo esté en casa cuando haya llegado y que ahora diga esto va a complicar mucho las cosas. La conozco.

—¿Qué tal todo por Calella?

—Bien. Todo bien.

—No he querido hablarte mucho más porque no quería agobiarte. Me sentía una pesada escribiéndote a todas horas.

—Me ha venido bastante bien, gracias.

—¿Sí?

—Sí. ¿A qué huele?

—He hecho galletas —me dice sacando del horno una bandeja; tienen pepitas de chocolate.

Son mis favoritas. Las hacíamos casi siempre que me quedaba a pasar la tarde en su casa.

Deja la bandeja en la encimera y me mira con una sonrisa. En mi caso, estoy de lo más seria. No sé si todo esto es algún tipo de disculpa por lo que me dijo sobre mi vestido hace un par de noches.

Noto la boca más seca de lo normal y me obligo a tragar saliva. Es mi oportunidad para abrir un melón que me tiene tremendamente acojonada.

—He estado pensando mucho en ti y en mí.

Carla, que parece decepcionada al ver que no he tocado ninguna galleta, vuelve a mirarme emocionada.

—¡Ay! Qué bonito. Yo también he pensado mucho en ti.

—No creo que nos estemos refiriendo a lo mismo, Carla.

—¿Otra vez vas a volver a lo mismo de siempre?

—No. Esta vez es diferente. Y es la última que te lo digo —afirmo de lo más cortante—. No me gusta cómo me has tratado. Y no me refiero a lo de estos días, que tampoco es que lo hayas hecho de la mejor manera.

—Ya te pedí perdón por eso…

—No lo sentiste. Porque creo que nunca lo has hecho. Siempre has estado mirando por y para ti, y no te ha importado en ningún momento cómo me iba a sentir yo. Hemos sido las mejores amigas muchísimos años, pero creo que lo que nos unió desapareció hace bastante.

—No me creo que me estés diciendo esto, Olivia. Pensaba que era lo más importante que teníamos.

Carla me mira con los ojos llenos de lágrimas. Nunca me habría imaginado verla así. No lo hacía ni con los problemas que tenía en casa. Por un momento llegué a pensar que era incapaz de llorar.

—Yo lo pensaba. Pero, si de verdad me quisieras tanto, no te habrías comportado nunca así conmigo. Carla, me alejé de todo el mundo que te dio la espalda porque no quise ver que eras tú la que hacía las cosas mal, y tampoco he querido echarte en cara las veces que me has faltado el respeto, que han sido muchas, por si no te habías percatado.

—Me rompe el corazón haber hecho que te sintieras así. Te lo prometo. No me he dado cuenta.

—¿Sabes lo que pasa?

—Dime...

—No me creo nada de lo que puedas decir. —Me encojo de hombros—. Una persona que te quiere no hace cosas que sabe de sobra que te van a doler.

Ahora soy yo quien está completamente rota. Había guardado todos estos reproches tan dentro de mí que están saliendo de una forma que no soy capaz de controlar.

—He pasado por un mal momento, Olivia. Lo sabes de sobra. Me daba miedo mudarme, que mi relación con David no fuera la misma, haber perdido a mucha gente del pueblo... ¿Y ahora me vienes con estas? Eres lo más importante que tengo. Y no es justo que te vayas así de mi vida. Perdóname, por favor.

—No puedo dejar que sigas así, Carla, porque por no querer echarte de mi vida me estoy perdiendo yo. Y al final de cada puto día tengo que reconocer lo muy hondo que estoy cayendo por ti.

—Te prometo que voy a cambiar.

—Para de decir eso, por favor —gruño secándome las lágrimas, que cada vez caen más rápido.

No sé si voy a poder seguir escuchándonos hablar de esta manera. Cada palabra que sale de su boca hace que me rompa un poco más. Se suponía que esta conversación no iba a ser así.

—Te lo suplico. Solo dame una oportunidad más. Acuérdate de todo lo que hemos vivido y piensa lo felices que nos haría saber que después de tantos años estamos viviendo juntas. Comenzando una nueva vida. —Se recompone e intenta darme la mano, pero yo la aparto antes de que lo haga—. No sé si será esto lo que me ha llevado a comportarme así, pero necesito volver a hacer las cosas de otra manera.

—No sé si estaríamos tan contentas de ver en lo que se ha convertido nuestra amistad con el paso del tiempo. Si en algún momento fue de verdad, claro.

—Sí que lo fue. Y lo sabes.

«Y lo sabes». Joder. Lo que creía saber no era la realidad y por eso hemos terminado aquí.

La miro sin saber qué más decir. Sé que no se va a dar por vencida en esta conversación, pero tengo muy claro que soy incapaz de que todo vuelva a ser lo que ha sido siempre.

—Te prometo que esta es la última vez que lo voy a intentar contigo —aseguro mientras mis palabras no dejan de temblar—. Pero no vamos a estar como antes, eso tenlo más que claro. Simplemente no quiero volver a buscar piso y darles un disgusto a nuestros padres.

Carla me mira sin terminar de creerse lo que le estoy diciendo. Y en el fondo la entiendo. Hace un par de meses no me habría atrevido a decir la mitad de las cosas que le estoy diciendo, por miedo a que no me tomase en serio. O a algo mucho peor.

—Espero que las cosas cambien en algún momento.

—Eso ya no lo sé, pero, por ahora, no puedo hacer otra cosa —digo secándome los ojos, casi susurrando—. Creo que necesito darme una ducha.

—Olivia, te quiero mucho. Sé que ahora mismo no lo puedes ver, pero en el fondo siempre lo has sabido.

Hago una mueca porque, al no parar de llorar, no sé si tendré la fuerza de decir alguna palabra más. Tampoco sé qué más añadir. Ni si la estoy cagando hasta el fondo por ser una ingenua. Pero no puedo hacer más. No soy capaz dejarla sin nada. Aunque eso signifique que tengamos que vernos de una manera en la que nunca nos habríamos imaginado ninguna de las dos.

Abro el grifo para que pueda empezar a salir el agua caliente y cierro la puerta del baño. Oigo un pequeño portazo en el cuarto de Carla y eso hace que deje de estar alerta por si viene para intentar retomar la conversación.

Me cuesta desnudarme porque no paro de tiritar, pero me meto en la ducha cuando noto el vapor. El agua no cesa. Es en lo único en lo que me fijo. Empiezo a gritar desconsoladamente mientras sigo llorando. Y dejo de escuchar mi propia voz. Con ganas de esconderme del mundo del que nunca imaginé querer despedirme. Sintiéndome una ridícula por haber perdido una parte de mi vida por no saber quién soy. Y con ella gran parte de mi ser por creer que no me merecía tener algo mejor.

Aprieto las manos con fuerza, con ganas de romper algún azulejo en dos, llena de rabia al no terminar de comprender todo esto por lo que estoy pasando. Sin entender por qué después de esto sigo sintiéndome tan vacía.

Me acuerdo del final del mar. De que se supone que debe de quedar alguna historia más para mí. Alguna de la que pueda sentir que de verdad formo parte.

Aunque ahora solo sienta que me faltan capítulos.

Aunque ahora solo quiera terminar de ahogarme.

## 22

## ANDER

Pienso en ella desde que la hemos dejado en su portal viendo cómo nosotros nos íbamos.

Aprieto las manos en torno al volante justo cuando aparcamos en la puerta de casa. Y creo que Marc me nota un poco más tenso de lo normal.

—Estará bien —me dice cuando Joan y Laia se bajan del coche.

Nosotros nos quedamos dentro de él y ellos entran en el edificio. Sabe que necesito algún tipo de ánimo después de que se hayan acabado estos días tan intensos.

—Lo sé...

—Entonces ¿qué es lo que te preocupa?

—Que cuando volvamos a vernos sea demasiado tarde y hayamos dejado de esperarnos.

—Creo que ninguno de los dos vais a ser capaces de ello. —Suelta una carcajada mientras lo dice—. Ha estado a punto de encadenarse al coche para no tener que irse.

Me río al escuchar a Marc, aunque deseo que tenga razón y que la próxima vez sea todo igual que antes. O incluso mejor.

Pero tampoco sé cuándo llegará el momento idóneo para que nos encontremos de nuevo. No quiero forzar las cosas, y mucho menos ahora que sé que todo va a ser más complicado para ella.

Solo espero que el proceso pase lo antes posible para que deje de arrepentirme por no haberla besado cuando se ha bajado del coche.

—Ojalá sea verdad.

—¿Cuándo me he equivocado yo?

Le sonrío irónicamente para hacerle recordar su pequeña cagada del otro día con su querido compañero de piso Joan, y se da cuenta al segundo de a qué me refiero.

—Bueno, aparte de en *eso*. —Se pone algo más nervioso y abre la puerta del coche—. Vamos para arriba. A ver si nos van a estar echando de menos.

Parece que a alguien ya no le apetece tanto hablar de sentimientos si se trata de los suyos. No le queda nada.

Al llegar a la puerta del ascensor, veo un folio pegado en el que puedo leer un claro «AVERIADO» que hace que maldiga toda mi existencia. Es que no me lo puedo creer, es la tercera vez que pasa en dos meses.

—¿Y ahora qué cojones hacemos con las maletas?

—¡Subirlas por las escaleras como hemos hecho todos, pijardo! —me grita Laia entre risas desde arriba. Parece que alguien ya casi ha subido.

Tras unas cuantas lamentaciones, a Marc y a mí nos queda menos de una planta para llegar por fin a la nuestra.

Pero nos encontramos a Joan en mitad de las escaleras impidiéndonos el paso. Su cara es todo un poema.

—¿Se puede saber qué te pasa?

—Mejor no quieras saberlo.

—Cuéntame —le digo confiado sin entender qué me quiere decir—. Y ayúdame a subir esto si te vas a quedar ahí parado.

—Compruébalos tú mismo —me dice haciendo espacio para que pueda pasar y entrar a nuestro hogar.

Oigo a Laia hablar de lo más alterada, pero no me da tiempo a preguntarme por qué lo está haciendo. Porque está de pie en mitad de mi salón. Joder.

—¿Qué cojones haces tú aquí? —digo desde la puerta, completamente paralizado.

Martina está dentro del piso. Martina, mi exnovia.

Parece estar de lo más tranquila, como si no tuviese en cuenta que se acaba de meter en una maldita casa vacía que no es la suya. Cada vez tengo más claro que una orden de alejamiento no me vendría nada mal.

—Hola a ti también.

—Nosotros mejor nos vamos —me susurra Marc por la espalda, empujando a Joan y a Laia hasta que los tres salen del piso—. Cualquier cosa, avísanos.

No deberían marcharse, no quiero tener conversación con ella de ningún tipo. Pero estoy tan en *shock* que soy incapaz de decirlo. No doy crédito a lo que estoy viendo.

—Vete de mi casa. Ya.

No la miro ni a la cara. No se lo merece. ¿Cómo se ha atrevido a presentarse así después de como me lo ha hecho pasar?

—Pensaba ir de buenas contigo, pero allá tú —se encoge de hombros.

—¿Perdón? Martina, te has metido en mi puta casa sin que estuviese yo en ella.

—Quería estar para cuando llegaras.

—¡¿Y a ti te parece normal?! —exclamo flipando con su reacción.

—¿Y a ti qué te parece esto? —me recrimina sin prestar atención a lo que le acabo de decir mientras acerca su móvil hasta casi estampármelo en la cara.

En la pantalla, puedo ver una captura de una foto que subí a redes sociales en la que salgo posando con Liv en un espejo de la casa en Calella. Desliza la imagen y tiene guardada otra foto que le hice a Liv de espaldas mientras veíamos los puestos del pueblo.

—Qué narices quieres que te diga.

—¿Tú no entiendes lo que es el respeto después de tener una relación tan larga?

—Será una broma —digo, a cuadros.

—Eso mismo es lo que he sido para ti, por lo que parece —responde de lo más confiada.

Creo que no se da cuenta de las barbaridades que está soltando por la boca. Al revés. La veo convencida de que tiene toda la razón y le estoy haciendo la vida imposible. Aun así, e inexplicablemente, sigo intentando que entre en razón.

—Cortamos hace dos meses. Y, por si no lo recuerdas, me pusiste los cuernos.

—Te he dicho mil veces que no lo digas así. Estaba fatal y...

—No me importa nada de lo que tengas que decir —la freno en seco para que no vuelva a repetir la misma mierda que me soltó en la cafetería—. ¿Puedes irte de una puta vez?

—Escúchame primero y te prometo que me iré.

—No, escúchame tú a mí. No vuelvas a entrar en mi casa ni una vez más. Ni a llamarme, ni a escribirme.

Martina no se espera mi respuesta. Sé que creía que iba a volver a darle la vuelta al problema para dejarme a mí como un completo desquiciado, pero no voy a aguantar ni una más.

—Esa imbécil te ha manipulado. Tú no eras así.

—Nunca has sabido cómo soy; de hecho, no te has interesado una mierda por saberlo.

—Sé que el Ander que yo conozco, en el que confiaba y que me hacía sentirme única a pesar de ser tan vulnerable, no me habría sustituido a la primera de cambio. Dime, ¿qué tiene que me falte a mí? —pregunta casi sollozando.

Oficialmente, está como una puta cabra.

—De verdad, estás fatal.

—Tú estás haciendo que esté así.

—Lo primero, Olivia no es ninguna sustituta. —«Además de que somos solo amigos», pienso—. Y ya te gustaría parecerte a ella en la mitad.

—¿Ves? No me has valorado como deberías. Ya te darás cuenta cuando pase el tiempo.

—Solo he necesitado un par de meses para entender que nunca más voy a dejar que alguien como tú entre en mi vida.

—Lo que tú digas. Pero esa tan amiga tuya va a tratarte como un juguete, acuérdate de lo que te digo. Cuando pasen un par de días ni se acordará de que existes, porque eres así de reemplazable. Siempre lo has sido.

Las palabras de Martina calan en lo más hondo de mí, aunque intente evitarlo. Lo peor de haber estado con una persona así durante tanto tiempo ha sido, sin duda, que me ha hecho creer lo poco que puedo llegar a valer hasta que lo he asumido por completo.

—Ya me lo has dejado bastante claro. En una y mil ocasiones.

—Puedo repetírtelo todas las veces que quieras —me vacila.

—Han sido las suficientes como para darme las agallas que nunca he tenido para curar todo lo que me has hecho —digo alejándome de ella—. Ahora, si eres tan amable, te pido por undécima vez que salgas de mi casa.

—Qué equivocado estás...

—Fuera.

—Le vas a arruinar la vida. La pobre no sabe lo que le espera contigo.

—¡YA!

—Vete a la mierda —dice avanzando por fin.

Cuando está a punto de salir, aproximo el brazo hacia el otro extremo de la puerta para que no pueda cruzar el umbral, no antes de decirle lo que serán mis últimas palabras hacia ella.

—Devuélveme mi llave.

Puedo ver que sus ojos se convierten en un par de llamas que están a punto de quemarme sin piedad.

Y, aun así, no dice nada al respecto. Saca la llave de cuya existencia me había olvidado y me la estampa con fuerza contra el pecho.

Se ve que a alguien no le ha sentado nada bien lo que le acabo de decir.

Aparto el brazo de la puerta y Martina sale a toda velocidad bajando por las escaleras. Juraría que de fondo oigo a

Laia decirle algo, pero no lo percibo muy bien, y tampoco su respuesta. Porque todo mi alrededor se convierte en un eco que me impide seguir escuchando y no deja nada más que lo que hay dentro de mi cabeza. Siento cómo se esfuma toda esa adrenalina que acabo de sentir y un vuelco de realidad hace que note un terrible bajón.

Por la tarde no dejé de darle vueltas, y no me culpo en absoluto; no fue por el morbo que produce a veces reabrir viejas heridas, simplemente, no me esperaba que fuese capaz de presentarse de aquella manera para seguir reviviendo una alucinación en la que he dejado de creer. O eso me gusta pensar.

Pero, aun así, me siento extraño. Para mí, ha sido normal hasta ahora vivir dependiendo de alguien que me decía cómo debía ser, que invisibilizaba todas las dudas que pudiese tener para que no indagara en ellas, que me mentía para que fuera cada día un poco más suyo, y todo eso se alargó durante tanto tiempo que terminé creyendo que no me merecía que alguien me quisiera.

Desde la ventana de mi habitación puedo ver cómo el cielo se apagó hace horas y ahora solo ilumina la estancia una pequeña lámpara de noche que me traje de casa de mi madre. Es la una y cuarto de la madrugada y solo se oye la canción «Colectivo nostalgia» reproduciéndose desde mi ordenador. Me siento como una completa mierda, y lo que más me jode es no poder encontrarle un motivo. Porque, por una parte, me alegro de haber echado a Martina de mi vida; sé que después de haberla ridiculizado de esa manera no se va a atrever a volver. No hay nada peor para una persona así que que le arruinen el ego. Pero también me agobia pensar que sigo teniendo la cabeza hecha un lío. Me duele el estómago desde hace bastante rato, pero no he conseguido salir de la cama para tomarme nada, y me limito a tumbarme hecho un ovillo.

A lo mejor solo tengo que llorar y soltarlo todo, pero entonces pienso en ella, en que puede que necesite hablar mientras tanto con Liv. Sé que tiene otro mundo que solucionar, y sería egoísta si en un momento así vuelvo con unas rayadas monumentales que sé que no van a aportar nada bueno a su situación.

Me froto la frente por la frustración y rompo a llorar por lo que en un momento no entendí y por todo lo que estoy sintiendo, que hasta ahora no me había permitido hacerlo. Y cojo el móvil sin saber si me arrepentiré de utilizarlo.

Me meto a WhatsApp y abro su chat. Comienzo a grabar una nota de voz.

—Olivia..., no sé cuándo escucharás esto. —Sollozo a la vez que trago saliva para que se me entienda un mínimo—, pero quería saber qué tal te va todo. Sé que necesitabas tiempo, y que tú también tienes mucho que solucionar, pero no sabía que esto iba a ser tan complicado...

Resoplo mirando al techo e intento concentrarme, aunque me estoy dando cuenta del poco contexto que va a tener al escuchar este audio.

—Ha sido una mierda de día y no me puedo permitir que todo se complique, ¿sabes? Me ha costado mucho salir de todo esto y ahora lo último que quiero es hacerte daño y no quererte como te mereces. Porque tengo miedo de ser yo quien no está listo para querer a nadie. A lo mejor soy yo el problema. No quiero que vuelvas a encontrarte con alguien que no sabe cómo amar. No te mereces eso.

Cada una de las cosas que estoy diciendo hace que algo me apriete el pecho más y más. Solo necesito volver a verla para saber que está todo bien. Para no creerme algo que pensaba que pasaría por alto y que no me importaría, pero que ha vuelto a calar en mí.

Me doy cuenta de lo mucho que le va a preocupar lo que estoy diciendo, elimino el mensaje antes de enviarlo y tiro el móvil hacia el otro lado de la habitación.

No puedo evitar volver a pensar en Martina, en que puede que tenga parte de razón después de todo. No estoy listo para querer a nadie más. Y menos a Olivia. No puedo permitirme hacerle daño después de todo lo que ha sufrido, que lo nuestro empiece en una herida que jamás se curará porque soy yo quien se empeña en abrirla. Tal vez sea verdad que he convertido en un malentendido algo que debería haberse arreglado con tiempo o con un simple perdón que sigo sin explicarme por qué no soy capaz de dar.

Me odio al darme cuenta de que desde que no está Martina mi vida está descontrolada, y me aterra pensar que no podré alejar esa idea de mí y que sea una realidad.

Recuerdo que aquella noche me dormí mientras lloraba sin ser capaz de parar, también la manera en la que creía que todo iba a seguir estando oscuro, que aquellas palabras vacías se iban a quedar dentro de mí para siempre.

También noté los primeros rayos de sol al día siguiente, y eso hizo que las páginas pudieran empaparse de todas aquellas historias que hicieron que en su día me perdiera para intentar encontrarme de alguna manera.

Para poder poner puntos en frases que daba por terminadas.

Para escribir sobre aquel nombre que hizo que creyese un poco más en mí.

Antes de que acabe olvidándome de él.

23

OLIVIA

—Dime que no está tan mal —suplico entrecerrando los ojos para evitar encontrarme con la expresión de Laia.

Sé de sobra que, si lo que acabo de hacer da pena, me lo dirá sin ningún tipo de remordimiento.

—Es... abstracto. Pero tú recuerda que el arte es muy subjetivo y que lo importante es... que le encuentres un significado... cojonudo.

Bebe un sorbo de su copa de vino antes de volver a concentrarse en su cuadro, intentando suavizar su reacción de cualquier forma.

Por lo menos no se ha reído. Ya es un avance.

Laia me escribió al volver del viaje para vernos ese fin de semana. Le conté que Carla me había pedido disculpas y quería que la pusiese al día. Me hizo mucha ilusión volver a saber de ella, porque tenía la sensación de que no nos volveríamos a ver en un tiempo. Y me alegro de haberme equivocado.

Como pensé en lo mucho que le gusta la pintura, le propuse ir a un sitio que me salió en TikTok en el que podíamos pintar un cuadro mientras nos tomábamos algo. Un plan diferente y la oportunidad perfecta para que nos conozcamos más a fondo. Después de saber parte de su historia, me he quedado con ganas de descubrir otras cosas de Laia que aún desconozco. Creo que nos estamos convirtiendo en muy buenas amigas.

—Lo que te decía, que ni se te ocurra preguntarme por Ander. Solo sé que está encerrado en su habitación escribiendo como un loco y que estos días ha estado algo distraído. Pero espero que por fin haya mandado a la mierda a la imbécil esta.

—¿A Martina? ¿Por qué lo dudas?

—Por el numerito que montó en el piso el otro día.

—¿Cómo?

—¿¡Qué te he dicho!? No me tires de la lengua y cuando quieras saber el drama al completo se lo preguntas a tu novio. Soy una tumba con los secretos.

—¡No somos novios!

—Y yo no soy profesora de arte, pero aquí estoy intentando que no arruines lo que sea que estés tratando de pintar —se queja, y me quita el pincel para mezclar mejor los colores en la paleta que estoy utilizando, que empieza a dar un poco de pena—. A partir de ahora, el día es para nosotras dos.

—Prometido.


Después de cenar y de dejar los cuadros en mi piso, paseamos mientras buscamos un lugar en el que acabar la noche. Durante estas horas he podido descubrir que Laia es más divertida y abierta de lo que parece al principio. He conocido lo mucho que le gusta viajar y la cantidad de países en los que ha estado, que su ciudad favorita en el mundo es París y que de vez en cuando se descarga Tinder durante un par de días hasta que recuerda que las mujeres siempre terminan dándole dolores de cabeza.

Entramos en el local cuando Laia termina el trayecto que tenía buscado en el móvil para que no nos perdiésemos. La calle está llena de bares y nos topamos con un par de parejas fumando en la puerta. Al entrar, nos sentamos en unos taburetes bastante altos después de apoyar las copas sobre una mesita que hemos conseguido para las dos. Según Laia, es uno de los bares con mejor ambiente universitario de la ciudad en los que ha estado, por lo que espero que me venga bien incluso para conocer a gente de otras carreras.

A pesar de que lo intento, no veo con facilidad. Las luces del sitio no consiguen iluminar ni a la mitad de las personas que nos rodean. A Laia no parece importarle y continúa contándome la historia que habíamos dejado a medias antes de entrar.

—En resumen, que vi que no tenía ningún futuro lo mío con esa chica.

—Solo os visteis dos veces, Laia... A lo mejor fuiste demasiado rápido.

—Lo que fui es inteligente. Solo hablaba de ella. Constantemente.

—¿No te preguntaba nada a ti?

—¿A mí? —me pregunta ofendida al recordarlo—. Parece que solo se dio cuenta de que estaba con ella cuando nos liamos. Ahí sí que se veía su intención de conocerme bien.

—No me lo quiero ni imaginar.

Me río mientras Laia se levanta a pedir las bebidas y desaparece entre la gente. Me quedo pegada al móvil y sintiéndome algo incómoda en la multitud. De vez en cuando levanto la mirada para descubrir todas las situaciones que se están desarrollando ahora mismo. Parejas juntas, personas que se nota que acaban de conocerse y hasta grupos que parecen estar en su primera borrachera.

Y me quedo helada cuando, por un segundo, creo ver a Ander entre toda esa gente. Durante estos pocos días, no he parado de imaginármelo por todas partes. El otro día, en la biblioteca, estuve a punto de inspeccionar todos sus pasillos porque me había dado la sensación de verlo al entrar. Y eso mismo me pasó en el metro, cuando volvía a casa, e incluso en el sitio en el que he estado pintando con Laia. Puede ser que esté perdiendo definitivamente la cabeza.

Intento reincorporarme para conseguir una mejor visión y vuelvo a ver a Ander hablando con unos chicos. Y esta vez en carne y hueso, aunque parece algo apagado o incluso perdido. Pero alguien conocido me interrumpe.

—¡Marc! —digo levantándome del taburete para abrazarle.

—Pero ¿qué haces aquí sola? ¿No habías quedado con Laia?

—Sigo con ella. Ha ido a pedir a la barra. ¿Y tú, con quién has venido?

—Con todos los machitos de periodismo deportivo, ¿o me equivoco? —pregunta Laia con ironía dándole un pequeño codazo.

Viene con una cerveza en cada mano.

—Me alegro de verte a ti también —le acaricia Marc.

—Lo dices como si no nos viésemos todos los días.

—Hemos venido con unos amigos de la uni. Ander también está por ahí.

Intento hacerme la loca, pero, con solo escuchar su nombre, hace que me ponga nerviosa.

—Ahora le saludamos —digo con algo de vergüenza.

—¿Y alguna sabe algo de Joan?

Lo dice con algo de dejadez, a pesar de que se nota desde lejos que está deseando que le contemos cualquier novedad.

—Eres tú el que vive con él.

—Lo sé, pero no hemos hablado mucho desde que volvimos, y me gustaría saber cómo está...

—Bueno, ya sabes dónde encontrarlo —dice Laia con una sonrisa pícara.

—Para tu tranquilidad, ha quedado con sus tíos para ayudarlos a hacer una mudanza —añado para calmarle.

Marc sonríe, parece aliviado.

—Te prometo de verdad que como dejes escapar a ese niño seré yo misma la que te mate —le amenazo.

—De hecho, seremos dos.

—Nos vemos pronto, chicas.

Marc se aleja de nosotras y aprovecho para observar al grupo con el que ha venido, que está rodeando a Ander.

—¿Tú crees que estos dos acaban juntos? —reflexiona Laia devolviéndome a la realidad.

—¿Marc y Joan?

—Yo creo que se están haciendo los tontos y que se enrollaron en el viaje. Parece ser que todo el mundo mojó.

Hace que me ría. Ojalá fuese verdad.

—Qué va. Marc es un desastre y tiene mucho que arreglar.

—Pero por lo menos ahora sabe que lo es.

—Espero que entonces actúe a tiempo para no perder a Joan —digo con optimismo.

—Por lo menos estuviste ahí para apoyarle.

—Yo no tuve nada que ver.

—A lo mejor no te diste cuenta, pero en unos días nos has cambiado mucho a todos. Y te has permitido cambiarte a ti también.

Lo que dice me desconcierta, aunque me hace ilusión escucharla decir eso.

—Qué bonito que pienses así, Laia. Pensaba que no íbamos a ser capaces de...

—¿De convivir unos días sin arrancarnos la cabeza? Yo tampoco me lo imaginaba.

—Me refería a que no íbamos a ser capaces de ser amigas.

—También. Me alegro de que nos equivocáramos.

Sonrío y le agarro la mano. Qué bonito es empezar a conectar con una amiga de esta manera tan especial, sin sentir que vivo en una competición constante, sin pensar que valgo menos que ella y que debo cohibirme cada vez que esté a su lado, sin esperar que algún día ella sepa valorarme tanto como lo hago yo con ella.

Laia me está enseñando que tener carácter también puede ir acompañado de ser una persona leal, que te permita convertirte en alguien mejor que estará ahí para acompañarte cuando tú no puedas hacerlo por ti mismo. Ojalá pueda seguir aprendiendo de ella mucho más tiempo.

—Hay que joderse —dice Laia cambiando la expresión.

—¿Qué pasa?

—¿Esta tía es que no se va a cansar nunca? —se queja mientras mira detrás de mí, hecha toda una furia.

Cuando me giro, me topo con una persona con la que pensaba que no iba a encontrarme nunca. O, por lo menos, no ahora mismo. Verla hace que se me encoja un poco el pecho, no sé cómo reaccionar.

Veo a Martina acercarse hacia nosotras clavando los ojos en mí, con una sonrisa de oreja a oreja. En fotos parecía bastante diferente. No desprendía tantísima seguridad, si es que es eso lo que está haciendo que me sienta así de pequeña y que me quiera esconder debajo de la mesa.

—¿A quién tenemos por aquí? —pregunta atrevida al llegar hasta nosotras.

—Bombón, sabes que no soy de avisar dos veces, así que te pido que no me toques mucho las narices.

—No sé cómo tienes siempre tanto humor, Laia —sonríe con ironía—. Encantada de conocerte por fin. ¿Lidia?

—Olivia.

No me creo que no se sepa mi nombre. Supongo que será su manera de hacerme saber que no le importo en absoluto. Me recuerda a alguien.

—Ah, sí, eso. Ander me ha hablado muy bien de ti.

¿Ander? ¿Le ha hablado de mí a Martina? Estoy tan incómoda que solo me limito a sonreír, rezando para que se marche pronto y que no tenga que añadir nada más a la conversación.

—De hecho, ¿sabéis dónde está? Estoy buscándole.

—No creo que quiera verte, ya tuviste bastante el otro día —le asegura Laia, cada vez más cabreada.

—De hecho, me está esperando.

—¿No me digas? —pregunto sorprendida.

—¡Ah! Allí está —exclama—. Gracias por nada.

Laia y yo nos giramos al sitio donde estaba Ander con su grupo y vemos que pega un gran sorbo a su copa. No parece darse cuenta de que estamos mirándole ni tampoco que ahora mismo quiera encontrarse con nadie más.

—Olivia, encantada. Espero que disfrutases de las vacaciones —me dice apoyando la mano en mi hombro y dándome una palmadita—. Ahora toca volver a la realidad.

Justo al tocarme, mi cuerpo se enciende por completo. Pienso en las muchas ganas que tengo de levantarme y darle un buen golpe de realidad, aunque me fuerzo a no hacerlo y a mantener la compostura. Como acto reflejo, me muevo con desprecio para apartarme de ella y me doy cuenta de que se percata de que no pienso aguantar ningún comentario más.

—Te juro que la mato —me dice Laia en voz alta y queriéndose levantar. Pero yo la agarro con fuerza para que la cosa no se nos vaya de las manos.

—Frena. Tranquila.

Agradezco su intención, pero sé que alguien como Martina es lo que busca, que alguna de las dos reaccione y que parezca una situación completamente distinta a la real. De hecho, antes de que se aleje de nosotras, consigo ver una expresión de disconformidad en su cara.

Algo que me alegra. Sobre todo porque no pensé en ningún momento que encontraría la forma de complicar las cosas aún más.

Martina se acerca con seguridad al grupo de Marc y Ander, apartando a todo el mundo que se cruza en su camino hasta llegar a él.

Hasta que le quita la copa de la mano y le besa con fuerza.

Un beso del que Ander no parece apartarse.

Un beso que hace que Laia y yo nos levantemos de golpe de nuestro sitio y que nos miremos para encontrar algún tipo de explicación.

Pero vuelvo a mirarlos y solo puedo centrarme en ese beso. En cómo Martina se toma el tiempo para volverse hacia mí después de hacerlo y sonreírme con toda la maldad del mundo.

Una sonrisa que hace que piense que siempre seré alguien muy fácil de destruir.

Que la gente como ella terminará ganando.

Que a lo mejor Ander no es la persona que yo creía conocer, que yo quería encontrar.

## 24

## ANDER

Todo pasa demasiado rápido, no me da tiempo a reaccionar. Están pasando muchísimas cosas a mi alrededor e intento reincorporarme como puedo.

Trato de pensar con claridad, entender cómo he terminado aquí. He bebido sin darme cuenta, queriendo olvidar, intentando aclarar mis ideas sin ningún éxito, deseando dejar de sentirme culpable por cambiar mi vida, por querer encontrar algo mejor para mí, por no saber la cantidad de errores que están acumulándose en mi interior.

Solo puedo ver su cara a escasos centímetros de mí, y sentirla de nuevo tan cerca hace que tenga unas ganas terribles de vomitar.

Y ahí es cuando creo que empiezo a darme cuenta de que acabo de cagarla a lo grande.

—¡¿QUÉ COJONES HACES?! —exclamo empujando a Martina para separarla de mí intentando recomponerme lo más rápido que puedo—. Esto no está bien…, yo no quería… ¿Por qué me has…?

—¿Cómo que no querías? No te has apartado. ¿Por qué no te has apartado? —me reprocha Martina de lo más cabreada.

—NO HE PODIDO —digo con lágrimas en los ojos.

Estoy intentando buscar algún tipo de explicación. La persona que más daño me ha hecho me ha besado y no me he apartado. Y todo se vuelve mucho más complicado cuando veo a Olivia acercándose a mí. No tengo claro qué es real y qué alucinación.

—Has venido tú y me has...

—¿Ves como estás hecho un puto lío? ¡Te ha manipulado y ya no sabes ni lo que quieres! —señala a Olivia, que está presente alrededor de un corro que acaba de formarse con gente que ni nos conoce.

—¡ELLA NO TIENE NADA QUE VER! —grito con rabia—. Esto siempre ha sido entre tú y yo.

—Nunca me habías gritado así... Y encima me has empujado.

Oírla hablar hace que me sienta aún peor, porque ahora mismo no sé si realmente tiene razón o no, si he perdido la cabeza y estoy sacando las cosas de quicio, por lo que me limito a callarme, avergonzado.

—No empieces, Martina —la amenaza Marc intentando apartarla del grupo.

—No te reconozco. Creí que eras diferente —me señala, forcejeando con Martínez.

Sus palabras se clavan dentro de mí, pero solo porque me siento culpable de todo lo que está pasando; quiero que acabe de una vez.

—No lo soy —digo llorando—. Estoy roto.

—No lo estás.

Olivia habla por primera vez y cuando lo hace todos los que nos rodean se giran hacia ella. La miro fijamente y me encuentro con una mirada a punto de romperse. Pero también descubro calma en unos ojos que solo intentan tranquilizarme.

—Tú tienes la culpa, pero no te preocupes, porque es todo tuyo —le dice Martina encogiéndose de hombros—. Ya descubrirás las consecuencias.

Martina se marcha haciendo como si se limpiase las lágrimas de las mejillas, aunque yo no puedo dejar de mirar a Olivia, que está desconcertada. Sé que la he decepcionado y que tiene motivos para ello.

Todo es cada vez más borroso y empiezo a sentir un nudo en el pecho que hace que me cueste respirar. Pienso en los ejercicios que me enseñó la psicóloga para situaciones así. Recuerdo todas esas cosas en las que pienso para no perder el control y creo que ninguna de ellas tiene sentido. Me parece que soy incapaz de mantener la calma, y decido huir hacia el baño, sin poder enfrentarme a nada más. Sin saber enfrentarme ni siquiera a mí mismo.

Me encierro en el primer cubículo que me encuentro al entrar al servicio y comienzo a vomitar en cuanto me acerco al váter. Cuando termino de hacerlo, cada vez más confuso, me quedo sentado en el suelo intentando recomponerme sin conseguirlo. Pero comienzo a llorar. A llorar sin parar.

Hasta que oigo llamar a la puerta del baño.

—¿Estás aquí?

Es Olivia la que pregunta por mí. Pienso durante un instante en qué se supone que debo responder.

—Lo siento. De verdad que lo siento, Liv. Lo he intentado, pero está claro que la he cagado.

—Déjame entrar, por favor.

No contesto, pero abre la puerta igualmente, pues no la he cerrado cuando he entrado. Me da la sensación de que se sorprende al verme. Creo que nunca se habría imaginado viéndome de esta manera, y me avergüenza muchísimo que lo esté haciendo ahora.

—No ha sido lo que ha parecido —comienzo a explicarme sin saber muy bien el porqué.

—Eso pienso yo.

—Me he pasado bebiendo. Sé que es una excusa de mierda y sé lo que parece.

—Por eso estoy aquí, para hablar contigo.

—No te mereces haber visto eso.

—Pienso lo mismo.

Tiene los ojos acristalados. Sé que está intentando mantenerse lo más serena posible, tratando de entender lo que ha pasado, pero no me importaría en absoluto que soltase toda su ira conmigo. Me lo merezco. Puede que eso sea lo que necesito.

—No sé qué hacer para que sepas lo mucho que me arrepiento.

—No tienes que hacer nada por mí. Deberías hacerlo por ti.

Escucharla me rompe aún más. Me froto la cabeza, frustrado, intentando pensar algo que me ayude a retroceder en el tiempo.

—No sé qué me pasa, Liv.

—Yo creo que sí —dice, y se queda en silencio durante un momento. Sé cómo se siente que te quieran tan mal que piensas que nunca merecerás nada mejor.

—Es que yo he hecho que no lo merezca.

—O eso es lo que te has obligado a creer —se sincera esbozando una pequeña sonrisa que me da esperanza.

—Ojalá tengas razón.

—Quiero quedarme a tu lado por la forma que tienes de mirarme, por todo lo que me has cuidado a pesar de que tú no tenías fuerza para hacerte cargo de ti, por lo bonito que lo sientes todo hasta cuando no te corresponde sentirlo. Y por eso te prometo que voy a esperarte hasta que ambos curemos los restos que quedan de otras historias que no nos pertenecen. Solo necesito que tú también lo hagas.

—Quizá este amor tampoco sea para siempre —digo casi susurrando, sin poder contener las lágrimas.

—Pero tengo claro que merece la pena intentarlo. Y eso me lo has enseñado tú.

Escucharla hablar de esa manera hace que piense en nuestras últimas conversaciones, en lo convencido que estaba de estar consiguiendo curar todas mis heridas, de que merecía la pena lucharlas para volver a sentirme yo. Y hasta ahora me había olvidado de que ese era mi objetivo.

Nos quedamos un rato sentados en silencio. Solo siento su mano acariciándome sin parar para que sepa que estará ahí el tiempo que haga falta.

—Creo que por fin se ha ido —confieso rompiendo el silencio.

—¿A qué te refieres? —pregunta Olivia sin entender.

—Sé que, aunque vuelva en algún momento, no va a seguir formando parte de mí. No quiero culparme más de un dolor que no me pertenece. No puedo perder una versión de mí que de verdad cree en lo que es capaz de dar.

—Sigue peleando por esa versión. Escribe sobre todas las cosas que te duelen. Sobre las que te hacen seguir adelante.

Sus palabras me hacen feliz. Me hacen tener esperanza.
—Liv.
—Dime.
—Si alguna vez decidieras dejar Derecho, serías una psicóloga tremenda —le digo, consiguiendo que ambos nos riamos.
—Creo que ya tengo bastante con la que me espera en casa.
—¿Cómo lo llevas con Carla?

Liv se toma un tiempo para pensar la respuesta. Tiene que ser difícil abrir los ojos con una persona que te ha acompañado durante tantos años y que ahora está más presente que nunca en tu vida.

—Sinceramente, no lo sé. Creo que tengo que ver cómo terminan las cosas, pero sé dónde está mi lugar. Y, por primera vez en mi vida, no me da miedo descubrir nuevos lugares donde sentirme como en casa.
—Aquí siempre tendrás un hogar.
—Por eso necesito un tiempo. Ambos lo necesitamos. Hasta que sepamos que los dos estamos listos.
—¿Hasta que nos encontremos a nosotros mismos? —pregunto, ofreciéndole una promesa.
—Hasta que nos encontremos a nosotros mismos.

Después de mi conversación con Liv, vuelvo a vomitar un par de veces. No sé cuándo se marcha, pero sé que no llegamos a despedirnos. Marc me ayuda a volver a casa y por poco tiene que meterme él mismo en la ducha. Me cuesta mucho dormir esa noche. Porque no puedo parar de pensar en lo muy cerca que había estado de dejar de reconocerme, de volver a perderme otra vez. Pienso en lo mucho que tengo que trabajar para conseguir todo lo que he soñado, y en lo que me ayudará para resolver todas mis dudas. En el tiempo que queda para que mi camino se vuelva a encontrar con el de Liv, para que pueda sentirme orgulloso de la persona en la que me he convertido.

## 25

## OLIVIA

Bostezo, adormilada, mientras guardo el ordenador en la funda para después meterlo en el bolso. Empiezo a oler a quemado y, a pesar de que no le doy mucha importancia, termino yendo a la cocina para comprobar que está todo correcto.

Justo al entrar, me doy cuenta de lo muy tonta que he sido al dejar el pan en el tostador y marcharme de la cocina tan tranquila. Está chamuscado por completo.

—¡Mierda!

Suelto un pequeño gritito y corro hacia la encimera para desenchufar el tostador lo antes posible.

Se ve que me he quedado sin desayuno. Aprovecho para, por lo menos, hacerme un café y ponerlo en mi termo; me dará algo de fuerza que me ayude a afrontar la mañana.

Tengo clase dentro de treinta y cinco minutos, por lo que no me puedo permitir quedarme en el piso mucho más tiempo.

Antes de salir me doy un repaso en el espejo de mi habitación para comprobar que está todo en orden. Estos últimos días he ido como un tremendo cuadro a clase, pero hoy he decidido arreglarme un poco más y elegir una americana con una blusa ajustada por debajo y unos tejanos negros. Supongo que a esto es lo que se refiere la gente con vestir como una estudiante de Derecho promedio. Y, a pesar de que no me imaginaba yendo así a clase, no me disgusta en absoluto.

Salgo a la calle y disfruto de mi paseo hasta llegar al metro, y no me doy cuenta de que voy bastante rápido por el poco tiempo con el que cuento. A veces se me olvida lo bien que me sienta caminar con los cascos puestos y evadirme del mundo entero.

Han pasado unas cuantas semanas desde que volvimos de Calella. A partir de mi conversación con Carla, todo se ha vuelto mucho más frío en casa, pero no hemos cortado nuestra relación porque sabemos que tenemos que seguir conviviendo durante unos meses más, aunque tengo la sensación de que ella está intentando mejorar las cosas. La noto… más pendiente de mí. En el buen sentido. Y, aun así, me está dejando el espacio que necesito. Aunque tras nuestra intensa charla no esperaba menos. Era lo mínimo que podía hacer, así que estoy dejando que nuestros caminos sigan su ritmo sin estresarme por lo que pasará en el futuro. Y la realidad es que no he estado tan tranquila en mi vida. Espero que esto dure mucho más.

Justo ayer me escribió Joan. A pesar de que hemos estado en contacto, no le he visto apenas en clase porque ha faltado bastante, pero justo anoche me escribió para tomarnos algo después de clase y así ponernos al día. No sé si querrá decirme algo en concreto, pero sí sé que no voy a poder evitar preguntarle por cómo está Ander.

No he sabido nada de él en semanas y tengo miedo de que se lo haya tragado la tierra y que no vaya a volver a saber de él.

La mañana se me hace eterna. Me parece increíble cómo aguanté en bachillerato tantas horas sentada en una misma silla sin volverme loca. Un par de clases aquí me suponen todo un esfuerzo para no quedarme dormida. Me limito al ver el tiempo pasar y dejo de prestar atención.

La semana que viene tengo un parcial de Ciencia Política para el cual todavía ni me he planteado empezar a estudiar, pero veo que están comenzando a escucharse algunas conversaciones acerca de cómo será y qué temario caerá. Por lo menos durante esta mañana no quiero pensar en ello.

Al acabar la última clase de la mañana me dirijo a la cafetería de la facultad para encontrarme con Joan, que me ha escrito para avisarme de que ya está allí.

Le veo a lo lejos y se me dibuja una sonrisa enorme en la cara. A pesar de que estuve con él en clase hace un par de días, siempre me hace ilusión volver a verle. Después del viaje, parece que ha recuperado esa luz que tenía al principio, y pasar tiempo con él me da mil años de vida.

Cuando llego a su mesa, se levanta y le abrazo con fuerza.

—¿Cómo está mi chica favorita? —pregunta sonriéndome e invitándome a que me siente con él.

—Pues mucho peor que tú, que me he tragado dos horas seguidas de Derecho romano.

—Y sin mí, que es lo peor de todo.

—Lo iba a decir, pero sabía que lo dabas por hecho —me río al notar su ironía.

—Yo también te he echado de menos, pero prefería hacer las cosas por mi cuenta en casa.

—Ya te veo…

—No voy a volver a faltar, prometido.

—Hasta que eso pase, no voy a confiar en tu palabra —le digo de lo más resentida.

Joan se encoge de hombros y yo niego con la cabeza, divertida.

—Cuéntame. ¿Qué tal te va en Carlilandia?

—¿Así vas a llamar ahora a mi piso?

—Había pensado en el Reino de Carla, pero sonaba peor.

Me hace gracia porque tiene toda la razón, aunque espero que no vuelva a llamarlo así para que no me dé un ataque cuando lo oiga.

—Bueno, está todo mejor después de lo que te conté. Cada una va por su lado y de vez en cuando hablamos de manera cordial para preguntar cómo ha ido nuestro día. Bueno, siempre es ella quien lo hace. Yo me limito a responder. Está intentando quitar toda la tensión posible, cosa que en el fondo agradezco.

—Te dije que no todo iba a acabar tan mal; sois dos personas adultas, Olivia, por más que se haya comportado como una amiga asquerosa.

Hace una pausa y parece que se arrepiente por nombrarla así.

—Tranquilo, puedes decirlo.

—Ah, perfecto. Bueno, que por mucho que te haya hecho, se supone que debe ser una persona racional, así que las cosas no irán a peor.

—Menos mal.

—La verdad es que sí.

—Y a ti, ¿cómo te va en el piso? ¿Y a los demás? La única con la que he mantenido el contacto es con Laia, que sorprendentemente quiere que volvamos a vernos en algún momento después del espectáculo que montamos aquella noche y de dejarla sola con los amigos de Marc, pero no sé nada de los chicos.

Joan hace una pausa y sé que tiene algo que decirme. Solo está buscando la manera.

—Respecto a eso… Hablé con Marc sobre «lo que nos pasó en Calella».

—¡¿Qué?! —pregunto sorprendida—. Pensaba que nunca seríais capaces de volver sobre el tema.

—Creo que los dos hemos intentado evitarnos lo máximo posible, pero ha sido imposible. Vivimos en el mismo piso y, en el fondo, queríamos hacer las paces…

—Era evidente. ¿Qué te dijo?

—Me pidió perdón por haber huido de esa manera de la fiesta y por no haberme dicho nada después de hacerlo. Yo, obviamente, le dije que, aunque aceptaba sus disculpas, tal vez no eligiera el momento idóneo para decírselo, y mucho menos las formas. —Se avergüenza, recordando lo pedo que iba esa noche, y hace una pausa—. Total, que me contó que está pasando un momento bastante confuso para él. Tampoco quiero entrar en detalles porque es algo que tiene que afrontar él, pero te puedes imaginar por dónde van los tiros.

—Sí, me hago una idea.

—La cosa es que no quiere hacerme daño mientras resuelve el lío que tiene en la cabeza. Porque no quiere jugar ni experimentar con alguien que significa mucho para él.

Anda. No sé a qué me sonará esa conversación. Por lo que parece, los mejores amigos comparten consejos entre ellos.

—Pobre. Pero por lo menos se ha dado cuenta de que tiene mucho que gestionar y no va a ir por ahí haciendo daño a los demás ni a él mismo.

—Exactamente.

—¿Y tú qué le dijiste?

—No supe muy bien qué decir. El hecho de que reconociera que sentía algo por mí hizo que tuviese algo de esperanza; aunque sé que no debería tenerla, no puedo evitarlo. Confío en que en algún momento estará listo.

—Las pelis que nos montamos en la cabeza son las peores, pero quién soy yo para prohibírtelo —digo riéndome—. ¿Se lo has contado a alguien más?

—Sí, a Laia, a las pocas horas de que hablásemos. A veces, vivir pared con pared tiene sus ventajas.

Tiene toda la razón. La verdad es que siento cierta envidia por no poder hacerlo con Carla. Se suponía que era una de las cosas buenas de irte a vivir con una amiga después de tantísimos años, aunque ya sí que doy por hecho que no podré tener esa confianza con ella a no ser que cambien mucho las tornas. Pero también me gustaría vivir durante un tiempo con esta gente; los días en Calella han sido una experiencia que, sorprendentemente, me encantaría repetir todos los días.

—¿Y qué dijo al respecto?

—Sabes cómo es Laia. Para ella, que yo esté tranquilo es una prioridad y cree que Marc necesita mucho más tiempo para aceptarse del que yo tendría que perder para esperarle. Me dijo que, por mi bien, debería dejarle ir, aunque sea más difícil. Pero, según ella, a la larga será mejor. Porque, si es para mí, debería luchar por lo que pueda haber entre nosotros.

—Tiene razón en cierta parte. Tú ya has hecho todo lo que has podido y, aun así, ambos sabéis que os vais a tener para todo lo que haga falta —le digo, y me quedo de lo más pensativa—. Pero, aun así, no sé si debo decirte lo que opino yo respecto a todo esto.

—Suelta por esa boca. Para eso eres mi amiga.

—No sé qué decirte, Joan… Siento que cuando dos personas conectan de una manera especial se nota a kilómetros, y a vosotros solo bastaba con miraros a los ojos. No quiero que te desvivas intentando acelerar un proceso que debe hacer Marc por su cuenta, pero yo no perdería la esperanza, si te soy sincera. No me creo que lo vuestro se quede en una simple posibilidad.

—Tampoco quiero vivir ilusionado por algo que no sé si llegará; quiero que nuestra relación sea la de siempre.

—Pero de todos modos no creo que sea buena idea, porque sé que vuestros caminos van a unirse en algún momento. Solo intenta que las cosas sigan su ritmo.

—Por lo menos no se irá de mi lado.

—Sería completamente incapaz. Eres la única persona que puede hacerle disfrutar de cualquier fiesta o lugar en el que tenga que interactuar con mucha más gente de la que le gustaría.

—Y que lo digas… Aunque Ander también le ayuda bastante.

Siento cierto cosquilleo cuando pronuncia su nombre. Parece que hace años desde que no lo oigo en voz alta; solo se ha repetido en mi cabeza unos dos millones de veces. Necesito saber cómo está, si se habrá preguntado por cómo me irá durante estas semanas o si directamente se ha olvidado de mí.

—¿Cómo le va? —digo incapaz de poder aguantarme las

ganas de hacerlo e intentando que parezca que no me importa mucho.

A pesar de ello, Joan se ríe de la forma en la que me expreso.

—Bien. Ander está bien.

—No sé nada de él desde nuestro incidente.

A lo mejor «incidente» no es el término más adecuado para describir aquella noche, pero he intentado tantas veces borrarla de mi cabeza que es lo mejor que se me ocurre.

—Se suponía que habíais quedado en volver a veros cuando estuviese todo mejor, ¿no? —me pregunta extrañado.

—Sí. Pero ninguno le ha escrito al otro.

—Sois imbéciles —niega con la cabeza mientras se ríe.

—¡Oye!

—¿Qué quieres que te diga? ¿Tú no has solucionado toda la movida que tenías con Carla?

—Bueno…, parece que sí.

—¿Y a qué esperas para escribirle o para presentarte en el piso?

—La verdad es que no lo sé —respondo encogiéndome de hombros—. Pensaba que, si no me había dicho nada, era porque necesitaba un poco más de tiempo después de su ruptura.

—Lo tiene más que superado. Cuando volvimos le dio a Martina una última patada para mandarla a la mierda.

—¿Cómo?

—Estaba dentro del piso cuando llegamos, un caos, pero todo terminó bastante bien, creo. Aunque, como la tía nunca se queda a gusto, tuvo que montar aquel numerito de mierda en el bar.

—No me lo puedo creer. Normal que le tuviese la cabeza hecha un lío.

Ahora entiendo a Ander mejor que nunca. Esa tía no está bien de la cabeza. Y menos mal que ha podido echarla por fin de su vida.

—Pero, gracias a eso, por primera vez le veo centrado en sus cosas. A veces una última putada también viene bien para darse cuenta de lo imbécil que puede llegar a ser la gente. Y sé que está yendo todo a mejor.

—¿Crees que querrá…?

—¿Verte? Sí. Un sí rotundo. Cada vez que sale tu nombre en una conversación no puede evitar que una sonrisa le ocupe la cara. Está pillado, Olivia.

Pensar que Ander ha pensado en mí hace que vuelva a tener esas mariposas que en realidad no han dejado de volar dentro de mí durante todos estos días, aunque me haya obligado a no sentirlas para no montarme una película que me haga más daño del que debería. Porque me prometí a mí misma que esta vez iba a mirar más por mí, por que todo mi alrededor estuviese en paz. Porque es lo que me merecía. Pero sé de sobra que lo que siento por él no se va a ir tan con tanta facilidad.

—Qué alivio.

—Ven esta noche a casa. Puedo convencer a los otros para que estéis solos y os pongáis al día como es debido.

—¿Harías eso por mí? —pregunto emocionada.

—Sabes que soy capaz de eso y más.

—Te quiero, te quiero, te quiero.

Me levanto y empiezo a darle besos hasta que me aparta pidiendo auxilio.

—Pero yo también tengo que pedirte un favor… —dice, y me sonríe con una mirada pícara.

—Sorpréndeme...

—Necesitaría que alguien me mandase los apuntes del examen de Ciencia Política...

—¡Eso te pasa por abandonarme en clase! —me quejo.

—Te he prometido que no va a volver a pasar...

—Bueno, trato hecho.

—Eres la mejor.

Este chico no tiene remedio alguno. Me río y saco el ordenador para pasarle los apuntes por correo electrónico. Cuando intento iniciar sesión, me percato de que me he metido sin darme cuenta en el correo que pensaba que había perdido hace unos meses al olvidarme de la contraseña. Justo antes de enviarle los archivos a Joan, compruebo la gran cantidad de mensajes que tengo sin leer, tras mucho tiempo sin poder acceder a ellos.

Hay un remitente en especial que hace que se me encoja el pecho por completo. Cuando deslizo entre todos los correos, soy incapaz de contar los que me han mandado desde la universidad de Madrid en la que me habría gustado hacer un doble grado de Derecho y Relaciones internacionales, y pierdo el aliento cuando leo cada uno de ellos.

Solicitud aceptada curso 23/24

Plazo abierto para matriculación

Plazo de matriculación finalizado

Hay decenas de ellos. Y yo no había visto ninguno porque justo perdí mi cuenta en ese periodo de tiempo. No me lo puedo creer.

—Estoy flipando —digo en voz alta, sin apartar la mirada del ordenador.

—¿Qué pasa?

—¿Te acuerdas de que mencioné en Calella que no podía entrar en mi correo?

—Sí —dice algo extrañado al no saber por qué le estoy hablando de él—. Cuando ayudamos a estos con el proyecto de Escritura Creativa.

—Pues acabo de entrar. Y tengo mil correos de la uni a la que quería ir en Madrid, en la que al final me admitieron, pero no pude verlo porque no tenía acceso al mail.

—¡¿Qué dices?!

—Joder. Lo más raro es que están casi todos los correos abiertos. Y yo no los pude leer...

Sigo bajando hasta que encuentro uno en el que puedo leer «Su número de teléfono ha sido vinculado a su cuenta de correo». Cosa que me extraña más todavía.

Cuando me meto en el mensaje para poder leerlo con más detalle, me encuentro con un teléfono que identifico al segundo.

Y no es mío.

Y pertenece a la única persona que se sabe la contraseña de mi ordenador y que pudo cambiar la clave de mi correo electrónico.

La misma que tiene motivos de sobra para que yo no me fuese a vivir a Madrid y a la que no le importaría cambiar el rumbo de mi vida por completo.

## 26

## ANDER

Tecleo a toda velocidad mientras bebo el último sorbo de café de la tarde, porque, como siga a este ritmo, sé que no me voy a poder dormir hasta las tantas. Los tres que ya me he bebido hoy son ahora mismo un motivo más para seguir escribiendo.

Me estiro echando la silla de mi escritorio hacia atrás y vuelvo a leer todo lo que he escrito, lo que me obliga a eliminarlo prácticamente todo. Es una manía que sigo sin poder evitar. Marc me aconsejó que escribiese todo lo que se me viniese a la cabeza y que ya le daría forma más tarde, pero no he sido capaz de hacerle caso. Cuando sé que he escrito algo sin ningún tipo de sentido, lo mando a la mierda. Hasta que no noto que ha salido completamente de mí y que consigue conmoverme, no me siento del todo satisfecho.

De hecho, solo mantengo una frase en toda la página.

—«Juntamos las manos y aun así te siento lejos» —digo en voz alta tras haber perdido la cuenta de las veces que lo he repetido en mi cabeza.

Desde que estuve en la Costa Brava no he parado de escribir. Estar allí hizo que removiese muchas cosas de mi pasado que nunca me había atrevido a mencionar, y las conversaciones con cada uno de mis amigos me sirvieron para tener las agallas que había perdido, para volver a disfrutar de lo que más me ha ayudado a sentirme yo mismo.

Al volver también aproveché para retomar las sesiones con la psicóloga. Creía que podría apañármelas por mi cuenta, pero sé que aún necesito muchas más pautas para gestionar todo lo que estoy sintiendo últimamente. Hay muchas heridas que no he conseguido curar del todo, aunque sepa de sobra que las que llevan años conmigo van a quedarse en forma de cicatriz para recordarme durante toda la vida que no puedo permitirme volver a pasar por lo mismo.

Durante estas semanas he llorado lo que no está escrito, pero también he sabido plasmar todas mis emociones en las notas del móvil, en el Word del portátil e incluso en las libretas que creía que había abandonado para siempre.

—Juntamos las manos y aun así te siento lejos. No sé si tu recuerdo me obliga… —leo antes de borrar las últimas palabras, que no me convencen del todo.

Dejar de bloquear cualquier tipo de sentimiento está siendo de lo más liberador para mí y creo que, para conseguirlo, también me ayudó mi última conversación con Martina (si podemos denominarla como tal). Ese día fui capaz de ver todo lo que había invisibilizado antes por miedo a que nunca llevara la razón, a que me estuviese equivocando y simplemente estuviese juzgando a mi novia injustamente. Hablar de todo esto me está ayudando a ponerle un punto final y comenzar otras nuevas historias que soy incapaz de quitarme de la cabeza.

Y entonces es cuando Olivia vuelve a mi mente. Ella y

sus buenos días acompañados de un café en la cocina de la casa de Calella, el marrón oscuro de su pelo y unos ojos que, aunque parecen estar siempre cansados, solo buscan regalar luz. En cómo me miró antes de hacerme una foto en plena puesta de sol, la manera en la que se metía al mar por las mañanas y su capacidad de empatizar con cada persona con la que se cruza. En cómo me agarró la mano con fuerza, aun pensando que podría haber llegado a traicionarla, para que me despidiera de una vez de todo este dolor.

Ha sido la responsable de hacerme ver lo muy equivocado que estaba con mi vida y con los caminos que había corrido hasta perderme.

—Juntamos las manos y aun así te siento lejos. No sé si la imagen que tengo de ti es la que me obliga a que tengas que ser para mí —corrijo volviendo a teclear lo que me viene a la mente ahora mismo.

Su propuesta para presentarme a los editores del sello en el que trabajó su abuelo no pudo hacerme más ilusión y ha sido todo un empujón para motivarme a terminar mi primer poemario, además de incluir en él la gran cantidad de versos que tenía guardados en un cajón desde hace mil años. Y, aun así, no puede darme más respeto ponerme en una situación así. Porque ahora no es ella a la única persona a la que tengo que impresionar. Pero, por más que me dé vértigo cada vez que piense en ello, ni en mis peores sueños renunciaría a una oportunidad con la que llevo años soñando.

Todo eso se lo debo agradecer a Liv, que ha sabido ver mucho más en mí de lo que yo fui capaz en su momento, además de hacerme entender que hay más gente ahí fuera con ganas de valorar todo lo que tengo para dar. Llevo días pensando en escribirle para saber cómo está, pero siempre termino eliminando el mensaje porque prefiero esperar un poco más para verla y que me cuente cómo ha terminado todo con Carla, además de para enseñarle lo que tengo entre manos. Y, para que esto pase, prefiero terminar de escribirlo para que le demos vueltas juntos a nuestro plan de publicación.

—¿Puedo pasar? —dice Joan aporreando de forma exagerada la puerta de mi habitación.

—Si lo haces con esa delicadeza, ni lo dudes.

—Quería que se notase mi presencia —dice divertido, sentándose en mi cama.

—Tranquilo, lo has conseguido.

Pongo los ojos en blanco sin poder evitar sonreír al oír una de las mil estupideces que dice al día.

Pero le queremos así.

—¿Qué planes tienes para esta noche?

—Estoy bastante ocupado.

—¿Se puede saber por qué? —pregunta mientras se levanta y se pone detrás de mí, viendo lo que hay en el ordenador—. Ah, me lo imaginaba.

—Quiero añadir un par de poemas más y esto estará listo. Siento que aquí he plasmado todo lo que llevo dentro —digo refiriéndome al documento que tengo enfrente.

—Eso está fenomenal, pero creo que por una noche no perderás mucho tiempo.

—¿Tantas ganas tienes de cenar conmigo?

—Conmigo no, tonto. Olivia me ha preguntado por ti.

—¡¿Olivia?!

Mi perplejidad hace que Joan me mire de lo más extrañado.

—¿De qué te sorprendes tanto? Os morreasteis en la puñetera casa de mis abuelos antes de irnos de Calella. Y las cosas no quedaron muy claras la última vez que os visteis. Creo que tenéis bastante de lo que hablar, aunque estés evitando que llegue el momento.

—No estoy evitándolo. Solo que quería enseñarle para entonces todo lo que había escrito, demostrarle que estoy trabajando en mí mismo y así darle un tiempo a ella también para que arreglase su vida.

—No dejéis pasar el tiempo. No perdáis más de la cuenta, que nunca se sabe cuándo acabarán las cosas.

Me da la impresión de que eso lo ha dicho un tanto dolido.

—Vale, me has convencido.

—Pues eso, esta noche, aquí. Yo me encargo de Marc y Laia. Me parece que hay una peli en el cine que queríamos ver los tres.

—No me puedo creer que te vayas a encerrar en una sala de cine con esos dos.

—Es la única manera de tenerlos entretenidos sin que quieran venir a curiosear por aquí. Y no lo repitas mucho, que todavía me da a mí por aparecer...

—Entendido —le digo después de que me guiñe un ojo.

Joan se marcha de mi habitación y retomo el párrafo que sigo sin acabar. Saber que dentro de unas horas voy a volver a ver a Liv hace que vuelva a tener mil tipos de mariposas dentro de mí que hasta hace minutos no sabía que iban a aparecer, cosa que me tiene de lo más distraído mientras escribo. Sobre todo, por lo extraño que es para mí sentir eso por una persona que me quiere tal y como soy y que no ha intentado ocultar ninguna parte de mí. Todo esto hace que sea mucho más fácil escribir sobre las cosas que en su día no supe resolver.

Pasan los minutos y, sin que me dé apenas cuenta, leo todo lo que acabo de escribir. No me importa si tiene alguna falta de ortografía. Solo me fijo en aquello que sentí y que acabo de revivir en cada una de estas letras.

*Juntamos las manos*
*y aun así te siento lejos.*
*No sé si la imagen que tengo de ti*
*es la que me obliga*
*a que tengas que ser para mí,*
*para arroparme así*
*con una culpa que hace que*
*se rompa cada una de mis frases.*

*Porque contigo me siento pequeño,*
*diminuto,*
*cobarde,*
*frágil.*

*Cuando solo quiero sentirme tuyo,*
*sin miedo,*
*en llamas.*

*Y me doy cuenta*
*de que sigo sin saber qué es el amor,*
*y me obsesiono por descubrir*

*si estoy dando pasos en falso,*
*si esto es lo que quiero,*
*si estoy intentando saciar mis dudas,*
*o si me estoy perdiendo de nuevo.*

*Porque sé que necesito ayuda*
*para no seguir cayendo.*
*Para no olvidarme de sentir*
*todas las vidas que aún pienso que no existen.*

## 27

## OLIVIA

Cierro el puño con tanta fuerza que incluso me he dejado las uñas marcadas en la palma de la mano. Camino a una velocidad a la que no me había visto nunca capaz de andar, pero ahora mismo no me sorprende, nada puede hacerlo.

No recuerdo qué ha sido de mí desde que he salido pitando de la facultad al descubrir a la persona responsable de la pérdida de mi correo electrónico. Y, con él, parte de lo que podría haber sido mi futuro. Pensar en ello no me rompe el corazón; no puede romperse más por su culpa. Solo me da motivos para incendiarme por completo al entender por qué he terminado aquí. Porque, aun creyendo que sería capaz de hacerme con las riendas de mi vida, los errores del pasado siguen persiguiéndome.

Errores que pienso exterminar desde ya.

Abro la puerta de casa con fuerza y entro dando un portazo. A pesar de que no me he percatado de lo mucho que ha sonado, la persona que está sentada en el sofá se levanta de lo más alterada, dando un pequeño salto de la impresión. Cuando se gira hacia mí, creo que no llega a comprender todo el odio que proyectan mis ojos.

—¡Eres una pedazo de zorra! —grito lanzando el bolso al sofá.

Carla da unos pasos hacia atrás sin entender muy bien el motivo de mi enfado. Tiene los ojos completamente abiertos mientras intenta encontrar alguna explicación.

—¡¿Qué pasa?!

—Dímelo tú. Dime qué cojones pasa contigo. Me has jodido la vida en todos los sentidos, Carla —le reprocho señalándola.

—Pero ¿a qué viene esto? —pregunta de lo más extrañada—. Te pedí perdón por todo lo que hice y es que no sé qué más puedo hacer para que te calmes.

No la miro cuando se dirige a mí. No se lo merece. Mientras intenta excusarse, saco mi ordenador del bolso para mostrarle mi descubrimiento. Me meto en el primer mensaje que veo de la universidad a la que envié mi solicitud en Madrid y dejo el ordenador en una mesita que está a escasos centímetros del sofá.

Carla se acerca hasta él y mira durante unos instantes la pantalla. No sé si está intentando hacerme creer que no sabe lo que significa el correo o que simplemente no se le ocurre qué narices decirme para excusarse.

Y eso me enfurece aún más y consigue que mis músculos estén cada vez más tensos.

—¿No piensas decir nada?

Carla no responde. Se limita a mirarme con los ojos acristalados. Si está intentando conseguir que me relaje, las lleva claras, porque no aguanto más.

—¿NI UNA PUTA PALABRA?

—¿Por qué estás tan enfadada? —solloza.

—Responde a la maldita pregunta —le ordeno de lo más cortante, para que deje de darle vueltas.

Carla respira hondo e intenta recomponerse. Mira de nuevo hacia el portátil para después dirigirse a mí.

—No sé qué narices significa eso.

—Eres la persona más mentirosa que he conocido en mi vida.

—¡Te estoy diciendo la verdad!

—¡Y una mierda! —exclamo al no terminar de creerme que no sea capaz de reconocer lo que hizo.

—¡Pues lo que tú digas!

—¿Tampoco te suena el número de teléfono con el que se actualizó la cuenta del correo? —pregunto invitándola a que vuelva a mirar la pantalla—. De verdad, no sé qué narices te he hecho para que me aprecies tan poco.

Su expresión cambia por completo. Sabe que no puede huir de esto.

—Te lo puedo explicar, Olivia.

—¿Sí? ¿El qué? ¿Que me ocultaste que me habían cogido en otra ciudad para que así siguiese siendo tu perrito faldero para toda la puta vida?

—Me arrepentí mucho cuando pasó, te lo prometo… —dice acercándose un poco más a mí.

—Debería darte vergüenza.

—Era la única manera de que siguiésemos juntas.

—¿Te parece que estemos juntas? —Me abro de brazos para que analice la situación en la que nos encontramos.

—En Madrid no ibas a conseguir nada sin mí, Olivia. Me daba miedo que te hiciesen daño…

—¿CÓMO TE ATREVES A DECIR ESO? Me has arrebatado gran parte de mi adolescencia por obligarme siempre a hacer lo que a ti te ha venido en gana.

Todavía recuerdo algunas de las conversaciones en las que nos imaginábamos cómo sería nuestra vida cuando nuestros caminos se separasen al entrar en la universidad.

Era un tema bastante recurrente en nuestra vida, aunque por diferentes motivos. Carla se moría de ganas de marcharse del pueblo para que la gente dejase de hablar sobre su vida. Además, estaría más cerca de su novio y eso haría que su relación se convirtiera en algo irreemplazable. Yo, en cambio, estaba algo asustada; no me imaginaba marcharme a un lugar en el que nadie me conociera, en el que tendría que apañármelas por mí misma para construir una nueva versión de mí. Y, a pesar de ello, saber que estudiaría algo que me apasionaba consiguió que me hiciese el cuerpo a todos los cambios a los que me enfrentaría.

—¿Qué haré yo sin ti cuando estemos tan lejos? —le pregunté un día mientras me tapaba la cara con la almohada de su cama, tumbada en una alfombra enorme que tenía en su habitación.

—No puedo mentirte y sé de sobra que me vas a echar muchísimo de menos. Cuando no tienes al lado a tu mejor amiga, se nota —me dijo dándome la mano—. Y puede que yo también te eche un poco de menos.

—¡Más te vale! —contesté lanzándole el cojín.

—¡¡¡Que es broma!!!

—En realidad, me alegro por nosotras. Sé que, por más que vayamos a necesitarnos, estaremos cumpliendo nuestras metas.

—Y que lo digas. Sobre todo, después de vivir en este pueblo de mierda; lo sentiremos como un logro.

Carla me sonrió.

—Me alegro de que por fin te atrevas a luchar por tus sueños.

—Y yo... He pasado tanto tiempo con miedo a hacer las cosas por mi cuenta que espero que al menos resulte liberador.

—Te servirá para espabilar —bromeó.

—Aunque todavía no me han aceptado en el doble grado. Aún me veo contigo en Barcelona...

—Tampoco sería una mala idea. Sería una señal de que debemos estar juntas en todo momento.

—Bueno..., creo que podré soportar estar un par de meses sin verte. Porque iré a visitarte, ¿eh?

—¡Más te vale! Dicen que los catalanes están para mojar pan... A lo mejor cuando vengas para estar conmigo triunfas por partida doble.


Seguramente, por aquel entonces, Carla ya sabría las pocas posibilidades que tendría de enterarme de que ya había sido admitida. Pensar en ello sabiendo cada una de las circunstancias que me rodea hace que flipe todavía más. No sé cómo ha podido tener la sangre tan fría para mentirme en la cara durante tanto tiempo, sabiendo que se ha quedado con cada una de las oportunidades por las que tanto he luchado.

—Si te soy sincera, tampoco sé por qué te enfadas tanto. Al final no te ha ido tan mal aquí, ¿no? —me dice obligándome a volver a la realidad.

—Pero venir aquí debería haber sido una decisión mía, no tuya.

—¿Y tú crees que si no te hubiese ayudado tendrías a alguien como Ander comiendo de la palma de tu mano? —pregunta arqueando una ceja.

—No te atrevas a mencionarle. Y ni se te ocurra volver a decir que me has ayudado en algo. Solo me has hecho la vida más difícil. Y mucho menos justa.

—Es solo la verdad.

—Eres flipante.

—¿Es que se te olvida por qué le gustas a Ander? ¿Tanto te sorprende? Eres prácticamente una copia mía, pero una versión mucho más insegura y que encima se piensa que todo lo que está consiguiendo no se lo debe a nadie.

Espero que no acabe de decir lo que creo que acaba de decir. Una de las cosas que más llaman la atención de lo mucho que ha cambiado nuestra relación es que hay veces en las que Carla ha dejado de disimular todo el ego que tiene. Y, efectivamente, da por hecho que, sin ella, el mundo se vería de lo más oscuro, y, en mi caso, estaría completamente sola, sin saber qué hacer con mi puñetera vida.

—Pues si eso es así, quiero que tengas claro que todas las cosas que me diferencian de ti son de las que estoy más orgullosa. Porque, por desgracia, hay muchas actitudes de mierda que se han ido quedando conmigo a lo largo de los años al ser tú mi única compañía. Pero lo que más nos separa a la una de la otra es que sé darme cuenta de los errores que he cometido. Tú no.

—Yo sí sé reconocer mis errores. Eres tú la que no sabes perdonarlos.

—Y una mierda. Tú sigues tu vida como si no supieses el daño que causan tus «consejos de amiga por tu bien». Porque no fue solo la noche del vestido, ha sido cada maldito día en el que me he sentido juzgada, ¡POR UNA AMIGA!

—Estás muy equivocada —reprocha con rabia.

Sé que no se esperaba nada de lo que acabo de decir; para ella, lo lógico sería que se me hubiese pasado el cabreo en algún punto de la conversación para después arrepentirme por haberme alterado de esa manera con ella.

No había otra opción. No la creía posible.

Hasta ahora.

—Estoy bastante cansada de darle vueltas a todo esto —digo echándome hacia atrás todo el pelo que tengo en mitad de la cara y que está haciendo que me agobie más de la cuenta—. Creo que la mejor opción es que una de las dos se vaya lo antes posible.

—¿Cómo?

—Como lo oyes.

—¿Y cómo cojones quieres que busque piso a estas alturas de...?

—No me importa irme yo; de hecho, lo prefiero. Así me aseguro de que sea todo mucho más rápido y de que no se tuerce nada más —me encojo de hombros.

—No puedes hacerme esto, Olivia.

—Sí puedo, ya lo verás.

—Pero ¿y tus padres...?

—Ya veré qué parte de la historia les cuento. Pero seguro que cuando se enteren de todo lo que has hecho se alegrarán de que me haya alejado de ti.

—Recuerda que este maldito piso es lo que hemos soñado mil veces. Piénsate las cosas dos veces antes de liarla, Olivia. No hay marcha atrás.

—Ojalá. Porque, por el bien de ambas, espero no volver a cruzarme contigo nunca más.

—Espero que estés de coña.

—Lo mejor será que te vayas este finde a casa de David, para darme tiempo a recogerlo todo y a pensar qué hacer —digo sin hacerle caso.

Aunque estoy sonando bastante firme, no paro de temblar. Juraría que hasta tengo un tic en el párpado, de los nervios. Estoy cansada. Ya no solo emocionalmente, sino también físicamente. Quiero terminar esta conversación de una vez para sentir que he acabado con toda esta mierda por fin.

—No.

—¿Cómo que no?

—No voy a marcharme. Y tú no vas a irte.

—Eso ya lo veremos —la desafío cuando veo cómo intenta amenazarme.

—Te lo estoy diciendo en serio, Olivia.

—Mira, paso de seguir con esto, de verdad. Cualquier tipo de relación que hubiese entre nosotras se ha acabado.

Cojo mi bolso, cansada, y hago el amago de irme hacia mi habitación, dejando a Carla en mitad del salón, totalmente impactada.

A pesar de que parece que no todo ha terminado para ambas.

—Sin ti no puedo seguir adelante —dice volviendo a sollozar—, no seré capaz.

Estoy de espaldas y me quedo parada en la puerta de mi habitación al escucharla.

—Sé que he hecho cosas malas, muy malas, y me arrepentiré toda la vida, pero no puedes abandonarme ahora. Te lo pido por favor. Estoy pasando una racha horrible y no voy a poder seguir si tú no estás.

—Carla, déjalo estar, por favor —digo cerrando los ojos con fuerza, aún sin girarme.

—No puedo. ¡NO PUEDO!

Carla se lleva las manos a la cabeza y comienza a llorar. Oírla hace que me gire hacia ella, a pesar de que sigo estando en el mismo sitio que antes.

—Olivia, si cruzas esa puerta, no me haré responsable de lo que pueda pasar conmigo. Sin ti mi vida va a dejar de tener sentido y no me importará cometer alguna locura. Ya no me importa nada, solo tú.

Lo que acaba de decir me deja helada, pero no es la primera vez que deja caer que puede que se haga daño a ella misma si no hago lo que quiere. Y me rompe el corazón recordar que siempre he cedido por miedo a que llegase a pasar algo de verdad. Aunque no me culpo, solo estaba queriendo de corazón a una persona manipuladora y no supe verlo a tiempo.

—Si te sientes así, te recomiendo que pidas ayuda. Y no a mí, a alguien que sepa dártela. Porque no estás bien, Carla.

—Hay algo que falla dentro de mí —dice acercándose a mí y agarrándome las manos con fuerza. Creo que me está clavando las uñas, pero ahora mismo a ninguna de las dos nos importa—. Y por eso mismo no me puedes dejar a solas. Te lo suplico.

—No puedo hacer nada más por ti, Carla. Lo siento.

No puedo evitar que se me salten las lágrimas. Negarle

mi ayuda a alguien que ha estado junto a mí durante tantos años es casi como una traición, aunque tenga claro que solo me necesita para sentirse algo más estable. No puedo seguir ahí si eso significa hundirme con ella. Una amistad de verdad no debería ser así, por más que haya intentado engañarme todo este tiempo.

Cuanto antes lo asimile, antes seré capaz de seguir mi vida por mi cuenta, sin depender de nadie que me diga cómo ser, cómo sentir y cómo actuar.

—Olivia... —Llora mientras me tira del brazo hacia ella.

Eso hace que me salten todas las alarmas. No voy a dejar que vuelva a ponerme la mano encima.

—¿NO ME HAS ESCUCHADO? ¡NO! ¡BÚSCATE LA VIDA! —grito completamente superada, haciendo que se sorprenda y que me suelte al momento.

—¡No puedes dejarme así! —responde ofendida.

Me voy cabreada y, al alejarme, veo el marco que tenemos en el salón, con la foto de nuestro viaje a Sierra Nevada, en la que nos abrazamos hace años. Y, por primera vez, no siento ninguna pena de darme cuenta de cómo han cambiado las cosas. Porque sé que lo están haciendo para bien. Aunque duela al principio.

Justo antes de salir de la estancia, noto que Carla viene detrás de mí pisando con fuerza el suelo de madera del salón. No tengo tiempo de darme cuenta de lo que está a punto de pasar. Coge el marco que acabo de mirar y me lo clava con fuerza en la cabeza. Oigo un golpe seco y veo cómo empieza a caer sangre alrededor de mí, sin relacionarla en un primer momento con el golpe que acaba de propinarme.

Me giro desconcertada y miro a Carla. Está igual de sorprendida que yo, o incluso más, y empieza a temblar intentando decir algo que no termina de pronunciar. Un hilo de voz sale de mí cuando empiezo a marearme. El mundo a mi alrededor se desvanece mientras estoy cada vez más confundida. De fondo sigue sonando el móvil que había en la cocina. «Scared of my Guitar», de Olivia Rodrigo. El final de la canción es lo último que oigo con claridad.

Los ojos comienzan a nublárseme y todo empieza a volverse negro. Siento un fuerte zumbido en los oídos, que termina mezclándose con los latidos de mi corazón, que cada vez son más lentos.

Cuando siento que las piernas me pesan mucho más de lo que soy capaz de aguantar, intento aferrarme al mueble que tengo más cerca de mí, aunque termino resbalándome y desplomándome en el suelo. Solo veo un camino de sangre que llega hasta a mí y noto un eco que confundo con mi respiración.

Por delante de mí pasan todos los momentos que he vivido con ella. Me acuerdo del pueblo. De los mensajes que me manda mi abuelo cada día. De los días en Calella. De Joan bailando conmigo. De Laia cogiéndome la mano con fuerza para que sepa que nunca más me voy a sentir sola. De Ander fundiéndose con el atardecer mientras me sonríe. De mí misma dándome cuenta de que es la persona correcta y a la que recordaré hasta mi último aliento.

Siento que me desvanezco, como si dejase de existir.

Como si ya hubiese tenido esta sensación más de una vez.

Supongo que nadie te prepara para esto.

Pero ahora solo siento paz. Porque sé que todo ha acabado.

28

ANDER

Cierro como puedo la puerta del armario mientras intento subirme los pantalones. He estado a punto de caerme como cuatro veces en los últimos minutos por ir con tantas prisas, pero creo que ya he terminado de arreglarme. Cojo mi colonia favorita para ocasiones «especiales» y me baño en ella. Si alguien me estuviese viendo ahora mismo, se reiría de mí, pero supongo que cada uno tiene sus tácticas para triunfar.

Aunque no quiera reconocerlo, estoy bastante nervioso por volver a ver a Liv. Tengo ganas de contarle mil cosas y de que ella me cuente qué tal ha ido todo después de estas semanas. Parece mentira que nos hayamos tomado tan al pie de la letra nuestra promesa, pero tengo la sensación de que a partir de esta noche van a cambiar muchas cosas. Y ojalá sea para bien.

Aprovecho para hacer un par de asuntillos mientras espero a que llegue. Joan se ha empeñado en ser él quien quede con ella para autoproclamarse el cupido de nuestra relación (o lo que sea que haya entre nosotros) y está intentando irse del piso con Laia y Marc antes de que llegue Olivia. Otra cosa muy distinta es que lo consiga, pero confío en él y en su increíble capacidad de convicción.

Enciendo el ordenador para matar el tiempo y, al desbloquearlo, recuerdo que tengo un correo electrónico a medio escribir. Y no uno cualquiera.

Antes de marcharnos de Calella, Olivia me dio un contacto de la editorial en la que trabajó su abuelo, y me dijo que hablaría con él para que pudiese localizarme sin problema cuando le llegara mi mensaje. Ahora rezo para que no se le haya olvidado.

Mandar este email supone todo un desafío para mí. Es entregarle a un completo desconocido una gran parte de mi vida, unas páginas que durante tiempo no me he atrevido a compartir con nadie, y que ahora van a darse a conocer a cualquiera que quiera darme la oportunidad. Y no sé si estoy preparado, porque no puedo negar el miedo que me da hacerlo. Pero tengo que intentarlo por ese niño que creció sin el apoyo de nadie y que ahora mismo estaría llorando de la ilusión de pensar que alguien como Olivia ha confiado en él. Y, en el fondo, yo también lo estoy empezando a hacer, a pesar de que me surjan dudas nuevas cada vez que alguien o algo intenta hacerme creer que no valgo para esto.

Pero no voy a dejar que pase más tiempo por evitar que llegue el mío. Tengo que aprovechar esta oportunidad. Y sé que el libro está completamente acabado.

Reviso el correo de nuevo para comprobar que no me he equivocado con ningún dato y, antes de darle al botón de enviar, reviso que el documento que he adjuntado también es correcto. Sonrío cuando leo el título de este, por lo mucho que significa para mí.

—«Todos mis poemas...» —digo en voz alta justo cuando oigo que mi puerta se abre.

Le doy a enviar y bloqueo el ordenador al segundo pensando que es Olivia quien ha entrado sin avisar. No quiero que nuestra primera conversación sea sobre el libro. Pero me he equivocado por completo.

Joan entra en mi habitación con lágrimas en los ojos y de lo más alterado. Necesita unos segundos para articular palabra.

—¿Qué te pasa?

Joan niega con la cabeza y da vueltas sobre él mismo dentro de la habitación mientras suspira. Cuando vuelve a mirarme, se da cuenta de que me está poniendo bastante nervioso al no saber qué está pasando.

—Es Olivia.

—¿Olivia? ¿Qué pasa con Olivia? —pregunto sorprendido y cada vez más agobiado.

—Ha tenido un accidente.

—¡¿CÓMO?! —exclamo, levantándome de la silla del escritorio, y me acerco a él.

Inconscientemente, hago el amago de coger el móvil para llamarla cuando me doy cuenta de que lo más probable es que no obtenga respuesta.

—Solo sé que ha tenido un percance en casa y ha acabado en urgencias.

Escucharle hace que me paralice por completo. Liv está en el hospital. La persona que se suponía que estaba a punto de llegar a mi piso para cenar con ella. Para volver a verla después de este tiempo. Necesito apoyarme en la silla debido al fuerte pinchazo que siento en el estómago.

—¿Te ha llamado? —pregunto intentando buscar alguna respuesta a lo que ha pasado.

—No. He sido yo quien lo ha hecho para preguntarle cómo iba. Después de saltarme el buzón unas veinte veces, me ha contestado Carla.

—¿Carla?

—Sí. Estaba supernerviosa y solo ha sido capaz de decirme en qué hospital se encontraba. Después ha colgado.

—No me lo puedo creer.

—Me da muy mala espina, Ander —confiesa preocupado, mordiéndose el labio inferior—. Olivia se ha enterado justo hoy de que Carla fue la culpable de que no se fuera a Madrid a estudiar e iba a echárselo en cara justo cuando llegara a su apartamento. Y me acojona no saber cómo ha podido llegar a tomárselo.

Me deja sin palabras. En otras circunstancias, diría que Joan exagera y que los nervios están superándole. Pero, dados los antecedentes de Carla en la relación que mantenían ambas, puedo esperármelo todo. Y más sabiendo que Olivia ahora tendría motivos más que suficientes para terminar de odiarla.

No puedo dejarla ni un segundo más a solas con ella.

En cuanto salimos del portal, le lanzo a Marc las llaves de mi coche, ya que Laia me ha prohibido que conduzca para evitar que nos estrellemos antes de llegar al hospital. Y menos mal que lo ha hecho.

Durante el trayecto no puedo dejar quieta la pierna izquierda debido a la gran cantidad de estímulos que siento ahora mismo, y me pellizco los dedos para intentar tranquilizarme. Joan les cuenta un poco más a fondo lo sucedido a

Marc y a Laia, que se han venido sin saber ningún tipo de detalle. Nosotros tampoco tenemos mucha más información. Y, mientras este va hablando, yo me fijo en cada semáforo rojo con el que nos encontramos. Cuento los segundos restantes para acelerar de nuevo e intento sumergirme en la conversación.

Todavía no tengo claro qué debemos de hacer en cuanto lleguemos. Ninguno tiene posibilidad de contactar con Carla, y Joan ha dejado bastante claro que no va a volver a cogerlo si llamamos al teléfono de Olivia, que parece estar apagado desde que hablaron.

Marc nos deja en el exterior del edificio y entramos por la puerta de urgencias. Al principio parece que nos dividimos los tres, dando vueltas sin sentido mientras intentamos encontrar a alguien que pueda ayudarnos a encontrar a Olivia, y vemos a nuestra izquierda una especie de recepción.

Al aproximarnos, un señor se acerca a la ventanilla que le separa de nosotros. Supongo que también nos ha visto bastante preocupados.

—Perdone, estamos buscando a una chica que han dejado en urgencias hace alrededor de hora y media. Se llama Olivia... Torres —dice Joan.

—¿Alguno de ustedes es familiar? —pregunta el señor sin levantar la mirada del ordenador.

—No. Somos sus amigos. No tiene ningún familiar en la ciudad —responde Marc nervioso.

—Como comprenderán, solo con un nombre y un apellido no voy a poder ayudarles como me gustaría...

Sabiendo de sobra que no van a ponérnoslo fácil, me alejo saturado de la recepción y me llevo las manos a la cabeza, intentando pensar con claridad.

Y, entonces, la veo.

Carla está sentada al lado de un chico más o menos de mi edad, que le agarra el muslo mientras ella luce nerviosa, mirando a todos lados. Parece ser su pareja. Y aunque ella no me ha visto a mí todavía, yo no puedo apartar la mirada de su cara.

—Ahí está —pronuncio en voz alta, haciendo que los demás se giren cuando yo ya estoy dirigiéndome a ella para obtener respuestas.

—¿Qué cojones ha pasado? —la sorprendo al llegar a su lado.

Carla se levanta de un salto y su acompañante la sigue y me mira bastante extrañado.

—Puedo explicarlo... —dice levantando las manos y echándose un poco hacia atrás.

—¡¿Qué le has hecho?!

—Ha sido sin querer, te juro que no quería hacerlo —comienza a llorar mientras se echa el pelo hacia atrás, bastante frustrada.

—¡¿QUÉ LE HAS HECHO?! —levanto la voz y todas las personas que se encuentran en la sala de espera se vuelven hacia nosotros.

—Cálmate —me dice el tío que va con ella.

—No sé quién cojones eres, pero estoy seguro de que no te ha contado las putadas que le ha hecho a su «mejor amiga». Eres una desgraciada.

—¿Yo?

—¿Es que te sorprende?

—Está así de abrumada desde que estás en su vida. Se ha obsesionado con ponerlo todo patas arriba por la mierda que le habrás metido en la cabeza —dice mirándome con rabia—. No eres bueno para ella, Ander.

—Yo no soy quien la ha mandado a urgencias.

—¡ESTABA MUY ALTERADA! ¡NO PARABA DE ECHARME COSAS EN CARA QUE ESTABAN COMPLETAMENTE SACADAS DE CONTEXTO! —exclama, haciendo que absolutamente todos los ojos de la sala estén pendientes de nosotros.

—¿Y qué le has hecho?

—No quería que se marchase de mi lado, solo eso, y le he dado un golpe sin querer...

—¿Sin querer? ¿Estás de coña? —digo agresivo, con ganas de abalanzarme sobre ella, aunque me mantengo en el sitio.

—Así que has intentado cargártela cuando has visto que no ibas a poder manipularla otra vez más... —le echa en cara Marc.

—No quería hacerle daño —dice secándose las lágrimas—. Pero ha sido imposible hablar con ella, no da su brazo a torcer. Por vuestra culpa.

—Y bien que ha hecho —dice Laia, que parecía estar sumergida en su móvil hasta ahora.

Esta chica siempre va a sorprenderme.

—Vas a arrepentirte de todo esto.

—Le vas a joder la vida.

—Va a ser difícil después de haberte conocido a ti —afirmo firmemente, sin mostrar ningún tipo de pena.

Si algo he aprendido de las personas como Carla es que

van a intentar hacerte creer a toda costa que tienes la culpa de lo malo que pase. Aunque estén en un momento delicado. Siempre serás tú el responsable de que las cosas salgan mal, porque no son capaces de reconocer que las cosas se les han ido de las manos.

—Te vas a acordar toda la vida de lo que ha pasado —le dice Joan, apuntándole con el dedo.

—Cuidado con las amenazas. Esperad a que salga vuestra amiga y dejad la fiesta en paz.

—¿Y tú eres? —pregunta Joan cabreado.

—No te atrevas a vacilarme.

—¿Quién está amenazando ahora? —le dice Marc, que parece estar a punto de iniciar una pelea en mitad del hospital.

De hecho, un par de seguratas se acercan a nosotros para comprobar que está todo bien y nos piden que bajemos la voz. Teniendo en cuenta cómo es la novia de este tío, no me hace falta comprobar lo imbécil que debe llegar a ser, así que separo a Marc unos metros de distancia de los dos, por lo que pueda llegar a pasar.

—Carla, ¿podemos hablar un segundo? A solas —digo mirando de reojo a su acompañante, que se pone como una furia al escucharme.

—¿Te quieres ligar a la mía también o cómo va la cosa contigo?

—Solo te lo voy a pedir una vez.

Hago oídos sordos a la gilipollez que acabo de escuchar.

A pesar de que su novio resopla, Carla se separa de los demás unos metros y la sigo.

—Mira, estoy seguro de que estás pasando por algo grave, se ve a simple vista. Pero tienes que dejar a Olivia en paz para que pueda seguir su propio camino sin ti. Es lo que se merece.

—No lo entiendes. Lo que nos hacía fuertes era estar juntas, hasta que llegó aquí, hasta que os conoció.

Vuelve a secarse las lágrimas mientras habla con rabia.

Lo que más me sorprende es ver la clara disociación que siente cuando habla de su relación con ella. En el fondo parece creer que ella lo ha hecho todo lo mejor posible y no se da cuenta de lo muy equivocada que está.

—Nadie os ha separado. Has sido tú misma y todo lo que le has hecho durante estos años. Y no sé si te guardará algún tipo de rencor por esto, pero debes buscar ayuda para solucionar lo que te ha llevado a hacerlo.

—Porque, si no, seré yo misma quien se encargue —dice Laia, que acaba de acercarse a nosotros.

Sigue con el móvil en la mano. Y en ese momento me doy cuenta de que lleva un rato buscando la solución que necesitábamos desde hace tiempo y que no se le ha ocurrido a ninguno.

Me fijo en cómo pasan por la entrada un par de agentes de policía, que se encaminan hacia nosotros cuando Laia les levanta la mano. Eso hace que mire directamente a Carla, que empieza temblar al entender enseguida lo que está a punto de pasar.

—¿Qué has hecho? —pregunta a Laia confundida.

—Algo que debería haber hecho hace tiempo —responde dirigiendo su mirada a los agentes que acaban de llegar a nosotros—. Es ella.

—¿Es usted Carla? —pregunta uno de ellos.

Carla no responde. Nos mira a todos con los ojos llenos de lágrimas sin saber qué decir. Siento que estaba completamente convencida de que la situación nunca iba a cambiar, a menos que ella lo quisiese así.

—Sí...

—Tiene que acompañarnos a comisaría. Y, mientras tanto, debe de saber que tiene derecho a guardar silencio hasta que lleguemos, y a un abogado. Si no tiene, se le proporcionará uno —dice casi automáticamente mientras le da la vuelta para esposarla.

Carla no parece poner ningún tipo de impedimento a que lo haga. Está paralizada.

No sé si sentirá culpa en algún momento, si recordará este día o si seguirá pensando en lo injusta que fue la vida con ella.

Solo estoy pensando en la persona a la que llevo semanas sin ver y que ahora lucha por seguir adelante.

Ojalá podamos tener esa cena pendiente.

Esa cena en la que pueda sincerarme de una vez.

29

OLIVIA

Abro los ojos y me imagino mirando mi sábana de cuadros hasta que visualizo la cama del hospital. Oigo música de fondo que parece salir de una radio y que me ayuda a darme cuenta de lo aturdida que estoy. Intento mover las piernas y los brazos, pero me supone todo un esfuerzo y me doy por vencida; intento volver a dormirme sin que me importen todos los elementos de mi alrededor que no pertenecen a mi día a día.

Hasta que me doy cuenta de la luz que tiene la habitación y de que la última vez que fui consciente del momento del día en el que me encontraba se estaba haciendo de noche. Eso hace que me espabile en un instante.

—¿Qué ha pasado? —pregunto lentamente al oír a alguien hablar a escasos metros de mí.

Laia y Joan, al notarlo, se levantan sorprendidos de un par de sillones que están al lado de la puerta. Se acercan a mi cama.

—Joder, qué susto nos has dado.

—Pensaba que se me iba a quedar el culo cuadrado de pasar tantas horas sentada aquí —se queja Laia.

—Buenos días a ti también —digo vagamente mientras

sonrío a la vez, pensando en lo bien que estaría si me volviese a dormir. Hasta que, cuando me acuesto de lado, veo que hay un par de ramos de flores al lado de la ventana, lo que hace que me altere por completo al acordarme de lo que pasó la última vez que fui consciente de mí misma.

—¿Cuánto tiempo llevo aquí?

—Toda la noche. La doctora pensó que debías descansar para comprobar mientras tanto que no tenías ninguna lesión gorda.

—¿Lesión? Pero ¿qué me ha pasado?

—¿No te acuerdas de lo que te ocurrió anoche con Carla?

Cuando Joan me pregunta, revivo todo lo que sucedió hace apenas unas horas. Se me ponen los pelos de punta con solo recordarlo. Cada grito y cada excusa que no sirvieron para absolutamente nada hasta que vi que la vida se me iba entre las manos. Ahora lo siento todo como algo surrealista y que me rompe el corazón.

—Joder... Joder, joder, joder.

Ahora que me fijo, siento un dolor punzante en la cabeza. Intento hacer el amago de tocarme la zona, pero algo me dice que mejor me estoy quieta, por lo que pueda doler.

También recuerdo el marco roto en el suelo. Y una foto que pretendía ser para toda la vida terminó ensangrentada a mi lado.

—Tranquila, ha acabado todo —dice Joan, acariciándome el brazo—. Carla no va a volver.

—¿Cómo estás tan seguro?

—Teniendo en cuenta que por poco te mata, algo me dice que como mínimo tendrá una orden de alejamiento.

—¿La habéis visto?

—Sí. Pero ya no está aquí. Incluso Ander se encargó de recomendarle que buscara ayuda en vez de liarse a ostias con el imbécil de su novio. Está todo controlado.

¿Ander ha estado aquí? ¿Ha hablado con Carla? ¡¿Y con David?! Lo que me faltaba por escuchar.

—¿Dónde está?

—¿Ander?

—Sí.

—Le mandé a casa. Ha estado toda la noche sin pegar ojo y le he convencido para que descansase un rato. Llevaba noches sin dormir mucho y la de hoy seguro que le ha rematado —dice Laia dirigiéndose hacia la ventana donde se encuentran las flores—. El ramo de la nota es de él. Es todo un romántico.

Sonrío al pensar en él; tengo ganas de levantarme para leer la carta. También recuerdo que anoche debería haber ido a su piso para cenar con él. Seguro que pensó que le había dado plantón al no aparecer por allí. Y encima después hice que se quedara aquí durante toda la noche.

—Por cierto, he llamado a tus padres. Menos mal que me sé la contraseña de tu móvil. Querían venir lo antes posible, pero los he convencido de que te darían el alta en unas horas y de que estaba todo controlado.

—Menos mal. Iban a venir desde Málaga e iban a perder días del negocio familiar.

—Por eso mismo. Sé lo preocupados que deben de estar, así que les he prometido que ibas a llamarlos en cuanto estuvieses lo bastante bien como para hacerlo.

—Sí, mejor que los llame antes de que les dé un ataque —digo mientras veo que los dos se alejan para salir de la habitación y darme así un espacio—. No tengo nada chungo, ¿verdad?

—Unos cuantos puntos en la herida de la cabeza, pero no, nada más. Ha sido inútil hasta para… —comienza a asegurar Laia hasta que se da cuenta de la barbaridad que está a punto de decir—. Bueno, mejor te dejamos sola, ahora venimos.

Joan suspira aliviado al ver que su amiga no se ha ido de la lengua y le acompaña fuera.

Me levanto y me siento en la cama mientras llamo a mis padres. Cuando me cogen el teléfono, me hacen prometer que está todo controlado y que bajaré a Málaga durante unos días en cuanto solucione todo el tema del piso. Me duele hablar de Carla como la persona que es, en lugar del modo en el que llevo años mintiéndole a mi madre. Por más que siempre tengan la corazonada cuando una amiga no es de fiar, mi relación con ella era de muchos años. Y supongo que ella también se dejó engañar por el cariño que le tenía yo a ella. No la culpo en absoluto.

Al colgar, aprovecho la intimidad y me acerco a las flores que hay apoyadas en la ventana, disfrutando de los rayos de sol de la mañana. Hay tres ramos, uno que han encargado Laia, Joan y Marc; uno de parte de mi abuelo, y otro de tulipanes que lleva anudado un sobre en el que pone mi nombre. Es el de Ander. ¿Cómo narices sabe que son mis flores favoritas?

Cuando lo abro, me encuentro con una pequeña nota:

*Aunque siempre se me ha dado mejor*
*expresarme a través de las letras,*

*tengo tantas cosas que decirte que
no sé por dónde empezar.*

*Pero ahora sé de sobra que eres la luz
que faltaba en mí desde hace tiempo.*

Se me escapa una pequeña lágrima cuando lo leo. No por lo que hay escrito, sino por las muchas ganas que tengo de verle. De decirle lo segura que me siento después de todo lo que ha pasado. Gracias a que él ha estado ahí, gracias a que le he sentido cerca incluso cuando pensaba que ese iba a ser mi último recuerdo.

Horas más tarde salgo del hospital con Laia y Joan. Ander está esperándonos con el coche y, cuando nos ve salir del edificio, se baja para ir corriendo hacia mí y darme un abrazo.
—Gracias por venir.
—Me tenías acojonado, Liv —dice algo tenso, sin dejar de rodearme con sus brazos.
—Tranquilo, estoy bien. Ojalá se haya quedado todo en un susto.
—Eso te lo aseguro.
—¿Estará en casa? —pregunto cuando me doy cuenta de que lo más probable es que me la encuentre si vuelvo al piso.

Y, aunque parezca mentira, no me da miedo pensar en ello. Sé que no puede hacerme daño. O, por lo menos, no más del que ya me ha hecho. Pero, aun así, creo que las cosas serán mucho más fáciles si no volvemos a vernos.

—No creo. Pero, por si acaso, está haciendo las maletas para irse, lo mejor es que ahora no aparezcas por allí. Y bloquéala antes de que quiera volver a escribirte.

—Contacto cero —añade Laia de lo más contundente a lo que Joan acaba de decir.

—Vale...

—Puedes venirte a casa unos días. Hasta que se calmen un poco las cosas —me propone Ander.

—No puede. Tiene que hacerlo. Que la tía ha estado tres semanas pasando de nosotros y no se lo voy a volver a permitir.

—Entendidooooo.

—Me alegro de que estés bien —dice Ander.

Había imaginado que la cita de anoche sería completamente diferente a lo que terminó siendo, pero por lo menos he acabado viéndole, aunque haya sido en circunstancias que nunca hubiese pensado.

—Te debo una cena.

—Creo que podrás compensármelo.

Me dedica una mirada pícara que me deja impaciente, pensando qué plan se le estará ocurriendo.

Después de comer volvimos a coger el coche, esta vez los dos solos. Joan me ha pedido que deje que se encargue de ir a mi piso para coger todo lo que pueda hacerme falta estos días, mientras yo paso la tarde fuera. Aunque me ha costado, al final he terminado cediendo y dejando que vaya él por mí.

Cuando nos quedamos a solas, nos cuesta saber qué decir. Por dónde empezar. Ha pasado un tiempo en el que no nos hemos visto y supongo que ambos tenemos mucho que preguntar.

—¿Qué tal en la uni? —dice Ander con una pequeña sonrisa, manteniendo los ojos en la carretera.

Me sonrojo cuando me fijo en la manera en la que agarra el volante y me pongo mucho más roja al darme cuenta de que casi se me corta la respiración al hacerlo.

A pesar de que no me ha mirado, creo que se ha percatado de que estoy algo nerviosa. Pero no me importa. En el coche suena una de las *playlists* que hicimos entre todos cuando estuvimos en Calella. La llamamos «En una calita» y guardamos canciones de todo tipo. Cada una de ellas conseguía darme una paz distinta y ahora me recuerda a aquellos días.

—Bien. Joan me ha prometido que va a dejar de faltar. O, por lo menos, no lo va a hacer tanto como durante estas últimas semanas.

—Sí... Se enteró de que Marc está planteándose mudarse en septiembre y le dio un poco de bajona.

—¿Perdona?

—Sí. Todavía lo está pensando. Cree que irse de Erasmus un año le vendrá bien para aclararse. Y yo también lo creo, si te soy sincero.

—Joan no me había dicho nada, le voy a matar.

—Todavía no se ha decidido, así que mejor nos esperamos todos para ver cómo se desarrollan los acontecimientos.

Para ser alguien que hace unos meses no tenía ninguna fe en el destino, ahora confía bastante en él.

Aparca cuando creo que no le quedan más vueltas por dar a la montaña. Al salir, me encuentro con un pequeño descampado que, a pesar de que está completamente vacío, tiene vistas de toda la ciudad debido a la gran altura en la que nos encontramos.

Se va notando cómo cae el sol. Lo que parecían destellos dorados que se colaban tras los cristales del coche hacía apenas unos minutos se está convirtiendo en un cielo teñido de rosa.

—¿Por qué me has traído aquí? —pregunto mientras me siento en mitad de la hierba, cerca de unas rocas que limitan la zona superior de la montaña.

El lugar hace que me agache con respeto por si termino resbalándome. Ander sigue de pie. Por algún motivo, parece que le está costando un poco más hacerlo.

—No sé si te acordarás, pero aquel día en el micro abierto te confesé que me daban mucho miedo las alturas.

Joder, es verdad. Ya entiendo por qué incluso se ha agarrado a mí para poder sentarse.

—¿No dijiste que simplemente no te hacía mucha gracia?

—No fuiste la única que bebió esa noche. No te lo tienes que tomar todo tan al pie de la letra, Liv —dice riéndose, y a la vez algo avergonzado.

—¿Y por qué me has traído a un sitio que te da miedo?

—Porque... han cambiado muchas cosas en estos últimos meses.

—Sí...

—Hasta ahora no me había imaginado superando ningún miedo. Te juro que pensaba que iba a seguir con mi vida esperando a acostumbrarme a no tener todas las cosas con las que soñaba y a aguantar las que me hacían daño día tras día. Pero supongo que estaba bastante equivocado. Porque estoy aquí.

—Con miedo, pero haciéndolo igualmente —digo agarrándole la mano con fuerza.

Y cuando me doy cuenta de que lo estoy haciendo, se me ponen los pelos de punta.

—Exacto. Y eres tú la que me ha ayudado a comprenderlo.

—No creo que yo sea el mejor ejemplo de superación...

—Ese es el problema, que no te lo llegas a creer. Y no todo el mundo es capaz de salir de lo que has vivido. Me alegro de que, aun con todo lo que has pasado, te hayas encontrado a ti misma e incluso hayas ayudado a la gente que quieres a que ellos también lo hagan.

—¿Tú crees?

A pesar de que las palabras de Ander parecen de lo más sinceras, me cuesta digerirlas. Hasta no hace mucho, he sido una persona a quien siempre han tenido que ayudar porque no era capaz de hacer las cosas por sí misma, porque siempre me podía el miedo. O de eso mismo me han convencido.

—Sí. Y no solo a mí. Laia ha cambiado en muchos aspectos desde que te conoce, y algo me dice que se ha reconciliado con su yo adolescente, que la tenía bastante tensa.

—Creo que seguirá tensa toda la vida. Pero la quiero así —bromeo.

—Hay cosas que no vamos a poder cambiar. Y Joan y Marc también han empezado a descubrirse a ellos mismos. A no callar lo que sienten; aunque algunas cosas siguen en el aire, todo está yendo a mejor y lo seguirá haciendo.

Ander suspira mientras mira cómo el sol se va escondiendo entre los edificios. Cada vez está todo más oscuro. Pero, por primera vez después de varios días de lluvia, el cielo se tiñe de cien tonalidades distintas.

—Aun así, me da miedo no saber si yo lo he conseguido del todo. No quiero que el recuerdo de Carla se quede conmigo para siempre y sé que va a ser imposible deshacerme de ella—confieso con los ojos humedecidos.

—Una parte de lo que habéis vivido se quedará ahí, pero solo para recordarte adónde no debes volver y para hacerte ver lo bonito que es que te quieran de verdad.

—Eso no me lo hizo ver ella, me lo has enseñado tú —me sincero, sonriendo como no lo había hecho antes.

—Da igual quién te lo haya enseñado. Lo importante es que te mereces a gente que te valore tal y como eres. Este es tu nuevo comienzo. Porque todos nos merecemos empezar otra vez.

—Y quiero que este sea contigo a mi lado.

—Después de traerte aquí, con el acojone que me da, no esperaba menos —dice divertido mientras se fija en las vistas.

Nuestras manos siguen unidas. Y, casi sin quererlo, ahora nuestras miradas también. Creo que no hacen falta más palabras para demostrar que somos el final perfecto para unas historias llenas de borrones, de páginas en blanco y arrugadas por las tormentas a las que nos hemos enfrentado. Ahora todo es muy distinto.

Justo cuando estoy a punto de decidirme a besarle, Ander se me adelanta y se acerca a mí, posando una mano en mi mandíbula y rodeándome con la otra. Creo que se reiría de mí si le confesase lo mucho que he esperado este momento, y no solo por las ganas que tenía de volverle a besarle, sino porque me hace sentir única en el mundo y me recuerda que siempre habrá un lugar para mí junto a él.

Nos besamos sin miedo a que oscurezca, sabiendo que comenzará a hacer frío y que nos costará volver andando hasta el coche. No nos importa descubrir qué hay al final del mar, porque ahora solo nos preocupa lo que está en la orilla. Lo que nos acompaña en cada atardecer y que nos hace seguir caminando.

No sé cuánto rato pasamos allí arriba, solo recuerdo todo lo que sentí mientras nos besábamos, un momento tan esperado que deseaba que fuese para siempre.

Ahora cierra la puerta del piso lo más despacio posible y nos guiamos por el pasillo con la linterna del móvil de Ander para no molestar si alguien está durmiendo. Me río al vernos en tal situación, como si estuviésemos volviendo de fiesta completamente pedo.

Entramos en su habitación y me besa en cuanto cierra la puerta. Le miro a los ojos y no siento más que electricidad. Aunque me cueste creerlo, estoy segura de que él también deseaba que llegase este momento, de que pudiésemos ser solo él y yo.

—Si sigues mirándome así, me va a dar un infarto —me sincero, nerviosa, y vuelvo a besarle.

El reflejo de sus ojos es de las pocas cosas que puedo ver gracias a la tenue luz que desprenden las farolas de la calle, que termina colándose por la ventana de la habitación.

—Entonces mejor no te digo lo que estoy pensando... —Se ríe y me empuja hasta su armario.

Yo aprieto su cuerpo contra el mío para poder seguir acariciándole. Él se ríe de nuevo y me doy cuenta de lo mucho que le estoy tirando de la camiseta, aunque parece que no nos importa a ninguno cuando se la quita. Y yo le sigo.

—¿Te acuerdas de esa noche en mi portal?

—¿Sí?

—Me quedé con ganas de esto —digo entreabriendo los labios para después volver a besarle.

—¿Eso significa que estás lista? —pregunta Ander, apartándome un segundo de él mientras sonríe—. Sé que es la primera vez y quiero que disfrutes del momento.

—Lo estoy. De esto y de todo lo que tenga que ver contigo.

—No sabes las ganas que tenía de escucharte decir eso.

Sabe que estoy completamente segura. Lo veo en sus ojos.

—¿Tú lo estás? —pregunto.

—A tu lado siempre lo estoy.

Volvemos a besarnos. Apoyo las manos en su vientre y le acaricio los abdominales. Él va bajando por mi cuello, besándome, y eso hace que me encienda al momento. Creo que se da cuenta cuando me agarra de las piernas para cogerme en brazos y camina hacia atrás hasta que ambos nos dejamos caer en su cama. Enredo los dedos entre los mechones de su pelo, despeinándolo cada vez más. Nuestros cuerpos se rozan hasta el punto de querer explotar, y se aparta un segundo de mí para observarme. Me fijo en el brazo que tiene apoyado sobre la cama para no caerse encima de mí y en cada uno de sus músculos. Ni en mis mejores sueños podría imaginar que alguien sería capaz de ponerme tanto. Después de lamerme el cuello hasta llegar a la clavícula, decide seguir bajando y yo le guío acariciándole la cabeza. Recorre mi pecho y me retuerzo de gusto cuando lo hace. Solo se oyen nuestras voces ahogadas, que parecen querer convertirse en una sola. Termina lamiéndome el vientre para posarse entre mis piernas. Y yo sigo acariciándole, a punto de explotar, con el corazón a mil por hora. Él se da cuenta de lo mucho que estoy disfrutándolo; oigo una pequeña risa desde abajo y vuelve a encontrarse con mis labios para besarme con fuerza. Terminamos de desnudarnos. Cuando me separo de él soy incapaz de aguantarme las ganas de hacerle disfrutar, de lamerle el torso hasta hacerle reír, de sentir que nuestros cuerpos conectan a la perfección. Y sigo besando cada parte de su anatomía hasta que sus manos rodean mi cabeza. Y los dos seguimos suspirando al sentir cómo nos convertimos en fuego.

Noto que desliza el brazo para abrir un cajoncito de su mesita de noche, del que saca un preservativo. Sonrío debido a que me viene a la mente el paquete que compré ayer por la mañana; siguen dentro de mi bolso, por si nuestra cena se alargaba más de la cuenta. Seguimos besándonos hasta que nos escondemos entre las sábanas. Y nos seguimos tocando. Nos conocemos un poco más. De una manera en la que pensaba que nunca iba a querer conocerme nadie. Me agito y siento las yemas de sus dedos recorriendo mi cuerpo. Hasta que lo tengo dentro de mí. Sudamos. Nos sentimos. Le hago saber lo muy segura que me siento a su lado. Que formamos parte del otro. Bailamos un vals que no queremos que acabe. Ni esta noche ni nunca. Compartimos el mismo aire. El mismo aliento. Disfrutamos de un momento que nos acompañará siempre.

Sabiendo que lo que nos une nos convertirá en algo eterno.

## 30

## ANDER

Ha estado lloviendo toda la noche. No recuerdo cuándo nos fuimos a dormir. Hemos estado hablando sobre todos esos temas que tenemos pendientes y también nos hemos besado. Muchas veces. También hemos hecho otras cosas. Sonrío con solo recrearlo en mi cabeza.

Ahora analizo su rostro, que se encuentra a escasos metros de mí. Podría ponerme a contarle las pecas, pero me quedo embobado con el brillo de su pelo. Con sus manos, que siguen acariciando la almohada, e incluso tengo ganas de volver a besar su clavícula, tapada por una camiseta que me robó de madrugada y que ahora lleva puesta.

Me levanto de la cama intentando hacer el mínimo ruido, para no despertarla, y voy hasta la cocina para no morir de sed.

—Buenos días —dice Marc haciendo que dé un pequeño salto y que esté a punto de chillar.

—¡Joder! Avisa antes de entrar, casi me matas del susto —susurro para no despertar a nadie más.

—Lo he hecho —dice, y se encoge de hombros.

—Buenos días a ti también.

Me aparto de la puerta y voy hasta la cafetera para empezar a hacer el desayuno. Marc, como no podría ser de otra manera, me acompaña hasta el mismo punto de la habitación.

—Muy entretenida la noche, ¿no?

Me giro hacia él y me sonrojo en un segundo.

—No me digas que nos oíste.

—Me da que no has leído el chat del piso —dice sacándose el móvil del pantalón del pijama y enseñándome una conversación llena de emoticonos de fueguitos. Por mi bien, he optado por no leer ningún mensaje en especial—. Estuvimos comentando las jugadas maestras por el grupo. Cada vez que se escuchaba un gemido, sumabais un punto.

—La madre que os parió.

Me tapo la cara con las manos mientras me río.

—Tranquilo, que ganasteis por goleada. Y eso que horas más tarde se sumó algún que otro contrincante más —dice Laia, que acaba de entrar a la cocina.

—¡¿Con quién te has acostado?!

—¿Yo? —pregunta con una sonrisa de lo más irónica.

Al oírla, me doy cuenta de que no se refiere a ella misma. Y me giro rápidamente, sorprendido, hacia Marc.

—¿TÚ?

—Y dile quién ha sido tu compañero de habitación.

—¡No se te puede contar nada!

—¿JOAN?

—¡Bingo!

—Qué vergüenza.

—Tranquilo, vosotros fuisteis más silenciosos. Pero las paredes son muy finas...

—Pero ¡¿qué ha pasado?!

—Shh, que le vas a despertar. Digamos que se nos ha ido un poco de las manos.

Marc se encoge de hombros, con una sonrisa tímida.

Sin pensarlo dos veces, me siento con él en las dos sillas que tenemos en la cocina y le obligo a contarme todo lo que ha sucedido para que hayan terminado pasando la noche juntos. Después del accidente de Liv y el encontronazo de Marc con el novio de Carla para defender a Joan, terminaron quedándose a solas y aprovechó para tranquilizarle, pues seguía bastante nervioso por todo lo que había pasado. Estuvieron durante horas hablando sobre lo mucho que sentían el uno por el otro y lo complicado que estaba siendo para Marc asimilar todo su proceso. Según él, «sin saber cómo», terminaron besándose. A pesar de que decidieron que la mejor manera de tenerse el uno al otro y empezar a construir algo más íntimo sería ir poco a poco, acabaron en la cama de Joan anoche tras no haberse dirigido la palabra durante todo el día. En resumen, no podían matar las ganas que se tenían. Por más que Marc estuviese hecho un lío, era algo que no podían evitar. Y, por primera vez, se dejaron llevar.

—Por primera vez has pensado con todas las partes de tu cuerpo, enhorabuena. Es la mejor combinación.

—Aun así, no he cambiado mi opinión de querer irme a vivir fuera. Espero de corazón que podamos seguir con lo que sea que tengamos para entonces.

—Estoy seguro de ello. Encontraréis la manera de encontraros.

—Justo eso me dijo ayer mientras...

—No hace falta que sigas. —Me río, y me levanto para terminar de preparar el desayuno que he dejado a medias.

Marc presta atención a lo que estoy haciendo. Tengo listas dos tazas de café con leche y ahora estoy untando mermelada en unas cuantas rebanadas de pan. Vi que en Calella siempre merendaba o desayunaba tostadas así, por lo que estoy seguro de que le va a hacer ilusión.

—¿Es para Olivia? —pregunta dándome un pequeño codazo, el muy gracioso.

—Sí, algo me dice que lo va a necesitar. Por cierto, haced el favor y actuad como si no hubieseis oído nada... ¿Entendido?

—Entendido. —Vuelve a reír.

—Sois unos pervertidos.

—Solo nos aburríamos.

—Creo que estuviste bastante ocupado.

—Una noche más así y Laia nos echa a todos del piso.

Pongo los ojos en blanco sabiendo que tiene toda la razón mientras sonrío y le dejo en la cocina para ir a ver si Liv se ha despegado ya del colchón.

Entro en la habitación y, al cerrar la puerta, ella empieza a estirarse de mil formas distintas.

—Buenos días.

—Buenos días —dice tímida mientras se rasca un ojo para intentar espabilarse.

Cuando se fija en lo que llevo en una pequeña bandeja que dejo sobre el escritorio, se le dibuja una tremenda sonrisa en el rostro.

—¿Y esto para quién es?

—Para quien se ha adueñado de mi cama. Aunque Marc se ha quedado con ganas de que fuese para él.

—Bueno, podría compartirlas con él. O también contigo —me dice justo antes de besarme, aprovechando que me he sentado en la cama con las dos tazas de café, para acercarle la suya—. Gracias.

—¿Qué tal has dormido?

Da vueltas con la cuchara y aprovecha para beber un sorbo. Me parece que le gusta.

—De puta madre. Creo que sigo soñando.

—Y yo.

—Lo de anoche estuvo bien —digo algo nervioso, esperando que ella sienta lo mismo que yo.

—Fue... perfecto.

Escuchar a Olivia decir eso parece una utopía, verla en mi cama acostada, vestida solo con una camiseta mía y recordando la manera en la que intimamos anoche.

Me podría quedar así para siempre.

Me acerco y el doy un beso lento. Ella me acaricia la espalda descubierta y yo meto la mano por debajo de la camiseta para hacer lo mismo. Nos miramos y sonreímos.

—¿Cómo tienes la herida? —digo refiriéndome a los puntos que le dieron en la cabeza.

—Duele, pero he estado bastante distraída, así que, si te soy sincera, no le he prestado mucha importancia.

—De nada, supongo. —Me río encogiéndome de hombros.

—Tonto.

—Quiero enseñarte algo —digo separándome de ella, cortando la tensión que nos envuelve.

Creo que es el momento perfecto para hacerlo. Nunca me había sentido tan seguro como ahora.

Me levanto y cojo una libreta que está medio escondida debajo de una montaña de libros. Cuando la tengo en las manos, acaricio la cubierta y sonrío, sabiendo lo que significa que le dé esto a Liv.

Cuando lo hago, parece no entender muy bien de qué se trata, aunque no tarda mucho en descubrirlo.

El día en que paseamos entre los pocos puestos que había en Calella, Liv se fijó en una libreta que tenía serigrafiada en la portada una frase de Van Gogh: «*I feel that there is nothing more truly artistic than to love people*». Cuando vi de quién era aquella frase, tuve la necesidad de hacerme con ella. Algo me dijo que sería relevante para mí. Y para Olivia.

Al abrir la libreta, se encuentra para su sorpresa con algo que pensaba que habría olvidado, pero su expresión de sorpresa dice lo contrario.

—Tú también la has guardado.

—Sabía que sería importante en el futuro. —Sonrío al decirlo.

Liv saca la servilleta que guardé el día que nos conocimos en el micro abierto; también tiene una frase de Van Gogh que he repetido mil veces en mi cabeza estos últimos meses. A medida que va pasando las páginas, se va sorprendiendo cada vez más.

Durante aquella semana y este último mes, todo lo que he escrito lo he ido recopilando en esa libreta. A pesar de que a la mía le quedaban hojas de sobra, sentí que debía empezar de cero también en ese sentido para recordar siempre que escribiera que se trataba de un nuevo comienzo. Poemas y textos que cuentan la historia que he vivido con ella y lo mucho que me han ayudado para volver a encontrarme. Para hacerme saber lo mucho que valgo. Para gritarle al mundo lo que siento.

—Pero Ander, ¿qué es todo esto? —dice retrocediendo y volviendo a pasar las páginas.

—Todas las cosas que no he sabido cómo hablar con nadie y que gracias a ti he podido volver a expresar en todas estas páginas. Me has recordado lo mucho que me gusta escribir y me has hecho capaz de matar el miedo que me impedía hacerlo. Por todo lo que no pude decirle a mi padre. Por lo que me callé con Martina. Por cada una de las veces que tiré la toalla durante tantos años. Me has cambiado la vida, Liv. Y ahora quiero que te la quedes tú. Porque me he dado cuenta de que, desde que te tengo a mi lado, todos mis poemas hablan de ti.

—No. Ni pensarlo. Esto tienes que quedártelo tú. Y, de hecho, creo que deberías publicarlo. —Emocionada, se levanta de la cama—. Si es lo que quieres, claro.

—Por eso mismo la libreta es para ti, por lo mucho que significa para mí. Además, tranquila: yo lo tengo todo guardado en el ordenador, junto a los poemas que he ido acumulando en un cajón durante toda mi vida, porque solo existía la posibilidad de esconderlos del mundo. Y ahora van a ver la luz.

—Cómo se nota que eres escritor. —Se acerca a mí y me planta un beso en los labios—. Si sigues hablando así, me vas a emocionar.

—Yo ya lo hice. Y gracias por mandarme el contacto de ese editor; todavía tenemos alguna que otra reunión pendiente, pero parece interesado en el poemario.

—¡No me digas! ¿Cómo no me habías dicho nada? —pregunta dándome un pequeño empujón en el hombro, algo picada porque no le haya contado mis movimientos editoriales.

—¡Sorpresa! —Me encojo de hombros y le sonrío.

Me levanto y la abrazo, agradecido por todo lo que ha hecho por mí aunque ella nunca llegue a saberlo.

—¿Y ahora qué? —dice todavía con la cara acostada en mi hombro.

—Pues supongo que solo queda esperar para ver si consigo que salga todo adelante.

—¿Y respecto a nosotros?

Cuando lo dice, la miro para entender un poco más su pregunta. Sus ojos brillan como el primer día, aunque esta vez no sea porque estén a punto de explotar.

—¿A qué te refieres?

—Ahora que las cosas han cambiado quiero hacerme una idea de lo que pueda pasar con lo que hay entre nosotros dos.

—Creo que está bastante claro que no puedo permitirme perderte. Ya he sufrido suficiente pensando que lo iba a hacer.

—Pues esta vez no vas a tener por qué preocuparte. No me voy a ir a ningún sitio.

—Nos merecemos esta oportunidad.

Suspiro, en paz.

—Y, ahora que lo dices, también nos merecemos descansar un poco más. —Se ríe mientras vuelve a lanzarme a la cama.

Nos besamos y sonrío al hacerlo. A pesar de que hablar de amor de una forma tan sincera es un reto al que no estoy acostumbrado, con Liv se convierte en algo sencillo. Con ella siento que, aunque un día pueda acabarse todo lo que despertamos el uno en el otro, seguiré quedándome con el amor que me ha regalado.

Un amor que me recuerda al mar. A las olas que lo recorren sin parar. A las despedidas y a los nuevos comienzos. A lo emocionante que es llorar cuando sientes mucho. A lo grande que me siento en un mundo que siempre ha querido que fuese diminuto.

En su compañía no encuentro ninguna similitud con el concepto que tenía antes de querer a una persona. Ha conseguido desbaratar todos mis esquemas y obligarme a construirlos de nuevo.

Porque ahora también he pasado mucho más tiempo conmigo mismo. A solas. Intentando convertirme en un hogar para cuando no haya nada más. Sabiendo que dentro de mí se han quedado huecos por ordenar que he evitado encontrar hasta no hace mucho. Y que el amor propio es algo que se construye poco a poco, algo de lo que puedo aprender día a día.

He podido llorar. De rabia por no haber detectado las alertas que deberían haberme hecho huir de algunos lugares en los que no podía ser yo. De decepción por callarme cuando más necesitaba gritar, porque no quería ser egoísta y preferí enamorarme de quien me machacaba hasta hacerme creer que lo era. De alegría por reconocer lo débil que puedo llegar a ser y lo bonito que puede llegar a ser si consigo levantarme después. He llorado al entender que cumplir un sueño no tiene que costarme una pérdida, ni mucho menos que sea yo quien se pierda por el camino.

Y sé que, aun así, seguiré lleno de miedos que tendré que descifrar. Que puede que las pesadillas sigan volviendo hasta que pase un poco más de tiempo para ahuyentarlas.

Pero desde aquí todo está más tranquilo.

Porque he encontrado un lugar seguro.

Un lugar que no hace que me olvide de quién soy.

—Te quiero —le confieso entre besos.

—Y yo a ti —susurra mientras se tumba encima de mí—. Lo supe cuando me hiciste entender que merecía un amor justo.

—Un amor que me dé ganas de perseguir cualquier rincón del mundo —añado con lágrimas en los ojos.

—Un amor que me da ganas de conocer cada rincón de ti.

## 31

## OLIVIA

—¿Está todo listo entonces?

—¿Otra vez me lo vas a preguntar? —se queja Laia al otro lado del teléfono—. Sí. Está todo preparado, fue bastante clara cuando me dio la llave.

Voy caminando con un par de bolsas, oyendo el sonido que hacen mis botas cuando piso el suelo.

—Ya lo sé, ya lo sé. Solo quería asegurarme.

—No va a cambiar de opinión.

—Pero es que encontrar piso en esta ciudad es tan difícil que me hace dudar lo rápido que he llegado a conseguirlo.

—Ten en cuenta que es algo temporal. Llámalo suerte. O, mejor aún, dime que soy la mejor. —Oigo una pequeña carcajada que hace que yo también sonría.

Laia riéndose. Lo que cambian las cosas.

Hace unas semanas, Laia se enteró de que una compañera de clase se marchaba de su estudio durante unos meses y le preguntó por la posibilidad de que me lo alquilase mientras ella estaba fuera. Y accedió. Así, al tiempo, podré buscar sin ningún tipo de presión un nuevo hogar aquí.

Aunque me planteé volver a solicitar una plaza en la universidad en la que me admitieron en su momento en Madrid, tengo bastante claro que no quiero marcharme. A pesar de que hace unos meses me aterrase la idea de venirme a vivir aquí y de que lo único que conocía de antes ya no está conmigo.

Supongo que he conseguido construir un hogar desde cero y quiero seguir viendo cómo da sus frutos. Y la carrera aquí tampoco me va mal. Ver todas las mañanas a Joan es todo un regalo. No me imaginaría ir a clase sin contar con sus anécdotas. Tener un amigo como él me ha salvado. Como todos ellos.

—¿Estás ahí?

—Sí, sí... —digo sin tener ni idea de lo que acaba de decir.

—Vaya, que no me has escuchado.

—¡Perdón!

—Lo que te acabo de decir es que en quince minutos salgo para el estudio. Te espero allí. No te enrolles mucho recogiendo, ¿vale?

—Entendido.

—Lo digo de verdad. No te atrevas a ponerte nostálgica.

Me puedo imaginar la expresión exacta que tiene ahora mismo. E incluso su dedo índice señalándome de lo más amenazante.

—Te lo promeeeetoooo. —Me río.

Oigo un suspiro profundo.

—Debería haber ido contigo.

—No tienes de qué preocuparte.

—Bueno, vemos ahora, ¿vale?

—Perfecto, te amo —le digo alejándome el móvil de la oreja, dispuesta a finalizar la llamada.

—¡Chao!

Estoy a dos esquinas de llegar a mi edificio. Hacía semanas que no pasaba por aquí y ahora tengo un pequeño nudo en el estómago mientras me hago una idea de todas las emociones que voy a sentir en cuestión de minutos.

Decidí escribirles a los padres de Carla para pedirles que esta recogiera todas sus cosas lo antes posible. No pararon de repetirme lo muy avergonzados que estaban de lo que había pasado con su hija y que les rompía el corazón pensar que no nos íbamos a volver a ver. O, por lo menos, no como lo hemos hecho durante años. Yo solo quise recordarles la ayuda que necesita y agradecerles lo que habían hecho por mí todo este tiempo.

No he querido ponerme en contacto con ella en ningún momento debido a cómo terminó todo. Y no sé si llegaremos a coincidir alguna vez, pero creo que ahora mismo lo mejor para ambas es llevar el tema de la mudanza lo más separadas que se pueda.

Mientras subo las escaleras, pienso que no voy a ser capaz de abrir la puerta del piso. Estos días he estado viniendo acompañada de Ander y Joan, pero esta última vez tenía que hacerlo sola. Enfrentarme a todo lo que he vivido aquí en tan poco tiempo.

Al entrar, me quedo durante unos segundos en la puerta. Parada. Mirando cada detalle del salón. Noto que está bastante más vacío que la última vez que estuve aquí. Sé que es la última vez que voy a verlo.

Cuando entro en mi habitación, cojo un par de cajas que no fuimos capaces de llevarnos el otro día. Al cogerlas las dos a la vez, una se me cae al suelo y deja ver todo lo que hay dentro.

Está llena de álbumes de fotos. Los he ido coleccionando desde que tengo uso de razón. Si fuera por mí, haría unos cinco al año. Y, aunque me muero de ganas de hacerlo, no abro ninguno de ellos, porque sé que me va a convertir en un mar de lágrimas y le he prometido a Laia que iba a ser lo más rápida posible. Vuelvo a meterlo todo en la caja y salgo de la habitación. Creo que ahora sí me estoy emocionando.

Salgo de nuevo a la calle para ir hacia el estudio. Voy con tiempo de sobra, así que salgo del metro dos paradas antes de la mía para poder pasear un poco por el barrio y conocerlo un poco más, aprovechando el buen tiempo que hace. Y ahora es cuando pienso en lo mucho que me ha costado salir del piso, en que me he quedado sentada en el sofá recordando todo tipo de historias, haciéndome muchas preguntas que ni en otra vida voy a saber responder.

Sin prestarle demasiada atención, empiezo a reconocer la zona por la que estoy pasando. Me suenan estos balcones. Y estos árboles. Este parque en general.

Entonces recuerdo que corrí por aquí cuando apenas podía concentrarme por culpa de los truenos y de una tormenta increíble.

—Joder. Estuve aquí aquella noche. Y eso significa que… —digo en voz alta cuando veo a lo lejos el bar en el que conocí a Ander, en el que todo empezó.

Me siento un segundo en uno de los bancos del parque para que me descansen los pies. El tacón de las botas me está matando. Aprovecho para revivir cada sensación que tuve esa noche, en un contexto completamente distinto, apenas unos meses después.

Pienso en cada momento que me ha regalado esta ciudad. En lo muy equivocada que estaba con muchos aspectos de mi vida. Porque hasta que llegué aquí pensaba que nunca encontraría nada ni nadie que realmente me hiciese sentir como en casa, y lo que había conocido hasta el momento se alejaba mucho de lo que se entiende como un hogar. Y lo peor es creer que no era tóxico. Que sea algo seguro y que te ha acompañado durante toda la vida es motivo suficiente para guardar en él todo tipo de inseguridades que hacen que te conviertas en una versión injusta de ti misma, hasta el punto de no reconocerte, de perderte.

Porque he aprendido que sentirse como en casa es muy diferente a eso. Es abrir los ojos cada mañana y encontrarte con una sonrisa que solo quiere regalarte las emociones más sinceras que puedan existir en el mundo. Es un lugar que te aleje de la oscuridad y que te ayude a reconocer lo bonito que es hablar de lo que tienes dentro de ti, de las cosas que te cabrean e incluso de las que cambiaste para que todo fuese a mejor.

Y ahora no sé qué más puede quedar. Solo que quiero paralizar el tiempo para seguir sintiendo esta calma. Para saber que en cuestión de horas voy a estar con Ander para que juntos podamos seguir conociendo cada rincón del otro. Para escribir una historia que no tiene nada que ver con algo sencillo. Para hacerle saber cada día que nos merecemos ser felices.

Porque ahora soy capaz de dejar de rascar viejas heridas. Porque sé que hay más recuerdos que quiero seguir guardando en carretes interminables. Porque hoy se cierran viejas historias para empezar otras nuevas.

Al final, me río sabiendo que iba a terminar llorando tarde o temprano. No tengo remedio. Cuando miro la hora que es, me levanto de un salto del banco para retomar mi camino antes de que Laia quiera asesinarme. Tengo dos llamadas perdidas suyas y otras tres de mi madre.

Aprovecho los cinco minutos que me quedan antes de llegar y llamo a mi madre para contarle mis planes para los próximos días.

—¡Hola, mamá!

—Hola, cariño, ¿qué tal?

—Pues mira, muy bien, la verdad. Estoy llegando al estudio del que te hablé. En cuanto deje las últimas cajas que he cogido, te llamo por videollamada para que puedas verlo, ¿vale?

—Esto está genial, mi vida.

Noto que suspira, juraría que está agobiada, lo que hace que me preocupe por ella.

—Oye, ¿va todo bien? Te noto algo rara.

—No te ha llamado nadie todavía, ¿verdad? —dice nerviosa.

—No. ¿Ha pasado algo? —pregunto mientras noto que el corazón me empieza a ir a mil.

—Verás… No sé cómo decírtelo.

—Me estás asustando, mamá.

—Perdón, perdón, cariño —se disculpa.

Creo que está sollozando, lo que hace que automáticamente me emocione yo también. No puedo ni imaginarme a mi madre llorando.

—¿Es el abuelo?

—No, no… El abuelo está bien —coge aire para después soltarlo—. Es Carla. Ha pasado algo.

Cuando oigo su nombre de nuevo, se me encoge el corazón.

—¿A Carla? —pregunto sorprendida.

—Se ha hecho daño.

—No puede ser.

Me quedo completamente paralizada sin saber qué más decir. Sin llegar a entender lo que acaba de decir mi madre. Obligándome a no creer que esto esté ocurriendo de verdad.

—No sabía si contártelo o no. Sé que las cosas no han terminado bien entre vosotras y que te ha costado mucho pasar página, pero creo que es algo que debes saber.

—Pero ¿qué ha pasado? —digo ya entre lágrimas.

—Había bajado al pueblo a pasar unos días con la familia. Y solo sé que se negó ir a terapia cuando sus padres se lo pidieron. Su madre estaba preocupada porque no sabía qué más podía hacer para ayudarla; supongo que la situación ha terminado superándola...

—Pero ¿qué ha hecho, mamá? Dímelo, por favor.

—Cuando estaba sola en casa se ha tomado una cantidad excesiva de las pastillas de su padre. Gracias a Dios que este había vuelto a por algo que se le había olvidado.

Dejo de oír su voz. Todo mi alrededor se vuelve borroso, tengo los ojos encharcados de lágrimas. Solo me vienen a la mente las conversaciones que tuvimos sobre el tema, los momentos en los que amenazaba con quitarse la vida, las muchas veces que intenté que pidiese ayuda. Porque sabía que, si llegaba a pasarle algo, iba a sentirme responsable de ello para toda la vida. Me había amenazado con ello en los últimos años y yo sabía que no podía hacer nada más por ella si no dejaba que la ayudase.

Ahora solo necesito que esta conversación acabe. Necesito llorar un poco más y esperar para que todo termine de una vez.

—Te juro por mi vida que lo intenté —digo sin parar de llorar—. Intenté salvarla de sí misma, pero no pude. Y eso terminó consumiéndome a mí también.

—No es culpa tuya, mi vida. No tienes la culpa de nada de lo que ha pasado. Has hecho todo lo que has podido. Y te prometo que, cuando salga de esta, van a darle la ayuda que necesita.

—No sabes lo mucho que ha dolido, mamá.

«No puedes llegar a hacerte una idea», pienso.

## 32

## ANDER

*Cinco meses después*

—Repítemelo, por favor.
—No me importaría quedarme aquí para siempre —me susurra Liv mientras se retuerce entre mis brazos.

Hemos estado tumbados bajo esta manta toda la tarde y, a pesar de que no tenemos ganas de irnos, está empezando a anochecer y en algún momento cerrará el parque.

Llevo semanas diciéndole que venga a pasar la tarde al Parc de la Ciutadella y después de los exámenes, y del que parece ser ahora mi supuesto trabajo, hemos estado dejando el plan hasta hoy.

Volvemos en el metro compartiendo mis auriculares. Liv me enseña las canciones de Marina Reche, con la que Joan y ella están obsesionados, y «Quien me enseñó a amar» nos acompaña hasta que llegamos a mi parada.

Pasar momentos así con ella me recuerda cada día lo mucho que ha cambiado mi vida.

Seguimos conociéndonos, con nuestros más y nuestros menos, pero está siendo precioso. De hecho, por su culpa ahora soy yo quien lleva una cámara analógica a todas partes.

Cuando llegamos a casa nos encontramos a nuestros compañeros de piso bastante arreglados. Han puesto música de fondo y Laia comienza a meternos prisa para que nos cambiemos pronto, nos culpa de haber llegado cinco minutos tarde y nos hace reír al tener que ayudar a Joan a abrir la botella de vino.

Al volver al salón, me percato de que Joan lleva un nuevo corte de pelo. Tiene un rubio más claro, que no le puede quedar mejor, y está completamente rapado.

—Qué bien te veo.

—La ocasión lo merecía. Hoy toca celebrar.

—¿Y qué celebramos exactamente?

—Que han cogido a mi novio en Londres y que Laia ha dejado la carrera. Por no mencionar que el mejor escritor de este país mañana presenta su primer libro.

—¿Te parece poco?

Olivia aparece con un vestido azul marino de Laia que le queda espectacular. Y me olvido de contestar a Joan, porque me desconcentro al verla.

—No os había oído decirlo de manera oficial —se sorprende Laia.

—No lo habíamos hecho. Pero suena bien —le dice Marc, mirando a Joan con complicidad.

Estos últimos meses han sido claves para nosotros. Marc se declaró por miedo a que él y Joan se olvidaran durante el tiempo que estuvieran separados, y parece que están aprovechando el tiempo que les queda aquí y pensando en planes para cuando Joan vaya a visitarle a Londres. Están muy pillados. Y no lo digo yo, lo reconocen ellos mismos. Después de todo lo que hemos vivido, me hace muy feliz verlos así.

Respecto a Laia, también ha pasado por un momento decisivo en su vida. Tras un tiempo, se dio cuenta de que la carrera de Diseño no era del todo para ella y la dejó. Y, por lo visto, el año que viene empezará a estudiar Bellas Artes en Madrid, así que supongo que tendremos motivos más que suficientes para ir a la capital. Sigue igual que siempre, pero noto que está empezando a confiar más en los demás. Conocer a una amiga como Olivia le ha servido para ver que hay gente que la va a querer tal y como es, y que la va a ayudar a convertirse en una mejor versión de ella misma.

Creo que en eso coincido con Laia. Todas las personas que están sentadas a esta mesa han sido capaces de cambiar mi vida en menos de un año. Gracias a ellos he dejado a un lado el dolor, he tenido agallas para luchar por lo que creo justo y por un sueño que creía inalcanzable. Por ellos sé que, aunque a veces querer puede tener consecuencias, me seguiré atreviendo a intentarlo.

—¿Estás nervioso por lo de mañana?

—Lleva tres días desarrollando una adicción a las infusiones para tranquilizarse.

—¡Liv!

—¡Es normal! No todos los días se publica un libro.

—Tu primer libro —aclara Martínez.

—Eso, vosotros recordádmelo. Espero que todo salga bien... —digo, bajando la mirada a mi plato, muerto de los nervios.

—Brindemos por ello —dice Joan levantando su copa.

—Por todos. Por este año —añado contento.

—Por nosotros.

—Por nosotros.

Pasan las horas y, después de que Joan nos haya hecho todo un espectáculo de baile de canciones pop, y nos haya animado para que nos uniésemos a él, Laia culpa a su escasa batería social y se va a la cama. Martínez y Joan se marchan a limpiar la cocina. Estoy con ellos cuando oigo desde el salón una canción que reconozco solo con que se reproduzcan los primeros segundos. «Always», de Daniel Caesar. Mi canción favorita, que ahora me recuerda a uno de los atardeceres que viví en Calella junto a Olivia. Escucharla de nuevo hace que quiera repetir ese momento mil veces.

Emocionado, voy al salón y la veo apoyada en la mesa, con un brillo especial en los ojos.

Me acerco hasta ella.

—Estaba pensando en ti —me dice con una sonrisa que le ocupa toda la cara.

—Esta canción me recuerda a los días en Calella —le digo emocionado.

—A mí a lo que dijiste aquel día. A cuando empezamos de cero.

—Incluso teniendo un corazón de piedra.

—Aun sabiendo que íbamos a ser para siempre.

## 33

## OLIVIA

Estoy muy nerviosa. Mentiría si no reconociera que estoy a punto de que me dé un ataque, a pesar de que no tengo tiempo ni para que eso pase.

Laia está esperándome impaciente en el sofá del salón, recordándome a cada minuto y medio que el uber está a punto de llegar. Y no sé yo si se me da muy bien lo de trabajar bajo presión, pero tengo que terminar esto antes de irme. Es muy importante para mí hacerlo.

Corto un lazo para envolver de alguna forma el álbum. No estoy intentando que no se sepa lo que es, solo estoy decorándolo para que quede lo menos cutre posible.

Hace unas semanas me prometí revelar bastantes carretes que he ido acumulando a lo largo de los meses. Entre ellos, el que utilicé para nuestra escapada a Calella. Y a ese se le sumó el del viaje a Málaga que hicimos por Navidades, las fiestas de primavera y todas las fotos que he ido haciéndole a Joan en la cafetería de la facultad. Lo mejor de hacer fotos es ver el resultado al tiempo de hacerlas. Recrear cada momento en mi cabeza me hace sentir muy afortunada por todo lo que he podido vivir este año.

Y, por eso, quería agradecérselo a Ander de alguna manera. Sobre todo, en un día como el de hoy. Espero que a él le haga la misma ilusión cuando volvamos por la noche. Creo que con más de una se va a reír bastante. Por fin se arrepentirá de poner tantas caras cuando voy a hacerle una foto. Y con otras va a morirse de amor. Estoy segura.

Antes de terminar de anudar el lazo, meto una pequeña tarjeta en la que se puede leer: «El arte es para aquellos que están rotos por la vida». Y creo que es más que evidente el autor de la frase. Esa maldita servilleta nos acompañará para toda la vida. Sonrío al pensarlo.

Hoy Ander publica su libro. Su primer libro. Y qué mejor día para presentarlo en un lugar muy importante para todos, el lugar donde todo empezó. Y después de ver que la primera frase que aparece al abrir el poemario es de Van Gogh, me he visto obligada a añadírselo de alguna forma al álbum.

Cuando por fin salgo del cuarto de Ander, me dirijo junto a Joan y Laia a la esquina de la calle donde nos espera nuestro uber para llevarnos a nuestro destino. Ander y Marc llevan allí un buen rato organizándolo todo. Quedan veinte minutos para que empiece. Vuelvo a ponerme nerviosa.

En el trayecto, pienso en lo mucho que ha cambiado todo desde la última vez que fui a ese sitio. Llegué a esta ciudad siendo una persona de lo más insegura, con un miedo terrible a hacer las cosas sola o incluso a tomar la iniciativa. Es evidente que mi relación con Carla me cambió completamente la vida, pienso en ella a diario. Aunque me haya costado reconocerlo, no creo que sea algo tóxico. Solo es alguien que me ha enseñado tanto de mí misma que mentiría si dijera que es sencillo hacer como si no hubiese existido.

Después de su accidente y de todos los problemas por los que pasó hace unos meses, volvió definitivamente a casa e ingresó en una clínica en la que todavía sigue recuperándose. Aunque no me haya puesto en contacto con ella en ningún momento, sigo preguntándoles a sus padres por su progreso. Espero que algún día también pueda empezar de nuevo.

Yo comencé a ir a terapia. Después de lo que le ocurrió a Carla, Ander me aconsejó que tratara el tema con un profesional por más que yo quisiera gestionarlo por mi cuenta. Y me dejé ayudar para sanar desde el principio porque no quería que ese sentimiento de culpa se quedara conmigo, porque me costó mucho construir una casa dentro de mí para no volver a sentirme vacía, para empezar a ser mi amiga y ser mucho más fuerte.

Ahora miro hacia atrás y sonrío. Se nota que se acerca el verano, que la tormenta acabó hace mucho.

Cuando nos bajamos del coche, Joan y Laia no llegan a comprender mi emoción por volver a este lugar. Para mí significa mucho estar aquí. Y sé que para Ander mucho más.

—Yo pensaba que había elegido un garito aleatorio que no le cobrase un pastizal por hacer la presentación —dice Joan extrañado, mirando tras el cristal del local y dejando que la gente vaya pasando.

—Pues te equivocaste. Está más que pensado.

—¿Y qué lo hace tan importante? —pregunta Laia, que sigue sin entender cuál es su encanto.

—Aquí empezó todo. Nos conocimos en este bar. El mismo lugar donde Ander se atrevió a mostrarle sus letras a la gente, aunque nadie lo supiese —confieso mientras observo cada detalle del bar que lo cambió todo.

Al entrar, veo que ha cambiado bastante la distribución. Han llenado todo el local de sillas para que haya sitio para todos los asistentes a la presentación. Y, a pesar de que todavía quedan algunos minutos para que empiece, esto está a rebosar. Espero que me hayan guardado un sitio.

Al lado del escenario, veo a Marc intentando abrir un cartel enorme, completamente plegado, con una reproducción de la cubierta del libro. Ander está prácticamente a su lado, trasteando con los micros en una mesa de sonido que está casi escondida.

Debido a que está bastante concentrado, no me ve llegar y, tras saludar a algunos amigos y familiares suyos, voy hacia él para darle un abrazo por la espalda.

—¡Has llegado!
—¿Cómo está mi poeta favorito?
—Tampoco conoces muchos más, así que no sé si tomármelo como un halago... —Sonríe dirigiéndose hacia mí.
—Si conociera a otros tampoco tendrías competencia. —Me río y le doy un beso—. ¿Nervioso?
—No te haces una idea.
—¿Has intentado marcharte para no volver? —le pregunto, pensando que es capaz de salir por patas para no tener que enfrentarse a todo esto.
—No. Todavía no.
—Nos hemos visto en peores, entonces. Todo va a salir bien —le digo acariciándole el hombro para tranquilizarle—. Y mira cómo está esto. ¡Está llenísimo!
—Casi lleno —dice dirigiéndose al público.

Y sé a qué se refiere. En las primeras filas hay un sitio vacío, justo al lado de su madre. Cuando le he saludado, he echado en falta a su padre, al cual todavía no he conocido. Supongo que no va a aparecer.

—A lo mejor no es tan especial como te gustaría, pero creo que ha venido alguien a quien le hace muy feliz verte presentar el libro.

—¿Quién?

—Según me ha dicho hace un par de minutos, estaba aparcando; debe de estar al llegar —digo mirando mi móvil a ver si me ha vuelto a escribir—. ¡Ahí está!

Justo en la entrada del bar, veo que mi abuelo entra por la puerta y su mirada se cruza con la mía.

—Mi cielo —dice llenándome de besos, de lo más ilusionado—. ¿Cómo estás?

—Pues imagínate —contesto mirando a Ander de reojo, riéndome de la situación.

—Muchacho, no sabes las ganas que tenía de conocerte.

—Lo mismo digo, señor —dice al tiempo que le da un fuerte abrazo.

—Mi nieta habla maravillas de ti. Aunque tampoco me ha hecho falta saber mucho más después de leer el libro.

—¿Ya lo ha leído? —pregunta Ander, de lo más sorprendido.

—Haber trabajado toda la vida en una editorial tiene sus ventajas. Y después de lo mucho que te has esforzado para sacarlo adelante, no pude esperar para leerlo.

—Es todo un honor.

Lo que Ander no sabe es que, para mi abuelo, también lo es. Le fascina que los jóvenes sigan luchando por sus sueños y, cuando están relacionados con las letras, le revuelve el corazón. Solo hace falta ver la ilusión que tiene en los ojos.

—Me alegro de que Olivia haya encontrado a alguien como tú.

—Créeme, yo pienso lo mismo. —Se ríe y me dedica una mirada cómplice.

—¡Y no me habías comentado nada de lo guapo que era el chico!

—¡Abuelo! —exclamo avergonzada.

—Solo espero que tengas cuidado con los viajes que hacéis, que esta niña últimamente se apunta a un bombardeo.

—La niña acaba de cumplir veinte años. Tengo la edad de hacer locuras, ¿recuerdas? —me quejo mientras le rodeo con el brazo.

Estamos contándole algunas anécdotas de la escapada que hicimos todos juntos hace unas semanas a la montaña cuando veo que Laia y Joan se acercan a nosotros.

—Siento interrumpir, pero creo que hay unas cincuenta personas esperando a que alguien de aquí presente un libro —dice Laia dirigiéndose a Ander.

—Técnicamente, quien va a presentarlo soy yo —se queja Marc.

—Y te lo agradeceré toda la vida. No sé qué voy a hacer cuando te marches.

—Espero que echarme de menos todos los días —dice mientras nos reímos.

—Todos lo haremos.

—Pero igualmente iremos a visitarte —le aseguro.

—Londres está bastante caro últimamente; espero que me dejes quedarme a dormir en tu sofá —dice Joan arqueando una ceja.

—Si no me queda otra opción... —le vacila Marc guiñándole un ojo.

—Lo estás deseando.

Al final, a Marc le seleccionaron para irse de Erasmus a Londres. Aunque al principio no todos nos lo tomamos igual, comprendimos que Marc necesitaba un tiempo para conocerse más a él mismo. Pero, visto lo visto, parece que últimamente las cosas entre él y Joan no pueden ir mejor. Y me alegro por ellos. Ojalá que Marc cuide a Joan como se merece.

Después de cinco minutos de retraso, todos estamos sentados esperando a que comience la presentación. Joan, Laia y yo estamos sentados al lado de mi abuelo y de los familiares de Ander que han asistido.

Marc y Ander suben al escenario y todo el mundo los recibe con un fuerte aplauso. Yo lo hago hasta que me pican las manos. Se sientan en dos silloncitos que hay sobre el escenario y cogen cada uno un micrófono.

—Buenas tardes a todos. Hoy es un día bastante especial porque tengo el placer de presentaros el libro que ha escrito una persona que se ha atrevido a todo. A desnudarse por completo después de todos los baches que le ha presentado la vida. Es lo más parecido que tengo a un hermano y el talento le rebosa hasta por los oídos —dice mientras le mira con una sonrisa que le ocupa toda la cara—. Con todos vosotros, ¡Ander Soler y su primer poemario *Todos mis poemas hablan de ti*!

Escucho el título y vuelvo a emocionarme como la primera vez que lo leí. *Todos mis poemas hablan de ti*. Me recuerda a cierta conversación y eso lo hace mucho más especial. No solo porque puede que me encuentre entre esas letras, sino porque sé lo mucho que significa para él.

Ander se reacomoda en el sillón y se acerca el micrófono. Se nota que está nervioso, pero también que está más que listo para hacerlo.

—Antes de decir nada más, quiero daros las gracias a todos por venir. Sé lo difícil que es llenar una presentación y sobre todo cuando estás empezando. Y también por la oportunidad. Si hace años alguien me hubiese dicho lo que está ocurriendo hoy, y que tengo a gente maravillosa que me acompaña en el camino, habría llorado de la emoción —admite dirigiéndose hacia nosotros con una gran sonrisa—. Es algo que voy a intentar que hoy no pase. Pero no prometo nada —dice haciendo que todo el público ría—. Escribir este libro ha sido todo un reto que me ha acompañado prácticamente durante toda mi vida, a pesar de que hay una gran parte de poemas que escribí en cuestión de mes y medio. Sentir que he recopilado todo tipo de emociones entre cada una de estas páginas me recuerda lo orgulloso que tengo que estar de mí mismo por no haber escuchado a quien en su momento hizo que no me atreviese a contar mis historias y por quedarme con quien me repite todos los días todo lo bueno que me merezco. Debo luchar por las cosas que creo justas —dice mientras sus ojos se tornan cada vez más cristalinos.

Escucharle hablar de esa forma tan sincera hace que me emocione. Sé que sus miedos del pasado pudieron con él durante un tiempo, más del que debería, y que también vuelven a su cabeza de vez en cuando. Pero siempre termina luchando contra ellos. Siempre.

—En los poemas hablo de todo tipo de experiencias, eso ya lo sabéis. —Suelta una risa nerviosa mientras se peina con la mano—. Hablo desde la incapacidad de salir de una relación que transforma tus recuerdos hasta que no los distingues de la realidad, de todas las capas que he tenido que ir destruyendo para poder empezar a construirme desde cero, de todos los «no», los «pero», los «en otro momento» y los «algún día». De cómo aprender a quererte cuando crees que no te mereces que te amen, de quedarte con personas que te recuerdan lo poco que importa el miedo cuando sigues atreviéndote a hacerlo igualmente. Porque todos mis poemas hablan de quienes han hecho que hoy esté aquí —dice con la voz algo rota cuando ya no puede evitar dejar caer alguna lágrima—. Es un álbum de recuerdos convertidos en una sola historia, que guarda más de mil vidas en las que sus personajes siempre tienen la opción de volver a encontrarse. Es todo lo que callé por miedo a que nadie me escuchase, a que mis sentimientos no fueran válidos. Son los «te quiero» que no dices por no saber con certeza si estás listo para hacerlo, e incluso las disculpas pendientes que sigues teniendo incrustadas hasta que las dejes salir de ti. Es una conversación que te espera al final del mar, en medio de un atardecer, que te lleva lejos para que nadie te escuche gritar, para que puedas nadar hasta querer ahogarte y para que llores todo el dolor acumulado. Para que seas capaz de encontrar una nueva historia que solo tú puedas escribir.

Lloro mientras le escucho. Porque pienso en todas esas veces en las que he dudado de si encontraría a alguien como él que supiese querer cada una de mis partes. Porque hasta el momento en el que me crucé con él lo veía imposible.

Y ahora me encuentro aquí, entre lágrimas, mirando fijamente a unos ojos de color miel que supieron conquistarme en el primer momento que los vi. Porque consiguió ablandar un corazón de piedra al que nunca le habían enseñado lo bonito que es que te quieran de verdad, que no supo darse cuenta de lo bonito que es sentir que estás sanando.

Porque todo eso me lo enseñó Ander. Él y cada una de las personas que están sentadas ahora mismo a mi lado.

Para así abrir una nueva puerta a otras oportunidades.

A otras historias.

A un nuevo amor.

A un comienzo que lo cambie todo.

## Agradecimientos

Escribir una novela siempre fue uno de mis sueños de infancia, uno que me ha acompañado tanto tiempo que creo que a partir de ahora estos personajes me acompañarán toda la vida. He aprendido y crecido junto a ellos en una etapa que ha estado cargada de primeras veces; me he reconciliado con partes de mí que creía incurables y miro con esperanza al futuro. A pesar de verlo como algo inalcanzable, he podido cumplirlo gracias a todas las oportunidades que he tenido estos últimos años.

Por eso solo me queda agradecer que esto sea posible a todo el mundo que me ha cogido de la mano.

Gracias a mis padres. Es un honor seguir aprendiendo de vosotros día a día. Mamá, tu apoyo siempre será un motivo por el que seguir escribiendo; papá, gracias por alegrarte de mis logros como si se tratase de los tuyos.

A mi familia por estar siempre a mi lado.

A los que me recibieron, cuando estaba lleno de miedos, en una ciudad desconocida; los que han construido en cierta forma a estos personajes y que se han convertido en mi segunda familia.

A los de siempre, Mercedes, Alba, Rocío, Laura, Sofía…, por confiar en mí y acompañarme en cada paso que doy. Me emociono escribiendo esto, pero sé lo difícil que es encontrar a alguien que quiera tan bonito como lo hacéis vosotros. Y da igual los años que pasen, nunca me cansaré de dedicaros mis letras.

A Manuela por ser mi lectora cero. Fátima y tú habéis conseguido que hacerse mayor dé menos miedo. Gracias por quererme como si fuera vuestro hermano.

A los que me enseñaron a querer, a sufrir por hacerlo y a aprender que siempre quedará una historia nueva esperándome al final del mar.

Gracias a Editabundo. Con los años voy dándome cuenta de lo importante que es tener al lado a personas que crean en ti y en lo que tienes para dar.

Gracias a mi editor, Gonzalo, por volver a confiar en mí y en cada idea que se me ocurre, en las historias que tengo por contar.

Gracias a Penguin Random House por ser familia.

Y, por último, gracias a ti, lector, por confiar en mis letras. No importa si es la primera vez que me brindas esta oportunidad o si llevas varios años a mi lado; haces que todo esto sea un sueño por el que luchar. Ojalá tú también persigas todas las cosas buenas que están por llegar. Espero que volvamos a encontrarnos.